文学批評は成り立つか

沖縄・批評と思想の現在

平敷武蕉
Heshiki Busyou

ボーダーインク

文学批評は成り立つか

沖縄・批評と思想の現在

目次

第一章　文学批評の姿勢

第二章　情況への視点

第三章　読書評論

第一章　文学批評の姿勢

目取真俊の苛立ち
「オキナワン・ブック・レヴュー」と「軍鶏《タウチー》」

目取真俊が、芥川賞受賞後注目の第一作として「オキナワン・ブック・レヴュー」を「文学界」一〇月号に発表した。しかし、注目されたわりには、この作品への評価はそれほど芳しくない。

文芸評論家の清水良典は、一〇月の文芸時評の末尾で取り上げて「架空の書評集によって沖縄問題がグロテスクに浮上する小説」「趣向に期待したわりには単調な内容」（琉球新報　九月二二日）として、何の感興も見せずに一瞥しただけで切り捨てている。なるほど、既成の小説概念や沖縄問題への通俗的な認識から推し量れば、この作品は単に「グロテスク」に映るだけなのかもしれない。だが、「グロテスク」なのは、「既成概念」だけで沖縄を捉え、「沖縄の貧しさ」に目をつぶっているブンカジン達ではないのか。沖縄や本土の文化人たちが、ユタ信仰や土俗的風習に、やれ土着の思想だの、反国家の凶区だの、ユイマールのよさだのと安易に屈服する風景を、私たちは日々食傷するほど目にしているはずである。

琉大講師の新城郁夫も「パロディが持つはずの諧謔やアイロニーを十分には生み出すにはいたっていなかった。批評の毒が些か空回りしている」（琉球新報　十二月二二日）と否定的評価を下している。だが、いったい何を指してそう言えるのであろうか。私に言わせれば「諧謔」も「アイロニー」もたっぷりと効いている。たとえば、『あなたも三分間でユタになれる』とか『すべての人の心にユタを』などは、もうタイトルだけで、沖縄の風習を奇異なるがゆえに称賛する、そこらへんの沖縄かぶれした文化人らにたっぷりヤーチューー（灸）するだけの効果があるはずなのである。ただ、象皮のような感性には、ヤーチューーも効き目がないだけだ。また、『皇太子殿下、沖縄婿でなぜ悪い』というのも、中央＝本土のものならなんでも有り難がる保守政党のみならず、それに対立しているように見えて、その実、中央志向から抜け切れず、思想的総括もなし得ずに、祖国復帰運動を今日でもなお懐かしがるだけのカクシン政党とその周辺にたむろするブンカジンらをもたっぷりコケにしているはずである。とすると、先の両者の批評は、いずれも、作品の意図する「毒」を捉えそこね、その表面的特徴や方法的趣向の表面をなぞっただけの無味乾燥な論評にすぎぬといわざるをえない。

なお、新城郁夫は、『沖縄文芸年鑑』一九九七年版で「目取真俊試論」の論考を発表し、先の芥川賞作品の「水滴」を高く評している。新城郁夫はその中で、目取真俊の「それ以前とは異なる小説的方法において提示することに成功した作品」としたうえで、「沖縄」がその素材の特異さゆえに類型化し風化していこうとする今、「水滴」は「類型化に対する文学としての柔軟な抵抗」であり、「今後の沖縄の文学の行方に一つの可能性を指し示している。」と、独自の分析を行っている。読んでいて、なるほどそのような読み方もあるのかと感心したのであるが、しかし、新城郁夫の関心はあくまで作品のテーマ性にではなく、「小説の方法」にあるようなのである。

　これらの中にあって、この作品の位置と意義を正面から取り上げて評しているのは文芸評論家の黒古一夫である。黒古一夫は、「自らの内なる絶望や苛立ちを『沖縄』批判という形で表現したという意味では、あるいは『書評』形式の『斬新な方法小説』という意味では成功している」（琉球新報　九月十三・十四日）と高い評価を与えている。

　たしかに、『水滴』ほどの衝撃力はないし、方法小説という点を差し引いたとしても、小説作品としてのドラマ性がなく完成度は低いという思いは残る。だが、私は、今、この作品の小説としての出来栄えをあれこれ言う前に、作家がこの作品を書かざるを得なかった内的必然と文学に向かう姿勢ということに注目したいと思う。このことについて、先の黒古氏は、「すべてを敵に回してもというのは言い過ぎかも知れないが、『オキナワン・ブック・レヴュー』から感受できるのは、それほどまでに強い作家の『沖縄』の現状に対する激しい批判精神である」と、指摘する。私もまた、作家としてのこのような『沖縄』の現状に対する激しい批判精神」をもった姿勢に注目したいのである。あるいはこれは、「俳句におけるテーマ性と詩性」とも共通する「小説におけるテーマ性と芸術性」に関わることなのかも知れない。

　ところで、目取真俊は、いったい何に「絶望し苛立って」いるのであろうか。このことについて彼は、別のエッセイで次のように述べている。

「ウチナーヤマトロを売り物」にする芸能人、「象のオリの前で三味線を弾いてカチャーシーを踊り、ヤマトのマスメディアの期待どおりの〝沖縄的な絵〟を演じて見せる詩人」、「反戦反基地運動の盛り上がりと『祖国復帰運動』をダブらせて涙ぐむ活動家たち」、「本気でやる気もない『琉球独立論』をもてあそんでいる編集者や大学の先生」、「沖縄を賛美するばかりで辛辣な批判はしない」本土の知識人。シマだ。政府から金をもらうためには少女が軍隊に暴行されても最後は泣き寝入りして新しい生贄を捧げるは届かず、海も山も金儲けの対象となって荒れ、腑抜けの男たちが泡盛とスロットマシンでだらしなく過ごし、甘ったれた若者が58号線のヤシの木に激突して果てる。軍用地料という不労所得の旨みを味わい、自立しようという気概もないこの貧しさ。少なくとも、この貧しさを直視するところから小説を書いていきたい。」(『けーし風』一三号)

この文章は、芥川賞受賞前の一文であるが、目取真俊はここで彼の文学に臨む姿勢と覚悟を明確に述べている。目取真俊の批判は、単に米軍基地や米軍権力者及びそれを許容している日本政府だけに向けられているのではない。そのような外的支配の中で生きる「内なる沖縄」の人々により多く向けられている。それは芸能人、文化人、活動家、さらに一般民衆にまで及んでおり、それら全体を「沖縄の貧しさ」として捉え、「絶望し苛立って」いるのである。

目取真俊のこの姿勢を見たとき、私はすぐに俳人野ざらし延男を想起してしまう。そこには、野ざらし延男が、超季の俳句を提唱し、伝統俳句に自足する俳句界を批判した頃の姿勢を彷彿とさせるものがある。

かつて、二四歳の野ざらし延男もまた、沖縄タイムスに「明日に生きる俳句のための考察――現代俳句の姿勢と沖縄」と題する論考を発表し、「沖縄中の俳人を敵に回しての決意」で、沖縄の俳句界に殴り込みをかけたということについては、すでにおおしろ建が、『天荒』会報一八七号で紹介したところである。

二十代の野ざらし青年を俳句という表現の世界に突き動かしたのも、また「沖縄の貧しさ」であった。基地沖縄の苛酷な現実に対する激しい怒りと、そのような現実に鈍感な俳句界への「絶望と苛立ち」こそが、彼を伝統俳句から訣別させ、超季と非定型の現代俳句へと向かわせた根底的動機であったのだ。例えば第一句集『地球の自転』の代表作の一つ。

《黒人街狂女が曳きずる半死の亀》

この句に季語はない。いわゆる無季俳句である。しかし、この句の持つイメージとリズムの迫力は、力行を多用していることもあって圧倒的である。軍事支配の矛盾と重圧に喘ぐ基地沖縄の現実を、血を吐くように背負い凝視する作者の肉眼と魂が息づいている。

この句は、いろんな解釈で読まれていて、そして、別にそれらを否定するつもりはないのだが、野ざらし延男の語るところによれば、ここで狂女とは基地権力者であり、半死の亀とは沖縄の民衆を象徴させているのだという。なるほど、基地の重圧と種々の米軍犯罪で死に瀕した沖縄の民衆を、さらに無慈悲に痛めつけている米軍もまた狂女＝気違いなのだと設定することによって、沖縄の悲惨を刻印したこの句の迫力は、質的にも一段と倍加されてくるのである。野ざらし延男の、この出発点における俳句作家としての現実対峙の姿勢は、今日もなお揺るがずに貫かれているのである。

さて、目取真俊はどうか。芥川賞受賞後第二作として「文学界」新年号に発表された「軍鶏《タウチー》」が、その問いに答えてくれている。

前作の「オキナワン・ブック・レヴュー」で、「内なる沖縄」への苛立ちを生硬な批評の形態を借りて表現するしかなかった目取真俊は、この「軍鶏《タウチー》」において、その「苛立ち」を見事に小説作品として昇華させている。作中で、主人公のタカシ少年が手塩にかけて育てたタウチーが、暴力団のボスに奪われ、むごたらしい賭け試合を強いられたあげく瀕死の状態でつき返されてくる。暴力団組織をバックに理不尽に振る舞う気違いじみたボスは「狂女＝基地権力者」であり、瀕死のタウチー＝タカシは「半死の亀」であるにほかならない、と読み込むのは、あるいは私の「偏見」であろうか。タカシと亀が違うのは、亀が曳きずられる客体に徹することによってその惨めな実態を強烈に告発する存在であるのに対し、タウチーの死を内部に引き受けたタカシが、惨めな自分を反省し、暴力団のボスに立ち向かう主体へと自己転生を遂げる存在であるという点においてである。

　タカシが、惨めな被害者から冷酷な加害者へと自己転生する場面の一節を引用しよう。死にかけているタウチー＝アカを、父に命じられるままに浜に埋めようとする場面である。

「ふいに、クー、という細い声がし、弱々しく袋を蹴る感触があった。全身に鳥肌が立つ。顔を刻まれ頭をつぶされても死にきれないタウチーにも、それをわざとらしく埋めさせようとする父にも、柔順にしたがっている自分にも嫌悪と怒りが込み上げ、鳥肌が内臓にまで広がっていくようだった。口の紐をほどき、浜を上がるとアダンの茂みの奥に麻袋を放った。負けたタウチーを白い砂に葬る必要などなかった。野犬に食い荒らされ、ウジやヤドカリに肉の一片まで食い尽くされればよかった。スコップを砂に突き立てたまま、タカシは木麻黄の林を抜け、自転車を全力でこいで家に戻った。」（傍線は引用者）

　ここでタカシ少年は、死に瀕したタウチーを優しく葬ることを、「嫌悪と怒り」を込めて否定する。「嫌悪と怒り」の対象は「タウチー」であり、「父」であり、「自分」である。己れの存在を自覚せず、無知で、惨めにいいように弄ばれて死に行くタウチーに同情しない。死にゆく弱者を荒ぶるままに砂浜に放置する。荒ぶるままに放置することではじめて、惨めな弱者の死を自分の内に抱え込む。暴力の前に惨めで柔順であった少年が、父のように泣き寝入りすることを拒否する。その忍従の遺伝を断ち切るように初めて、反逆の刃を内部に宿すのだ。

　冷酷な復讐の鬼と化した少年は、その復讐の手段も残忍である。暴力団のボスの屋敷に忍び込み、カッターナイフの刃を埋め込んだポーク（ソーセージ）でボスの番犬のシェパードを悶死させ、ガソリンをばらまいて屋敷に火を放つ。

「三〇メートル以上の高さに燃え盛り、火の粉を巻き上げて垂直に伸びる火柱」を、「オレンジの火柱は、直立するタウチーの羽のように美しかった。」と見上げ、壮絶な復讐を遂げる最後の場面は圧巻であり、戦慄せずにはおれない。非合法的手段による復讐の放火を「直立するタウチーのように美しかった」とタカシに感じさせる設定のなかに、結局は、「日米権力者の交渉」によって、沖縄問題の合法的解決を求めるしか能のない今日の革新運動体への作家の苛立ちと批評性が込められているに違いないのである。

それにしても、「垂直に伸びる火柱」「直立するタウチー」というイメージには、あるいは、目取真俊という作家の文学する姿勢が仮託されているに違いないと、痛く共鳴したのである。共同体との同化を拒否し、マスコミ受けすることを潔しとせず、敢えて困難な孤立の道を選ぶ目取真俊。

私はしばらく、この若い作家から目を離さずにいたいと思うのだ。

（一九九八年一月・天荒創刊号）

野ざらし俳句の解釈をめぐって
《黒人街狂女が曳きずる半死の亀》論

I

一月のある日、野ざらし延男先生の家で、高良勉、大城貞俊、おおしろ建らと座を共にした。大城貞俊は、『郷土の文学』(沖縄県教育委員会発行)の指導書作成を手掛けていて、その原稿ゲラを持ち込んで、俳句部門の解説の監修（?）を野ざらし先生に受けているところであった。そのなかで、「黒人街——」の句の解釈に話題が及んだ。

《黒人街狂女が曳きずる半死の亀》

前回、この句については「いろいろな解釈がある」と述べたのであるが、たとえば、高良勉は、雑談の場でのことではあるが、「エロチックな句だ」と評した。その真意を深く問うたわけではないのだが、狂女と亀の取り合わせから連想してのことに違いない。なるほど、亀のあの伸縮する首は、グロテスクな形状といい、性質といい、十分にエロチックなのであり、まして、それを黒人街の中を狂女が引きずって歩く様を想像すると、この句はもう、猥雑な色街の生態をリアルに活写した句に違いないと解するしかないのである。

大城貞俊は、そのゲラ原稿において、この句を次のように解説している。

【句意】「基地の街・コザの黒人街は、戦後沖縄に突然現れた米兵相手の歓楽街である。その中を、狂った女が曳きずり歩いている半死の亀。」

【鑑賞と指導のポイント】「『黒人街』『狂女』『半死の亀』の三つの語句の衝突が無限な広がりを生み出している句である。特に『狂女』に対する想像力をどのように飛翔させるかで、この句の鑑賞もより深まるはずだ。狂女は、戦争の悲惨さを体験して狂ったのか、あるいは、戦後の悲惨さの中で狂ったのか、また瀕死の亀は売り物なのか、死に瀕していることも知らないのか…。性と暴力の匂いのする黒人街を、自らも半死のごとき狂女が、半死の亀を曳きずり歩いているのである。」

さて、この解釈は、明らかに「狂女」を沖縄の民衆と見立てた解釈である。たしかに、黒人街を、髪を振り乱し胸や太股をはだけた狂女が、半死の亀を曳きずって歩く様を想像する時、それだけでも凄惨きわまりない光景である。大城貞俊の解釈はこの句の世界に十分迫っており、的をはずれているわけではない、と思う。だが、この解釈では、狂女の曳きずるのが、なぜ「亀」なのか、という疑問に答えてくれない。大城貞俊は「瀕死の亀は売り物なのか」と問いかけているが、亀を飼う習慣も売る習慣もない沖縄において、この解釈はいかにも無理な感じを受けるし、第一それでは、句の解説が穏やかすぎるのである。

とはいえ、実は、私自身もまた、これまで「狂女」を「沖縄の民衆」として解釈してきたのであった。実際、コザには、白人街、黒人街と称する歓楽街があり、黒人街と称される一画には、売春を生業とする沖縄の女性たちが居たわけで、そこには、人生を狂わせた女たちが、黒人兵相手に性を切り売りするか、オンリーとなって生活する空間が存在したのである。いや、それは、単に、性だけではない。質屋、飲み屋、衣料品、写真屋、翻訳業者などあらゆる種類の職業が米兵相手の生業を営んでいたのである。

何らかの理由で、人生を狂わされた女性たち。いや、それらの大半は、去る沖縄戦に起因している。米軍の攻撃と占領、そして土地を奪われたことによる生活形態の変容とその後の長期の軍事支配が、その人生を狂わせた大半の要因を占めている。「狂女」とは、まさしく、そのように人生を狂わされた女たちのことであるにほかならない。ところで、これまた、極東の安全のためにと称して遠く沖縄くんだりまで派兵され、軍隊生活の重圧からくる苛立ちと戦場での恐怖を、異国の色街で性と暴力の形態で発散させている米兵たちもまた、その生は疎外され、半死の状態にある。黒人街には、まさに、人生を狂わされたもの同士の狂女と黒人兵が、性愛を介在させてひきずりあっていたのである。〈黒人街狂女が曳きずる半死の亀〉の句は、まさにそうした沖縄の狂った世相を見事に抉り取って見せた秀句である。

ところで、作者は、この句において、なぜ、「白人街」とせず、「黒人街」としたのであろうか。米軍の大半はむしろ白人兵である。だから、コザの飲み屋街も大半は白人相手であり、場所的にも「ゲート通り」と称される華やかで利便のいい場所は白人が占めていて、「白人街」と呼ばれている。黒人街と称される地域は基地からも遠く不便で窮屈な一画を占めるにすぎない。だから、沖縄に駐留する米軍を象徴するのは白人兵であり、黒人兵は圧倒的に少数なのである。にもかかわらず、作者が、あえて「黒人街」と詠ずる時、そこに、作者の「問題意識」が存在する。「民主主義」国家アメリカ国内において、歴史的、現在的にも黒人に対する人種差別が存在することは周知のことであるが、これは、米軍隊内にも存在する。黒人兵は、軍隊内においても人種的に差別され、軍人としての疎外に加えて、黒人としての疎外を、日々、二重に受けているのである。他方、売春婦としての狂女は、まさに、そのことによって、同じ沖縄人からも蔑まれ、差別されざるをえない。黒人街には、まさに、人生を狂わされ二重に疎外された者同士の矛盾と悲哀が塗り込められているのであり、その意味で、「基地沖縄」というだけでは集約できない矛盾が存在するのである。「黒人街」とは、また、人種差別の象徴でもあるのだ。作者が「白人街」としなかった所以であり、対象を凝視する時の作者の批評眼の深さからくるものである。

ところで、作者の弁によれば、「狂女」によって象徴させたのは「沖縄(の民衆)」ではなく米軍であり、「半死の亀」が「沖縄(の民衆)」なのだという。このことについては前回の文で述べた通りであるが、では、なぜ、作者は、沖縄を「亀」で象徴させたのであろうか。

「亀」というと、「おとなしい」「長生き」「のろい」などが思い浮かんでくるのであるが、ところで、これらの特徴はそのまま、沖縄の人間の特性に似ているのである。いや、それ以上に、亀が首をすくめる習性は、いかにも沖縄人の臆病な習性と似ており、それは基地権力者におびえ、たえず米軍の顔色を窺いながら戦々恐々してきた琉球政府および沖縄の民衆を想起させるものである。また、危険が迫ると甲羅の中に首を縮め、手足を隠し、危険が過ぎ去るのを待つしかない亀の習性は、戦争中、亀甲墓に身を隠して過ごし、墓の入り口から外を覗いては戦況をうかがっていた民衆の姿をも想起させるものである。作者は、亀のような民衆に対して限りない愛着と親密感を寄せているのはたしかである。だが、それは、愛着だけではない。そこには同時に、亀のように生きるしかない民衆への批評の目が働いている。どんなに理不尽にいじめられ、半死の状態になるまで抑圧されてもなお、なんらの手出しもせず、おとなしく無抵抗に甲羅に閉じ籠っているだけの沖縄の民衆への苛立ちと痛みが、そこには込められている。

「半死の亀」に沖縄の民衆を象徴させた作者の思いが奈辺にあるか歴然としているのである。

ところで、この作品のように、作者が作品に込めたねらいが、必ずしも作者のねらい通りに読まれないということは多々起こる。一旦作者の手を離れた作品の負うべき宿命であるとはいえ、あらためて、多様な読み方を可能にする作品の奥深さに驚かされてしまうのである。

（一九九八年二月・天荒創刊号）

Ⅱ

前号で、《黒人街狂女が曳きずる半死の亀》の句についての様々な解釈の例をみてきた。ここで、この句に対するおおしろ建の解釈をみておこう。おおしろ建は、「天荒」会報一八三号（一九九七年四月号）の「野ざらし俳句を読む」の中で、この句に触れて次のように述べている。

「思想を学び沖縄の置かれた位置を確認した野ざらし青年の視線は現実を厳しく認識する。ただ同情するだけでなく、基地が持つ本質を抉りだす。目の前の風景の裏側を探り求める。黒人街の呼び名はアメリカのある断面を意識させる。狂わなくてはならない現実。狂女も半死の亀もみな沖縄だ。」

ここでおおしろ建は、「狂女も半死の亀もみな沖縄だ」と述べていて、先にみた、高良勉や大城貞俊とも違った独自の解釈をみせている。そして、「狂女も沖縄」としている点では、作者との違いがあるとは言え、「半死の亀」を「沖縄だ」としている点では、野ざらし俳句をていねいに読み込んできたおおしろ建ならではの解釈になっている。作者のねらいを汲みとったものになっており、さすがである。

ただ、ここでも、ではなぜ、亀で沖縄を象徴させたのかということについては、十分に答えているわけではない。

ところで、前回、「亀」でなければならない理由についての私の解釈を述べたのだが、どうもそのあと、読み返してみて、亀の持つイメージと沖縄の人たちの気質的類似性という点から説明しすぎた感じがして落ち着かない。むしろ、作者が、亀で沖縄を象徴させたのは、まさに亀が甲羅を背負った動物であるという点にこそあったのではないか、と考え直したのである。宿痾のように重い甲羅を背負ってよたよた歩む亀の姿は、まさに、軍事基地という重圧を背負って喘ぐ沖縄の民衆の姿そのものである。亀にとっての甲羅は重い荷であるとはいえ、すでにそれは肉体の一部として組み込まれている。だから、どんなに重かろうと、亀は終生それを背負って生きるしかない。沖縄にとっての軍事基地もまたそうなってしまったかに見える。基地の存在は沖縄の人々の生活・文化に深く食い込み、基地収入なしには県民生活そのものが成り立たなくなっているかに見える。文化的にも、米軍渡来の文化との混入を「ちゃんぷるー文化」として、何のひっかかりや否定意識もないままに称揚する風潮さえある。このように見てくると、まさしく亀の甲羅は米軍基地そのものに違いないのだ。いや、だが、それだけではない。亀の甲羅は、単に軍事基地を意味するだけではない。一六〇九年の島津の琉球侵略以降、ヤマト支配の重圧に泣き、戦後は、軍事基地の重圧を受けて半死の状態に置かれている。このような忍従の歴史を背負った沖縄の歴史的・現在的姿の総体をこそ「亀」のイメージに象徴させたかったのではないか。このように思い至った時ようやく、私は、亀にまつわる様々な意匠から解放され、落ち着くことができたのである。

（一九九八年三月・天荒創刊号）

清田政信「ザリ蟹といわれる男の詩編」をめぐって

清田政信の「ザリ蟹といわれる男の詩編」は、第一詩集『遠い朝・眼の歩み』（一九六三年刊）に収められていて、十五章一七七行に及ぶ長編詩である。

この詩について、清田政信の詩と詩精神から根底的な影響を受け、清田政信の詩の理解者として第一人者であることを自他共に認ずる詩人の新城兵一は、清田政信のエッセイ「詩と体験の流域」の中の一文を引用しながら次のように述べている。

『足指をそっくり折りとられたカニが甲羅だけ、八月の砂浜に投げ出されたような僕ら。よし甲羅でも、まだできることはある。甲羅の中ですさまじいビジョンをみることはできるはずだ。』と激しい意志と決意に貫かれた文章を書いている。この時、清田政信の混沌とした頭蓋の暗黒をよぎった『カニの甲羅』のイメージはいったい何であったろうか？」（「ザリ蟹といわれる男の詩編論」『負荷と転位』所収）

さて、私たちは、この一文をどのように読んだらよいのであろうか。少なくとも、ここでは二つのことが言える。一つは、作者の清田政信自身が「ザリガニ」を蟹の一種と勘違いしているということであり、二つ目は、この文を引用した新城兵一もまた、「ザリガニ」を「蟹」として理解してしまっているということである。

まず、作者自身について言えば、そのことは、「足指をそっくり折りとられたカニが甲羅だけ、八月の砂浜に投げ出されたような僕ら」という文によって明らかである。なぜなら、この文で、清田政信は、はっきりと、「足指を折りとられたカニ」と表記し、さらに、「八月の砂浜に投げ出された」と表記しているからである。だが、ザリガニとは、「カニ」という名で呼ばれてはいても、エビ類に属するのであり、蟹ではない。したがって、当然、淡水に棲息する動物だから「八月の砂浜」とも関係ないということになる。

百科事典にはザリガニについて、次のように記されている。

ざりがに＝エビガニともいう。カニの名がついているが、実はエビの類で、腹部を曲げていることと、大きなはさみ足があるために、カニの名がついたものであろう。これがいざるようにしてはうので、もともとイザリガニといったのが、ザリガニになったのだといわれている。

（平凡社「世界大百科事典」）

また、国語辞典では次のようになっている。

ざりがに【蝲蛄】＝甲殻類、ザリガニ科のえびの一種。河川・湖沼にすみ、形はえびに似て、大きなはさみをもつ。あとずさりするのでその名がある。えびがに。

（「旺文社　国語辞典」）

もちろん、先の一文は、先に提示したように一九六〇年十一月に発表した「詩と体験の流域」というエッセイの一節であって、「ザリ蟹といわれる男の詩編」という詩そのものであるわけではない。だが、「ザリ蟹――」という詩句が、この一文に対応した詩句であることは明らかであり、清田は明らかに「ザリ蟹」によって、「蟹」をイメージさせようとしたのだということは、次のような詩句を例示すれば明白なことであるように思える。

脱落オルグの前進しない習性
横にしか移動しない夥しい焦立ちの形をみても
きみも　ぼくも　ザリ蟹だ

「前進しない習性」「横にしか移動しない」というのは、蟹の習性ではあっても、ザリガニの習性ではない。ザリガニは後ずさる習性を持つが、しかし、前進もする。また、横に移動することはない。

次のような詩句も、蟹をイメージしたものである。

ナイトクラブで甲羅を据え
酒をあおるのが滑稽であるよりも
革命の遂行された街を横ずさる
きみのトルソを想うのは滑稽だ
革命前夜の街を横ずさる
きみの甲羅が踏みしだかれる時
あらたな皮膚は　誕生の痛みにうずく　（Ⅳ章）

ザリ蟹の男　甲羅を被せ　自分の影に被せ
落下する不毛の海綿を食らい　夥しい死を分泌しながら
珊瑚樹が痛みをおしのべる半球の彼方
てんでに夜ひらく悪の眼球となって
まばたき　ともに哄う　（Ⅳ章）

これらの詩句で今、私が注目したいのは、「甲羅」という詩句である。いうまでもなく、ザリガニに甲羅はないし、また、ここでの詩句のイメージからしても、甲羅は「蟹の甲羅」以外ではありえない。さらに、「落下する不毛の海綿を食らい」とか「珊瑚樹が痛みをおしのべる」といった詩句も、「海」をイメージさせるものとなっているのである。

さて、二つ目は、この詩を解説する新城兵一もまた、作者の過ちをそのまま踏襲し、それにのっとって解釈をすすめているということである。このことは、新城の「清田政信の混沌とした頭蓋をよぎった『カニの甲羅』のイメージはいったい何であったろうか？」という一文によって明らかである。ここで新城は、「ザリガニ」の「ザリ」をあっさり取っ払って、「カニの甲羅」と言い切ってさえいるのである。

このように、清田の「ザリ蟹――」の詩の「ザリガニ」は、作者はじめ読者からも「蟹」として理解されてきたのであり、かく言う私もまた、そのような読者のひとりとしてあったのだ。「政治」と「文学」のはざまで激しく苛立ち、「政治も文学も」という無謀な想念に身を投じようとした、あの六〇年代後半の青春の一時期にこの詩と出会い、深い衝撃を受けた。これら先行するひとたちの語る革命運動への挫折と深い絶望は、その後の私の行動を根底において規定したといっていい。そして、この詩の熱情、その暗いささやきに反発しつつ心引かれ、ほとんどそらんじるほどに愛誦した。その中でこの詩のザリ蟹のイメージを、自分勝手に都合良く作り上げてきたと言っていい。

私が特に心奪われたのは、次のような詩句のもつ挫折のイメージである。

二十世紀の仄暗いキャバレーの
カウンターで　静かに空を切る手に
脱落オルグの前進しない習性
横にしか移動しない夥しい焦立ちの形をみても
きみも　ぼくも　ザリ蟹だ　（Ⅱ章）

ナイトクラブで甲羅を据え
酒をあおるのが滑稽であるよりも
革命の遂行された街を横ずさる
きみのトルソを想うのは滑稽だ　（Ⅳ章）

横ざまに組織される革命軍のためでなく
横ざまに抱き合うわびしい愛撫のためでなく
まあるい地球を這い歩くきみは
地核をえぐる　垂直な愛の放射を受信するために

言い廻るのだが　きみがみたのはこわれた堅琴
こがらしの通りすぎた街に
洪水の素早さでやってきた暁のごとき
逆流を組織できぬきみは　流謫の岸辺をめぐらねばならぬ　（Ⅳ章）

ザリ蟹の男　ひとたちの働く昼は　日輪に顔そむけ
氷った　ひとりの城で　潮騒に耳すまし
おもむろに　奇怪な確かさで　渦巻き　泡立つ
内らの海に　裸形のオルフェと語る　（Ⅶ章）

（詩集『遠い朝・眼の歩み』より）

これらの詩行に繰り返しでてくる「前進しない」「横にしか移動しない」「横ずさる」「横ざまに」という詩句にであう時、私は、奇妙なことだが、爪を虚空に挙げて後ずさるザリガニの姿をイメージし、そこに後ずさるように敗退するしかなかった作者の青春の惨劇のあり様を重ねていた。しかし、また、「ナイトクラブで甲羅を据え」とか、「氷った　ひとりの城で　潮騒に耳すまし」とかいうような詩句に対する時は、「蟹」をイメージし、そこに清田政信ら六〇年代の青春の孤独なあり様を重ねていたのである。特に、蟹をイメージするときは、先にみたエッセイの一節がどうしても、だぶってきて仕方がない。

「足指をそっくり折りとられたカニが甲羅だけ、八月の砂浜に投げ出されたような僕ら。よし甲羅でも、まだできることはある。甲羅の中で、すさまじいビジョンをみることはできるはずだ」。

琉球大学在学中に土地闘争を体験して敗北し、しかもその過程で、前衛党の擬制と、政治と組織の虚偽を見て深く絶望してしまった青春の惨劇。

手足をもぎ取られ、敗退してもなお、厳しい意志力で世界と対峙し、転生しようとする「足指のない甲羅だけの蟹」のイメージは、私の青春にとってもまた、胸が熱くなるほど鮮烈であったのだ。

私は、やっと、帰らざる青春の日々からの喉のつかえが取れた気持ちになっているのであるが、この詩の「ザリ蟹の男」は、エビ類のザリガニではなく、ただしく、甲羅を被った蟹でなければならないと、今、あらためて思うのである。


（一九九八年三月・天荒創刊号）

異端者の悲哀

蓑虫考

蓑虫や雨の死角に身を寄せる　　　　　廸子

私はこの句を八月の定例句会の一九四句の中の特選句に選んだ。この句の現実の風景は、雨の日、降りしきる雨を避け、軒下か垣根の木の下に身を寄せるように吊り下がっている蓑虫の姿であろう。作者は、片隅に身を寄せる小さな蓑虫の姿に気づき、心優しい目を注いでいるのである。「蓑虫や」と、心の声で呼びかけているところに、小さな生命に温かいまなざしを向けている作者の息遣いが伝わってくるようにさえ感じられるのである。いや、蓑虫は単に小さな命として映っているだけではない。俳句では蓑虫と言えば、鬼の子、親なし子、捨て子を意味するわけで、秋の季語となっている。この句でも当然、その意味は踏まえられているはずであり、してみると、作者が「蓑虫や」と呼びかける時、いわれなく鬼っ子と異端視される不憫な蓑虫への、限りない同情心が作者の心を満たしているに違いないのである。また、そのことは同時に、蓑虫を異端視する「世間の偏見たち」への〈抗議〉をも含ませていると思うのである。

ところで、蓑虫に「鬼っ子」「捨て子」等の意味を持たせてしまったのは、どうやら清少納言であるらしい。「枕草子」第四〇段の「虫の段」には、人の心をしみじみとさせるあわれな虫として蓑虫が出てくる。蓑虫は父親が鬼ゆえに鬼の子として恐れられ、母親にも捨てられ、秋になると親を求めて「ちちよ。ちちよ。」と悲しく鳴く。それが人の心を打つ、となっている。この枕草子の説話のせいで、「蓑虫は鬼の子」という説が広く世間に信じられることとなり、蓑虫は異端視されるようになったということらしいのである。清少納言もまた、ずいぶん罪なことをしたものである。

蓑虫には、しかしまた〈反逆者〉〈反乱者〉の意味もつきまとっている。歴史的には、江戸末期から明治初期にかけて、東北一帯で百姓一揆に決起した百姓たちを「蓑虫」と呼んでいたのである。これら百姓たちはよく組織されて訓練された集団で、金持ちの米蔵をぶち壊し略奪行為に及んだと言われているが、その百姓たちは、蓑を被り、顔には墨や煤を塗っていて、金持ちからは〈蓑虫〉と称されて恐れられ、百姓からは畏敬の念を持って迎えられたのだという。

さて、だいぶ横道にそれてしまったが、先の句に戻ることにしよう。降りしきる雨の〈動〉と、物陰に身を寄せ、蓑にくるんでじっとしている蓑虫の〈静〉の対照も、この句に奥行きを持たせてくれる。この雨は、どのような雨なのであろうか。土砂降りの雨なのか、しとしとと静かに降る雨なのか。蓑虫には、静かな雨の方がふさわしいように思える。どちらもやさしい雰囲気を感じさせるからである。だが実際には、土砂降りの、しかも横殴りの大雨ではないかと思う。なぜか。それは「雨の死角に身を寄せる」という中句の「雨の死角」という言葉からそう感じるのである。「死角」は容易に「刺客」を連想させる。「雨」が「刺客」だとしたらどうなるか。刺客の手を逃れるために、細い一本の糸に宙吊りにされたまま、手足をたたみ、頭だけ出してじっと情勢を窺っている姿は、哀れというより、壮絶で美しい。

ここまでくると、この句は、私に別のイメージを喚起させずにはおかない。私はこの句の「蓑虫」に、手足をもぎ取られ、抵抗する術を失ってもなお、見通しのきかない雨の彼方をじっとみつめる一人の変革者の姿を重ねて、心が熱くなったのである。それはあたかも幕末期、幕府の放つ刺客の手を逃れるために乞食に身をやつし、軒下に身を潜めて雨の止むのを待つ桂小五郎か坂本龍馬のイメージである。彼は蓑笠に身を包み、どしゃぶりの雨の彼方に時代を見つめつつ、じっと次の機会を待っている。それはまた、日米の安保・基地攻撃の集中攻撃にさらされ、しかも頼るべき指導者も政党も持たず、抵抗の術をもぎ取られて呻吟する沖縄の民衆の姿をも想起させる。

かつて清田政信は、「ザリ蟹といわれる男の詩編」において、闘う組織と民衆の闘いからの召還に絶望し、それでもなお、未来のビジョンを見据え、変革の意志を持続しようとする革命家のすさまじい生き方を、手足をもぎ取られ、二つの目だけを砂穴からもたげてぎらぎらさせているカニのイメージで表現したのであるが、この句の「雨の死角に身を寄せる」「蓑虫」もまた、清田のカニのイメージを想起させて美しい。

ガイドライン見直しを背景とした、基地の新たな再編強化と経済の再編、全県リゾート構想を引き金とした、本土資本の集中投与と自然環境のすさまじい破壊、そして沖縄のアイデンティティーの喪失。沖縄は再びドラスティックな転換期を迎え、集中豪雨的攻撃にさらされ、民衆はなす術なく、手足をもぎとられて宙吊りにされているではないか。「雨の死角に身を寄せる」「蓑虫」は、かなしい沖縄の民衆の姿であるにほかならないのだ。

と、まぁ、このような熱い思い入れをもって選んだ一句であったが、しかし、「蓑虫」は、野ざらし選句にも互選高点句にも選ばれはしなかった。佳句として選ばれていることがせめてもの救いだったが、私はずいぶんがっかりした。

だが、野ざらし延男氏がタイムス紙に連載中の『俳句時評』の次の一文（三月二三日付　沖縄タイムス）が、私に「勇気」を与えてくれる。

かつて、二六歳の野ざらし延男と、九州で『祝祭』という俳句誌を創刊したという元タイムス俳壇選者の穴井太（故人）は、創刊号に次の一文を寄せている。

「何といっても独断ほど愉快なものはない。たとえ、それがアナクロであっても、そうであるがために、かえって真実が一方に浮かびあがるというものである」。


（一九九八年六月・天荒二号）

本土文化人らの褒め殺し

Ⅰ

地獄への道は善意の絨毯で
敷き詰められている。

池澤夏樹は、目取真俊との対談（『文学界』97年・九月号）で、「僕は最近、自分自身が沖縄に来て十二年半、一種の褒め殺しをしてきたのではないかという反省もあるんです。」と述べている。これは、目取真俊の『けーし風』十三号の「最近は本土の知識人も親切でやさしい人が増えて、沖縄を賛美するばかりで辛辣な批判はしない」という一文に応えての発言である。

池澤夏樹は反省的に述べているのであるが、なるほど沖縄に対して「褒め殺し」ではないか、と思えるような文章を書く本土の革新的な文学者や知識人は他にもいる。私の貧しい読書体験によれば、作家では、大江健三郎、灰谷健次郎、下嶋哲朗らがそれに属するのではないかと思う。沖縄を意識するに至った動機や、沖縄に対する思い入れの度合いなどにおいてそれぞれに違いがあるとはいえ、彼らが沖縄を取り上げる際に共通しているのは、「本土にはない素晴らしいものが沖縄には残っている」という思いであり、「沖縄は戦前から今日まで、本土から不当に差別されてきた」ということへの自責の念であるように思える。それはたとえば、「沖縄のやさしさ」というかたちで言われたり、「沖縄に対して申し訳ない」というように、様々な「沖縄コンプレックス」を抱くという形で表れたりする。このような沖縄への負債感を基底的な動機として書かれた作品の典型が、大江健三郎の『沖縄ノート』であろう。ほかにも灰谷健次郎の『太陽の子』『沖縄の空』『はるかなニライ・カナイ』、下嶋哲朗の『南風の吹く島』、岡部伊都子の『沖縄の骨』、池澤夏樹の沖縄について書いた諸エッセイなどがその系列に入るのではないか。筑紫哲也なども、基底を流れるトーンは同じである。

大江健三郎の場合

大江健三郎は、たとえば、『沖縄ノート』の中で、次のような文章を書いている。

「僕はやがてこの、日本人らしく醜い、という言葉を、単なる容貌の範囲をはるかにこえて、認識してゆくことになった。そしてそれは、沖縄こそが、僕をそのような認識にみちびいたのだと、そしてその認識が、より多くのことどもにかかわって僕を、日本人とはなにか、このような日本人ではないところの日本人へと自分をかえることはできないか、という無力な嘆きのような、出口なしのつきあたりでの思考へと追いやっているのだと、あらためて僕のいま考える、そもそもの端緒であった。」

この文章は実に難解である、というよりは、はっきり言って悪文である。ここで大江が言わんとしていることを、分かりやすく書き直せば、次のように簡潔に言えば済むことである。〈僕は、沖縄と出会うことで、日本人は醜いと認識するようになった。そして、日本人とはなにかと考えるようになり、このような醜い日本人ではない日本人へと自分をかえることはできないかと自分を問い詰めてみて、答えを探せずに苦しんでいた。〉

大江は、このようなすっきりした、簡潔明瞭な文で書こうとしない。それは、大江健三郎の資質からくる文体の特徴であるという以前に、このような曲がりくねった文章によってしか沖縄と対峙しえない、大江の複雑な感情があってのことであろう。沖縄に対する幾重にも屈折した内面の苦渋が、あえて平板な表現を退けさせ、難解な修飾過多の文体を選ばせているのであろうが、しかし褒められた文章ではないということは確かである。

これらの人たちの文章や作品が、沖縄の実際の現実を見て実感し、「沖縄の良さ」を称えたり、「罪滅ぼしに沖縄に何かしてあげたい」という、善意のレベルでなされている間は、それほど罪なことではない。しかし、それが思いあまって、ないこともあるかのように褒めそやしたり、時には自分の観念の中で勝手に「沖縄像」をつくりあげ、その観念に合わせて現実の沖縄を描き出したりするようになると、始末が悪くなる。『沖縄ノート』から、もう一ヵ所引用してみることにしよう。

「僕は、リハビリテイションへの設備に欠けていることはもとより、定員の二倍をこえる少年たちが収容されている、琉球少年院の傷だらけの金網のなかの秩序がなんとか保たれていることの根拠として、そこに収容されている少年たちの年齢においては、沖縄戦で絶望的な潰滅の戦闘に加わらねばならなかった者たちである、教官たちの異様な努力と、それにこたえる非行少年たちのストイシズムとがあるのではないかと空想した。」

一文が二〇〇字以上も続いていて、まさしく悪文の典型というべき文であるが、ここで言われていることは、琉球少年院の非行少年たちが、設備が悪く二倍以上の定員で収容されても暴動を起こさないのは、教官たちへの非行少年たちの協力があるからである。それは教官たちが、自分と同じ年齢の頃、沖縄戦の悲惨な体験をした人間であることを知っているからである。つまり沖縄では、非行少年でさえも、沖縄戦を体験した者に対しては、ある敬意を払って反抗しない状況がある、ということを、ここで大江は言いたいのである。要するに大江は、本土では既に戦争が風化している中で、沖縄ではそれがまだ、非行少年のなかにおいてさえ意識されているということを、ここで言いたいのである。

だが、そのようなことは、大江が勝手に作り上げた沖縄像であるにすぎないし、実際その後、少年院の集団脱走が相次いで発生したという事実によって、この考えが文字通り「空想」にすぎなかったということを、思い知らされることになるのである。

大江が、このように沖縄について、何から何まで善意に解釈しようとするそのことに、何らの悪意があろうはずはなく、沖縄への誠実な善意からきているのだということはよく分かる。だがそれは褒め殺しというものだ。「殺し」というからには、何かを殺している。では、沖縄の良さを褒めそやすことで何を殺してしまうのであろうか。「沖縄の悪さ、貧しさ」を自覚する芽を殺してしまうのである。自覚する芽を殺すことで、克服されるべき問題が、いつまでも放置され、思想の閉塞状況をもたらすことになるのである。私には、本土の革新的知識人たちの「日の丸・君が代問題」に対する発言などは、その典型であるように思える。具体的な例を紹介し、検討してみることにする。

下嶋哲朗の場合

児童文学者・下嶋哲朗は、数年前の琉球新報朝刊に「いま『日の丸』焼却事件を考える」と題する論考を五回にわたって連載している。彼はこの中で、次のように述べている。

「同村波平のチビチリガマにおいて、八二人もの村民が『天皇陛下バンザイ』と叫び、死んでいった。同村役場はこのような史実から『日の丸・君が代』を『戦争につながるモノ』として、復帰後一度も実施しなかった。」

私は、本土文人たちのこのような文章に接するたびに、「どうも違うな」という違和感を覚えてしまう。「沖縄の人間への買いかぶりであり、褒め殺しではないか」というのが正直な気持ちなのである。

下嶋が、沖縄の人たちは、人一倍、「戦争につながるモノ」を忌み嫌っているのだということを浮き彫りにしようとする気持ちから、このように書いているということについては、共感もするし、有り難いとも思う。しかし、読谷村の村民が、チビチリガマの悲劇をどれだけ戦後も意識化していたかは疑問だし、ましてそのことを原点に据えて（ということは、思想の核に据えて）、「日の丸・君が代」問題という政治的問題に対処しているかとなると、これはもう現実の村民の実態とはかけ離れた「沖縄像」でしかない、というのが正直な気持ちなのである。むしろ現実には、広大な土地を軍事基地にとられていながら、その軍用地代を有り難いと思って生活している村民が多数いるというのが実状である。

本土においては既に、戦争は風化し、過去のモノとして忘れ去られ、現在の豊かさを謳歌している。だが、国内で唯一住民を巻き込んだ地上戦の場となり、肉親が肉親を危め合う「集団死」（下嶋哲朗は「集団自決」としている）の地獄絵図が強いられた沖縄では、戦争はまだ過去のものではなく、人々の生活の場で意識されている。だから、「日の丸・君が代」も「戦争につながるモノ」として忌避されてきた。下嶋哲朗が先のような文を書く基底には、このような思いがあってのことであろう。実際、下嶋哲朗は、戦後長い間、関係者の沈黙で歴史の闇に埋もれていたチビチリガマの集団死の実態を突き止めたわけで、その執念と業績は敬服に値する。だが、八二人の村民が集団死を遂げたという史実があることをもって、ただちに同村が、「日の丸・君が代」を実施しなくなったとするのは、あまりに短絡的である。戦争の悲惨な史実は、それだけで即、戦争否定へとつながるわけではない。そのことは沖縄の遺族連合会が、常に重要な保守支持層の温床になっていることでも分かることである。史実から何をどう学ぶか、という内省の論理が戦争否定の論理へとどう結びついたかということが大事なのである。

さて、横道にそれてしまったが、先の文章に戻ることにしよう。下嶋哲朗の文の間違いの第一は、「同村役場はこのような史実から『日の丸・君が代』を……復帰後一度も実施しなかった。」としていることにある。そもそも村役場に「日の丸」を掲揚するなんてことは、沖縄では別に読谷村に限らずどこの村にもない。同様に、村役場が村民を集めて「君が代」を歌わすなんてこともどこでもない。だから「実施しなかった」のは、チビチリガマの集団死という史実とは関係ないことであり、とりたてていうほどのことではない。してみると、ここでいう「村役場は」というのは、「村内では」とか、「村主催の」とか、「村立の建物では」と解釈するしかない。「村民は」とすれば、いちばんすっきりする。

だが周知のように、一九八六年三月の卒業式から一九八七年四月の入学式の過程で、読谷村内の小・中・高校の全てにおいて、「日の丸・君が代」は実施されたのである。

また、「読谷村内では」、七二年日本復帰と同時に、米軍基地のトリイ・ステーション内に星条旗と並んで、異様に巨大な日の丸が毎日へんぽんと翻っているのである。下嶋哲朗は、これらの「史実」を「村役場は」ということであいまいにし、ごまかしているのである。

ごまかしはまだある。それは、「復帰後は一度も実施しなかった」というくだりである。なぜ「復帰後は」と限定するのであろうか。これは「復帰前は」何度も実施した、ということを隠蔽するためである。復帰運動の高揚する最中、読谷村も例外ではなく、村を挙げて日の丸掲揚運動を推進しているのである。このことは例えば、下嶋哲朗が裁判を支援する知花昌一自身が、『焼き捨てられた日の丸』という著書の中で、次のように回想しているのである。

「読谷高校に入ると、先生たちは授業時間をも使って熱心に復帰運動の話をしてくれた。（略）高校二年の春、四・二八デーのときには、辺戸岬を回る行進団を私たち生徒は総出で日の丸の小旗を振って歓迎した。その頃の日の丸は、復帰を願う私たちのシンボルだった。（略）その頃、現在の山内村長は世界史の教師として読谷高校の教壇に立っていた。」

「日の丸を焼き捨てた」として逮捕され、裁判にかけられている知花昌一は、これらの日の丸実施についての体験を、何の否定感もなく、むしろなつかしそうに語っている。私には奇異に感じられてならない。高校生であったとはいえ、復帰行進団を「日の丸の小旗を振って歓迎した」知花昌一は、いったいどのように自分を「反省」したがゆえに、「日の丸を焼き捨てる」行為に出たのであろうか。さらに言えば、復帰運動の民族主義について、どのように批判し克服してきたのであろうか。私があえて、こうした問題意識にこだわるのは、今日でもなお『沖縄を返せ』という民族主義丸だしの歌を、「沖縄に返せ」と、「を」を「に」に変えるだけで、県民大会などで堂々と歌ってはばからない光景が、厳然と存在する軽薄な思想風土を問題にするからにほかならない。

さて、このような思想的な問題をも含む重要な問題が、「復帰前」とするか「復帰後」とするかによって、決定的に違ってくるのである。「チビチリガマにおいて、八二人もの村民が『天皇陛下バンザイ』を叫び、死んでいった」という悲惨な史実をつきとめ、チビチリガマの「集団自決」は、皇民化教育の犠牲にほかならないことを告発する下嶋哲朗は、二度とこのような悲惨な死があってはならないという考えに立っており、読谷村民もそうあって欲しいと願っている。だから、下嶋哲朗は先の文章を次のように書きたかったに違いない。

「同村波平所在のチビチリガマにおいて、八二人もの村民が『天皇陛下バンザイ』と叫び、死んでいった。同村民はこのような史実から『日の丸・君が代』を『戦争につながるモノ』として、戦後一度も実施しなかった。」

このように書けばスッキリする。しかし、史実は違う。同村及び村民は、村長はじめ、過去、復帰運動の過程で、日の丸を何度も掲げているのである。八二人の死者及び遺族は、「日の丸」を掲げた復帰運動の中で、何度も蹂躙され続けてきたのである。この核心点をすり抜ける環となっているものこそ、「村民は」とすべきを「村役場は」と書き、「戦後」とすべきを「復帰後」とした言葉の操作にほかならない。民衆の悲惨な死を悼む下嶋の思いは、しかし、史実を歪めることで、民衆のありのままの姿に蓋をしようとしているのである。

なお、揚げ足をとるつもりはないが、「八二人もの村民が『天皇陛下バンザイ』を叫び、死んでいった。」という言い方も正確ではない。下嶋の調査資料でも八二人（実際は八五人）のうち、約半数は十四歳以下の子どもであり、十一人は五歳以下の幼児であって、「天皇陛下バンザイ」と叫べるはずはないからである。

（一九九八年七月・天荒二号）

Ⅱ

佃渡しで娘がいった
〈水がきれいね　夏に行った海岸のように〉
そんなことはない　みてみな
繋がれた河蒸気のとものところに
芥がたまって揺れているのがみえるだろう
ずっと昔からそうだった

（「佃渡しで」吉本隆明）

ところで、下嶋哲朗はなぜ、このような姑息としかいいようのないような言葉の操作を行ってまで、史実をごまかし、読谷村に「日の丸」掲揚の事実は存在しなかったということを主張したがるのであろうか。

それは、一九八七年一〇月の沖縄国体で、ソフトボール競技の会場となった読谷村に、広瀬勝（日本ソフトボール協会会長）が日の丸を掲揚させるまでは、読谷村に日の丸掲揚の事実はなかった、ということを強弁するためであろう。下嶋哲朗はそうすることで、広瀬が読谷村に初めて「日の丸・君が代」を持ち込んだ人物であり、その最初の「日の丸」を、やむにやまれず焼き捨てたのが知花昌一氏なのだ、ということを浮き彫りにしようとしているのだと言える。

「国体の二年前から、文部省による学校現場への『日の丸・君が代』の強制が始まったが、これに反対する村民は、八千三百人余の署名によってその意思を明示した。」

だが、そのような村民の意思表示にもかかわらず、八七年の国体以前に、読谷村内の小・中・高のすべての学校で、「日の丸」は掲揚され、「君が代」は流されたのである。下嶋哲朗はこの事実にふれようとしない。ふれないままに、文を次のように続けていく。

「村民の反対の意思は『日の丸を先頭に、君が代を歌い、天皇のために総動員された』という沖縄戦から、生命と引き換えに学んだ、それだけに何ぴとたりとも侵すことは許されない、厳粛な選択だった。だがそれを平然と踏みにじる者が出現した。広瀬勝・日ソ協会長（元）である。彼は『日の丸』を先頭に『君が代』を歌いながら、沖縄へ乗り込んで来たのである。」

右翼ファシストまがいの広瀬という人物を擁護する気持ちなど、さらさらないのであるが、「何ぴとたりとも犯すことは許されない」村民の意思を、「平然と踏みにじ」り、「日の丸・君が代」を、読谷村に最初に持ち込んだのは、広瀬ではない。先に見た通り、それは近くは八六、八七年の入学式・卒業式において「日の丸・君が代」を強行実施した各学校管理者たちであり、教職員組合もまた、「日の丸掲揚阻止」の方針を降ろすことによってそれに加担したのである。そしてさらに遠くは、かつて日の丸を振って祖国復帰運動を推進した、沖縄の民主団体及び革新諸政党の指導者たちであって、日の丸は彼らによって、読谷村内で何度も掲揚され、打ち振られてきたのである。

このような史実を、下嶋哲朗が知らないはずはない。知っていてそれに言及しないのは、それに言及すると、必然的に沖縄革新の批判に行きつかざるを得ないからであり、そのことは、「読谷村に日の丸を最初に持ち込んだのは広瀬である」という論拠をも失ってしまうことになるからである。下嶋哲朗はあえて「沖縄の貧しさ、革新側の恥部」を見ようとしないのである。いや、下嶋哲朗が「沖縄の民衆において戦争体験は風化してないはずだ」という観念にとらわれている限り、決して沖縄の否定面は見えてこない。だが沖縄に肩入れするあまり、その恥部を押し隠し、黒を白と言いくるめて褒めちぎるだけでは、いつまでも復帰運動の孕む民族主義ないし、反米民族主義的誤謬を思想的に克服することは決してできない。「あの頃の日の丸は抵抗のシンボルだった」とか、「素朴な民族主義的復帰思想は、反戦復帰に変わった」などと言うことによって、あたかも復帰運動の孕む思想的限界を克服したかのように開き直る退廃が、今日なお革新指導部のなかに存在する。このような、今日の革新指導部の堕落と混迷を助長しているのは、下嶋哲朗氏のような本土文化人たちの「褒め殺し」の姿勢にも、その責任の一端があるのだということを言わねばならないのである。

知識人の役割

さて、下嶋哲朗はチビチリガマの集団死を記録した『南風の吹く日』において、戦争の犠牲となった沖縄民衆の悲惨な実態を明らかにし、軍国主義に凝り固まった軍隊がいかに愚劣であるか、そして誤った教育がいかに民衆を悲劇に導くか、ということを告発してくれたのであった。それを告発する下嶋の動機は、名もなく貧しい庶民や純真無垢な子どもたちが、国家の愚劣な政策の犠牲になっていくことに対するヒューマンな怒りであると言っていい。

下嶋は同作品で、軍国主義教育の積極的な担い手であり、実際に教え子を義勇軍として戦場に送り出し、戦死させてしまった体験を持つ具志堅という教師を登場させて、次のように語らせている。

「私たち戦争の体験者は、今のこの時代はとても危険な段階にいると肌で感じているのです。理屈ではありません。肌が警告しているのです。」

私たちは、このような発言をどのように受け止めたらいいのであろうか。共鳴し、うなずくべきであろうか。だが、私はうなずこうとして、はたと立ち止まってしまう。この発言には、少なくとも二つの点で疑問が残るからである。一つは、この具志堅という発言者が教師だということからくる疑問である。教師といえば、いわば知識人である。一般の庶民ではない。一般の庶民の発言なら分からないわけでもないが、知識人である教師が一庶民であるかのように「理屈ではなく、肌で感じる」ということを言うべきではないと思うからである。もう一つの疑問は、この教師が「理屈」より「肌で感じる」とする「感覚」を、物事の価値判断の優位においているのではないか、ということである。つまり理屈に頼るのが知識人であり、感覚に頼るのが庶民であるとした上で、庶民の感覚こそ真実であり、信頼に値するという考えが無意識のうちに貫かれているように思えるのである。そして実は、このような庶民の感覚こそ真実という考えは、著者である下嶋自身の考えなのだということである。

下嶋は、こうした「理屈ぬきの庶民の感覚」を称揚し、そこに自分の判断の基準を同化させせようとしている。だが果たして、庶民の感覚というのは、それ自体で称揚されるべきものであり、知識人もそこに同化させるべきほど大切なものなのであろうか。

庶民の感覚というのは、日常の生活体験から独自に身につけたものとして、既成の価値観や受け売りの理屈に左右されてないという点で、その素朴さや純粋性において、瞠目すべき真実を示すことがある。だが、同時にそれは、権威に弱く、政治の論理に無力であるという側面を見せる。戦時中には、何のための戦争かを考えずに「理屈ぬき」で戦争に協力し、もっとも熱狂的に戦争を遂行したのもまた、そうした庶民の感覚である。

だから、知識人であり文学者である下嶋が為すべきことは、なぜ日本の庶民が、なんの疑問も抵抗もなく、戦争にやすやすと巻き込まれていったのかということを「理屈」で解明することであり、また、日本の文学界が、ごく少数の例外を除いて、なぜ戦争に対し芸術的に抵抗する文学者を持つことが出来なかったのかということを解明することであるはずだ。すべての文学者や知識人が戦争協力者として振る舞ったというそのことは、彼らが、庶民と何ら変わらない感覚で、日本ナショナリズムに同化してしまったということと、決して無関係ではないはずである。

私たちは、庶民の「理屈ぬきの感覚」に依拠し、そこに思想の拠点を据えるわけにはいかない。「理屈ぬき」ではなく、「理屈」＝唯物論的論理によって、戦争の原因と論理をきちんと把握するのでなければならない。「理屈ぬきの感覚」だけでは、再び戦争の論理に飲み込まれ、反戦の立場を貫くことはできないのである。戦争体験者のすべてが、反戦の立場を貫くわけではないのもそこにある。庶民の「理屈ぬきの感覚」を称揚し、それを絶対視するのは、庶民性への拝脆であり、知識人としての責任放棄である。

ところで、かつて高校生の時に、日の丸の旗を振って復帰行進団を歓迎したという知花昌一氏は、どのような理由で「日の丸を焼き捨てる」という行為にでたのであろうか。知花氏は、その動機について次のように語っている。

「私の母校でもある読谷高校の卒業式で、女生徒が掲げられていた日の丸をはぎとり、ドブにつけ、捨てるということが起きた。私はこの女生徒の行動に感動した。……日の丸はいやだ、君が代は戦争につながる……そういうことを高校生の非常にナイーブな感覚で受けとめた……行為ではなかったか。（中略）ところが、今度は、日の丸が、大人の行事としての国体に無理やりにあげられようとしている。その時大人はどういう態度をとるのか。……『おろす』ということ、それがあの女生徒をはじめ、若い人々に対する大人としての答えだ。」

「さらに私が日の丸をひきおろすということを決意した背景には、この読谷村のわが波平部落で沖縄戦のはじめに起こったチビチリガマ『集団自決』の調査活動に参加した者としてのやむにやまれぬ思いがあった。」

知花氏は、日の丸をひきおろすという政治的行為の動機について、「女生徒のナイーブな感覚」に応えるためであり、「チビチリガマに関係した者としてのやむにやまれぬ思い」からであったと述べている。知花氏もまたここで、自らの行為の立脚点を「感覚」や「思い」においていて、基本的に、先の下嶋哲朗と同様の立場から、日の丸の掲揚を告発している。違うのは、下嶋氏が「庶民」としているのに対し、知花氏が「女生徒」としていることだけである。下嶋氏や知花氏が「庶民」や「女生徒」の感性を押し出すのは、それが素朴で純粋だと考えられているからである。そして、このような知花氏の主張を手放しで称賛する本土文化人もまた後を断たないようである。

「出頭する直前の記者会見の席で知花氏は、読谷高校の卒業式で日の丸を降ろした女生徒や、君が代演奏拒否の中学生の例をあげ、今度こそ大人が国体の場で行動を起こさなければならないと、決意の理由を語っている。

彼は労組を中心とする『日の丸・君が代』反対運動の「空転」に苛立ち、大人たちの法則や論理より、生徒たちのナイーブでデリケートな感性の方に共感し、これと連帯したのである。」(『旗焼く島の物語』高澤秀次　傍線部は引用者)

このように高澤秀次は、知花氏の行為を「論理」より「生徒たちのナイーブでデリケートな感性」に「共感」し、「連帯」した行動として称揚するのである。だが、「生徒たちのナイーブでデリケートな感性」などというものが、果たして純枠な形で存在するであろうか。それは、復帰運動の高揚している時は、「大人」が日の丸を振れば、それに呼応して日の丸を振るような、「ナイーブでデリケートな感性」なのであり、「生徒たちの感性」を、それ自体で絶対視し、美化することはできないはずなのである。実際、知花氏自身が高校生の頃、復帰行進団を歓迎して日の丸を振ったわけであり、それは決して純粋で「ナイーブな感性」といえるものではないはずなのである。

それに、知花氏は庶民ではない。彼もまた、れっきとした学生運動出身の知識人である。「彼は沖縄大学在学中に自治会長をつとめた、いわば、沖大闘争の渦中の人物である。文字通り命をかけて沖縄における大学の門を開けと叫び、文部省が沖縄に大学を認めないことに対する抗議行動を指導し、それに情熱を燃やした男だ。」(『沖縄を彫る』金城実)

　このように、学生運動のリーダーとしての経歴を持つ知花氏が、自らを一般庶民であるかのように装い、自らの思想の立脚点を「女生徒のナイーブな感性」に求めるのは、知識人としての責任放棄であり、思想的退廃であると言わねばならないのである。

　今は亡き谷川雁は、かつて知識人の役割について、次のような趣旨で定義したことがある。「大衆に対しては知識人として振る舞い、知識人に対しては大衆として振る舞う。そのような意識の二刀流を演じる複眼の思想こそ知識人にとって必要である。」と。

　大衆（庶民）は、決してそれ自体が善であり、神聖で侵すべからざる存在としてあるわけではない。当然のことながら、大衆（庶民）の感性や意識もまた、生きた世論のイデオロギー的影響を受けるのであり、そして「その社会における支配的な思想は支配階級の思想である。」（『ドイツ・イデオロギー』）というマルクスの有名な言葉は、マルクス主義者ならずとも、今も真理であると思えるのである。

（一九九八年八月・天荒二号）

太宰治と俳句

俳句雑誌『俳句αあるふぁ』一月号に「太宰治と俳句」という特集が組まれている。私の中で、太宰治が俳句をたしなむという知識はまったくなかったので、タイトルに惹かれて購入した。雑誌を開くと、ある。確かに太宰の俳句、二八句が一挙に掲載されている。しかも、なんと、

旅人よゆくて野ざらし知るやいさ

という、芭蕉の句に擬した作品まで作っているではないか。句の意味は、〈旅人よ、旅の行く手で野ざらしになって死ぬことになるかも知れないというのに、そのことを知っているのであろうか〉ということなのであろうが、ここで言う旅人とは、太宰自身である。昭和六年、二十二歳ぐらいの作とされるこの句の中で、すでに破滅に向かう晩年を予知させる句を詠んでいたことになる。

さて、特集の中で、詩人の嶋岡晨が太宰治の「俳句と境涯」という論考を寄せていて、その帯の文には「太宰治の反俗的な風狂のこころ、諧謔とパロディーをこのむ〈道化〉の精神には、俳諧につながるものがある。」という解説がなされている。なるほど、言われてみれば、そうなのだ。太宰のあの、反俗・反骨精神と、「単一的表現」をめざす芸術姿勢は、もっとも、俳句の精神に近いというべきかも知れないのである。たとえば、「富嶽百景」の中に、次のような箇所があるのは、あまりにも有名である。

「三七七八メートルの富士の山と、立派に相対峙し、みじんもゆるがず、なんと言うのか、金剛力草とでも言いたいくらい、けなげにすっくと立っていたあの月見草はよかった。富士には、月見草がよく似合う。」

「富士には、月見草がよく似合う」という一文がすでに、立派な口語俳句のリズムと表現になっていると言える。そして、日本一の富士の山を向こうに回して、「相対峙し」、「みじんもゆるがず、すっくと立つ」、道端のかよわい月見草を、「金剛力草」と呼んで声援を送る太宰の思いは、そのまま、太宰治の生きる姿勢そのものであって、私たちは、この箇所に、太宰の反俗と反骨の精神を、痛快な思いで窺うことができるのである。

さて、雑誌『αあるふぁ』には、もうひとつ「太宰治――その道化の精神」という無署名文が載っている。その中の次の一節に目がとまった。

「青森時代から太宰が心を寄せていたのは、江戸座伊達風の俳諧師・其角でしたが、芭蕉への言及も忘れてはいません。特に『津軽』は、『おくのほそ道』の旅に重ねています。ここでは芭蕉の『古池や』の句について述べ、『パンドラの匣』では、芭蕉の〝かるみ〟について詳しく述べています。」

太宰が芭蕉について論じているとは知らなかった。しかも、それが、『パンドラの匣』という作品の中でも論じられていたなんて。自分もその作品は読んだはずなのだが、まったく記憶にない。私はさっそく、同作品を読み直してみた。もう、何年ぶりになるだろう。すると、ある。確かに芭蕉の「かるみ」について書いたところがある。芭蕉だけではない。一茶の句について述べたところも出てくるのだ。少々長くなるが、芭蕉に関する部分を引用しよう。

「この『かるみ』は、断じて軽薄とは違うのである。慾と命を捨てなければ、この心境はわからない。くるしく努力して汗を出し切った後に来る一陣のそよ風だ。世界の大混乱の末の窮迫の空気から生まれ出た、翼のすきとおるほどの身軽な鳥だ。これがわからぬ人は、永遠に歴史の流れから除外され、取り残されてしまうだろう。ああ、あれも、これも、どんどん古くなって行く。君、理屈も何も無いのだ。すべてを失い、すべてを捨てた者の平安こそ、その『かるみ』だ。」

さすがは、太宰治。芭蕉のかるみの本質をよくおさえ、しかも、敗戦後の日本の現実と、自分の置かれた状況とこれからの生き方と関わらせて、内在的に芭蕉の精神を捉え返しているのである。作品の中で芭蕉について論じた箇所はこの部分だけである。だが、ここで、述べられている主張は『パンドラの匣』の全体を通じて、随所に述べられている。例えば、マア坊という、主人公に失恋し、未練をきっぱりと断つ決意をした女性の表情を述べるくだりには次のような記述がある。

「この気品は、何もかも綺麗にあきらめて捨てた人に特有のものである。マア坊も苦しみ抜いて、はじめて、すきとおるほど無慾な、あたらしい美しさを顕現できるような女になったのだ。」

「いまの女のひとの顔には皆、一様に、マア坊みたいな無慾な、透明な美しさがあらわれているように思われた。女が女らしくなったのだ。しかしそれは、大戦以前の女にかえったというわけでは無い。戦争の苦悩を通過した新しい『女らしさ』だ。何といったらいいのか、鶯の笹鳴きみたいな美しさだ、とでもいったら君はわかってくれるだろうか。つまり、『かるみ』さ。」

太宰のすごさは、芭蕉の精神の核を踏まえたうえで、時代の表象の底にある本質を、その時代の白熱点ではずすことなく取り出してみせる所にある。

『パンドラの匣』が書かれたのは、終戦直後の一九四五年十月から翌年の一月にかけてである。その当時にあって、これだけの深さで時代を捉えていたのである。

この作品は、次の形で終わっている。

「この道は、どこへつづいているのか。それは、伸びて行く植物の蔓に聞いた方がよい。蔓は答えるだろう。『わたしはなんにも知りません。しかし、伸びて行く方向に陽が当たるようです。』さようなら。」

（一九九八年十二月・天荒三号）

俵万智の歌の魅力と〈軽さ〉

I

『現代学生百人一首』（一九九九年編纂）という冊子が送られてきた。冊子は、東洋大学が創立百周年記念事業の一つとして始めた短歌コンクールの入選作をまとめたもので、今回は十二回目を数えるという。募集者の対象は大学生・高校生・中学生であるが、応募総数四万九、四七五首のうち、高校生が四八、五三六首を占めているということであり、高校生の活躍が目立つ。入賞作も高校生の作品が圧倒的である。さて、作品の内容を見ると、現代社会の様々な風俗や事象が、若々しい感性で直截に表現されていて、読んでいて楽しくなる。

同時に、「あっ、俵万智だ」と思わず叫びだしたくなるほどに、彼女の短歌スタイルが入選作品のほとんどに散見できる。俵万智の影響は依然として、若者において圧倒的である。いや、むしろ、最近では、彼女の作品やエッセイが高校の教科書に採用されていることもあって、その影響は、授業を通してより着実に浸透していると思えるのである。

例えば、入選作の一つ、〈電卓をひたすらたたき目指すのは計算技術検定一級〉（高一・男子）などは、〈まちちゃんを先生と呼ぶ子らがいて横浜県立橋本高校〉という作品を思い出してしまう。この作品には、固有名詞を五七調のリズムに組み入れることによって起こる新しさとおもしろさがあり、若者たちはこの感覚をめざとく取り入れている。次の、〈サヨナラはさみしくなるから言えなくてあなたと交わす「じゃあネ」と「じゃあナ」〉（高三・女子）などは、俵作品の特徴の一つとなっている、男女の日常の会話体のスタイルを取り入れたものだということがすぐ分かる。

ここには、短歌というものが、一定の教養と年齢を重ねた世代のたしなむものであり、伝統的な花鳥風詠のような古色蒼然とした言葉の世界のものとする考えが微塵もない。身近な素材や心情を自在に詠んでいいものだということを嗅ぎ取って、その楽しさを味わってしまった新しい時代の感性がある。そして、この感性がある限り、短歌は今後も若者の間で歌い継がれていくに違いないのである。俵万智の功績は、実に偉大だというべきであろう。

さて、周知のように、一九八〇年代の後半、俵万智の歌集『サラダ記念日』が発刊されて、空前の売れ行きをみせ、短歌が爆発的なブームを呼んだ。短歌界はもちろん文学界始まって以来の大事件であり、その人気は若いＯＬを中心に高年層にまで及んで、異常なほどであった。そして、今日でもなお、その人気は衰えることを見せず、根強く続いていることを、先程の冊子は示している。いったい、このような俵万智の歌の人気の秘密はどこにあるのであろうか。ここであらためて、その魅力を探ってみたい。

俵万智の短歌の魅力の一つは、その歌の題材の持つ新しさにある。これまでおよそ、歌の題材としては取り上げられてこなかった外来語の題材が、次々と詠われ、歌の中で息づいている。サラダ、マクドナルド、バーゲン、サッカーゴール、サザンオールスターズ等々、驚いたことに流行歌手の名前まで歌の題材にしているのである。

◇通るたび「本日限り」のバーゲンをしている店の赤いブラウス
◇皮ジャンにバイクの君を騎士として迎えるためにゆう焼けろ空
◇思いきりボリュームあげて聴くサザンどれもこれもが泣いてるような
◇思索的雨の降りいるグランドに向き合いて立つサッカーゴール
◇「元気でね」マクドナルドの片隅に最後の手紙を書きあげており

二つ目は、その歌に取り入れられた独特な会話体である。「この味がいいね」ではじまる歌集の表題となった「サラダ記念日」も、その代表的な作品の一つであるが、その他にもたくさんある。

◇「また電話しろよ」「待ってろ」いつも命令形で愛を言う君

◇「寒いね」と話しかければ「寒いね」と答える人のいるあたたかさ
◇「俺は別にいいよ」って何がいいんだかわからないまま うなずいている
◇「嫁さんになれよ」だなんてカンチューハイ二本で言ってしまっていいの
◇「おまえオレに言いたいことがあるだろう」決めつけられてそんな気もする

このような日常会話の調子をそのまま歌の中に持ち込み、しかもそれが、ちゃんと五七調を基調とする三十一音のリズムにはまっているからおもしろい。おそらく若い人たちには、この古い伝統的形式の中に新しい感覚とスタイルを持ち込むアンバランスがたまらない魅力として映っているのであろう。

三つ目は、彼女の歌が、若い男女のさわやかなやりとりという物語性を持っているということにある。恋人同士を思わせる男女の女の側から見た両者の心の動きが実に軽妙に詠われていて、時にそれが、ユーモラスな微苦笑を誘い、読む人をいい気分にさせてくれるのである。

◇陽のあたる壁にもたれて座りおり平行線の吾と君の足
◇向きあいて無言の我ら砂浜にせんこう花火ぽとりと落ちぬ
◇また電話しろよと言って受話器置く君に今すぐ電話をしたい
◇君を待つ土曜日なりき待つという時間を食べて女は生きる

◇我がカープのピンチも何か幸せな気分で見おり君にもたれて
◇吾をさらいエンジンかけた八月の朝をあなたは覚えているか

四つ目は、何と言っても彼女の新しい時代感覚と感受性の瑞々しさである。たとえば、〈吾をさらいエンジンかけた八月の朝をあなたは覚えているか〉の作品を目にした時、私は、確実に、あー、新しい時代の感受性が短歌界にも台頭してきたな、と思わざるを得ない。この歌のように、バイクを走らせる若い青春たちの風俗をさわやかに詠い、しかも青春の瑞々しさを明るくあざやかに歌い上げた短歌がかつてあったであろうか。また、〈見送りてのちにふと見る歯みがきのチューブのへこみ今朝新しき〉などの歌は、彼女の感受性の新しさや瑞々しさもさることながら、その才能が並々ならぬものであることを窺わせるものである。

五つ目は、その歌の持つ庶民性である。歌全体から感じられるのは、決してどこかの良家の優雅な生活というものではなく、ごく普通の庶民の生活形態であり生活実態である。それに、歌の内容も深刻ではないいし、軽やかなタッチで風俗がなぞられている。これが、多くの人に、限りない安心感と親しみやすさを感じさせ、愛着を抱かせていると思うのであるが、同時に、それがまた、俵万智の歌から受けるもの足りなさであり、歌の陥穽でもある。彼女の歌は、読む人を安心させ、納得させ、楽しくさせる。しかし、読む人を立ち止まらせ、深く考え込ませることはしないし、激しく心を揺さぶって、自己変革を迫ることもない。

とはいえ、俵万智の登場は、伝統的な短歌観を刷新し、文学界全体を仰天させる、画期的な事件であったことは疑い得ない事実である。そして、その作品は、今も、新しい世代への圧倒的影響をもって、新風を送り続けていると言えるのである。

（一九九九年一月・天荒四号）

Ⅱ

前回、俵万智の歌の魅力とその影響について述べた。だが、彼女の歌は、若い世代に対して、必ずしも、いい影響だけを与えているわけではない。現実と遊離した男女の恋、愛だけがすべてだというような愛礼賛、彼女の第三歌集『チョコレート革命』を読み返して、その感を深くした。第一歌集の『サラダ記念日』と同様、詠われている内容は、相変らず、恋の歌である。ただ、歌の中身は違う。『サラダ記念日』が若い恋人同士を思わせる男女のさわやかな恋を詠った歌が中心であるのに対し、『チョコレート革命』のそれは、大人の恋と不倫が中心になっていて、その分、性愛の表現もきわどくなっている。一冊を読み終わってみて、正直、身体をゆさぶるほどの感動はない。よくもまあ、つぎつぎと、これだけ、恋の歌が謳えるものだ、しかも架空の恋にすぎないのに、という、一種の空しさと物足りなさが残ってしまう。

『チョコレート革命』は二十一の章に分けられているのであるが、例えば、本のタイトルにもなっている『チョコレート革命』という章のなかに、次のような歌がある。

◇携帯電話しかかけられぬ恋をしてせめてルールは決めないでおく
◇さりげなく家族のことは省かれて語られてゆく恋の一日
◇父として君を見上げる少女あり淡く鋭く我と関わる
◇ひきとめていたる晩「試すのか？」といわれてしまえばそうかも知れず
◇『少年少女文学全集』見るときの君は確かに父の目をして
◇泥棒猫！　古典的な比喩浴びてよくある話になってゆくのか
◇男ではなくて大人の返事する君にチョコレート革命起こす

際限なく続くこのような歌を目にして心の中に湧いてくる「空しさや物足りなさ」は、いったいどこからくるのであろうか。もちろん、自分自身が、もはや、恋とか不倫ということに心ときめくこともなくなったせいであるという面もあるかも知れない。だが、それが根本だとは思えない。その疑問をたどっていくと、どうやら、理由らしきものがいくつかあるように思える。

俵万智の短歌から受ける「空しさと物足りなさ」の根拠を考えてみると、いくつか挙げることができる、ということを前回で述べておいた。

その一つは、彼女の歌う恋や不倫が世間の常識や良識の枠内で歌われているということにある。

『失楽園』がベストセラーとなる不倫ばやりの昨今にあっては、彼女が歌う程度の性愛や不倫は、『失楽園』ほどの衝撃力はないし、万葉集の東歌に見られる性愛表現のストレートな純粋さにも欠けている。

◇眠りつつ髪をまさぐる指やさし夢の中でも私を抱くの
◇抱かれることから始まる一日は泳ぎ疲れた海に似ている
◇湯上がりの君にタオルを投げやれば笑窪のような盲腸の跡
◇生えぎわを爪弾きおれば君という楽器に満ちてくる力あり
◇水密桃の汁吸うごとく愛されて前世も我は女と思う
◇贈られしシャネルの石鹸泡立てて抱かれるための体を磨く

歌集『チョコレート革命』の中でも、かなりきわどい性愛を表現した部類に属するこれらの歌も、新鮮度において、すでに、与謝野晶子の『みだれ髪』のなかの〈乳ぶさ押さえ神秘のとばりそとけりぬここなる花の紅ぞ濃き〉〈春みじかし何に不滅のいのちぞとちからある乳を手にさぐらせぬ〉などの一連の情歌に劣るし、古い男女観に縛られた世間の常識に抗して、女の情念や熱情をうたいあげる激しさという点でも、〈柔肌の熱き血潮に触れもみで寂しからずや道を説く君〉〈罪おほきをとここらせと肌きよく黒髪ながくつくられしわれ〉などの歌に遠く及ばない。

許された常識の枠内でちょっと乱れてみせたという程度のものであるにすぎない。だから、読者は、「おっ、万智ちゃんもなかなかいうね」という程度の驚きを感じることはあっても、この歌に共感することで、既成の道徳観との激しい対決を迫られるとか、自分自身の自己変革を促されるというような衝撃も緊張も強いられることはない。これらの歌によって新しい何かを発見することはないし、これまでの自分を温存したままでいることができる。この程度の性愛の形態は、すでにもっと純粋かつ大胆な形で、神代の時代や明治の時代から謳われてきたと言えるのである。では、そのような時、俵万智の歌う一連の恋歌は、どのような意味を持つのであろうか。もちろん、「名高い恋」を純粋に歌い上げるには、現代という時代はあまりに「愛の不在」を実感するしかない冷めた時代を生きているという、時代の規定性がある。だから、愛や恋を歌うとすれば、不倫の形態をとるしかないということなのであろうか。

「恋は盲目」「恋の闇」という言葉がある。恋に落ちると冷静さを失い、周囲が見えなくなるという意味で使われる。俵万智がそうだというのではない。第一、彼女の恋はあくまで架空の恋（?）であって、彼女の恋の現実を歌っているわけではない。その点でも、与謝野晶子やそのライバルとしてあった山川登美子と違う。だが、架空の恋歌を歌い続けるということもまた、ありのままの現実から目をそらさせ、逃避させる役割を持つということはあるのである。

俵万智の一連の恋歌は、現実逃避の代償として詠われているように思えてならない。

心の真実として、恋の歌を歌いあげる俵万智であるが、現実に生起する様々な事件や噴出する矛盾が、この時代を生きている他の人間と同様に彼女を取り巻いていることは事実であり、それらに対し彼女が、何かを感覚していることは間違いない。いや、むしろ鋭い感受性を有する作家であればこそ、他の人以上に、現実に現象する事象の背後に、時代の感受性を敏感に感じとっているはずなのである。だが、彼女は、それらについてほとんど歌わない。それは恐らく、彼女の短歌観や文学する姿勢と関係しているように思える。『チョコレート革命』のあとがきで、彼女は次のように述べている。

「この六年間には、印象にのこる旅がいくつもあったことを、あらためて思う。釧路湿原を訪れたことは、環境問題を身近に具体的に感じるきっかけとなった。フィリピンのマニラ、そしてインドのカルカッタへの旅では、貧富の差というものをまざまざと見、そして人間の生きる力に圧倒された。

けれど、スローガンは書くまい、と思う。現実的な運動や、直接的な言葉に比べたら、歌を紡ぐことは、遠回りのように見えるかもしれない。が、これらの体験から得た地球規模の視野を、私は短歌の畑として、耕してゆきたいと思っている。」

「けれど、スローガンは書くまい」と、俵万智は言う。彼女もまた、「詩（短歌）のテーマ性と詩性」の関係について突き当たったのである。「短歌を作るということと、現実の生き方との関わり」「短歌における詩性と思想性・社会性との関わり」について、先の体験をくぐる中で、確かに突き当たったに違いないのである。にも関わらず、「スローガンは書くまい」ということによって、この問題との徹底した対決を避け、相変わらず架空の恋物語を歌うことにおのれの歌を限定する。この不徹底性と自己限定こそが、彼女の歌から受ける「空しさと物足りなさ」の根拠であり、〈軽さ〉となっているのである。

圧倒的に恋の歌で占められている歌集『チョコレート革命』の中で、「湿原の時間」「資本主義の街角」「スモーキーマウンテン」「カルカッタ」の章の歌は異彩を放っている。

◇「にんげんの役に立たぬ湿原」にとって役にはたたぬにんげん　（「湿原の時間」）

湾岸戦争
◇テレビには油まみれの鳥映り鳥の視線の行方映らず　（「資本主義の街角」）
◇人間が人間を引く哀しさや人力車夫の前傾姿勢　（「カルカッタ」）
◇子どもらはゴミを宝の山とよぶ一キロで三十円のビニール　（「スモーキーマウンテン」）
阪神淡路大震災
◇宝塚の友より届くファックスに「幸運」とあり家をなくせど　（「資本主義の街角」）

これらの歌だけを目にしたとき、社会派歌人のものではないかと思えるほどであるが、俵万智はそれ以上進もうとしない。

社会性短歌や思想的短歌を歌うことは、決して「スローガンを書く」ということではない。例えば、私たちは、六〇年安保闘争を全身的に闘い抜いて自死した、若き岸上大作の歌集『意思表示』の次のような痛ましい歌を想起することができるはずである。

◇意思表示せまり声なきこえを背にただ掌の中にマッチするのみ
◇幅ひろく見せて連行さるる背がわれの解答もとめてやまぬ
◇装甲車踏みつけて越す足裏の清しき論理息つめている
◇断絶を知りてしまいしわたくしにもはやしゅったつは告げられている

あるいは、岸上大作と同じ六〇年代を生きた沖縄の歌人の次のような美しくも苦しい思想歌を挙げることもできる。

◇夏昏れて海に訣れを告げる愛ひそかに武器を売り歩く僕ら
◇ジャンパーのポケットに両手つっこみて地下に降り立つ党へ行かぬ夜
◇泥色に匂う祖父母の肌受けて革命に遠き青春を恥づ
◇革命の論理重たし装甲車踏む脚長くけわしき角度

（『夏・暗い罠が』新城貞夫歌集）

これらの歌は、私が現実への妥協に走ろうとする時、精神が疲れ、俗に染まり擦れてきたと感じる時、常に、「それでいいのか」と、自身を内発して止まぬ歌である。自己変革を迫る歌としてあるのである。

歌集『チョコレート革命』のタイトルともなった「男ではなくて大人の返事する君にチョコレート革命起こす」という歌を引用して、作者は次のように解説する。

「恋には、大人の返事など、いらない。君に向かってひるがえした、甘く苦い反旗。チョコレート革命とは、そんな気分をとらえた言葉だった。

大人の言葉は、摩擦をさけるための知恵や、自分を守るための方便や、相手を傷つけないためのあいまいさが、たっぷり含まれている。そういった言葉は、生きてゆくために必要なこともあるけれど、恋愛のなかでは使いたくない種類のものだ。」

先の新城貞夫の歌にでてくる「革命」という言葉と比較したとき、言葉の持つ内容と重さ深さが、ずいぶんと変わってしまったことを、苦くさびしい思いで確認するしかない。痛苦な自己変革なき単なる言葉の言い換えは、所詮、言葉遊びに過ぎない。俵万智にとって「チョコレート革命」なんかより、歴史的現実を直截に凝視しうる自己への革命こそ、必要なのかも知れない。

（一九九九年二月、三月・天荒四号）

永山則夫の文学

Ⅰ

五月の何日かのテレビで、『永山則夫がペルーに残したもの』と題する番組があった。永山則夫とは、いうまでもなく、一九六八年、東京・北海道・名古屋・京都で警備員やタクシー運転手ら四人を拳銃で次々と射殺し、連続強盗殺人事件の犯人として逮捕され、一九九〇年に死刑判決が確定し、一九九七年八月一日に処刑された死刑囚である。二十八年間の獄中生活、死刑確定後、六年経ての突然の死刑執行であった。

永山則夫が世間を震撼させたのは、十九歳で四人を次々とピストルで射殺した凶悪犯人だということにあった。が、それだけではない。貧しさの中、中学もろくに出ることのできなかったこの少年が、獄中で貪るように活字を学び、夥しい数の詩、小説、評論などの文章を書き続け、それが『無知の涙』『木橋』（河出書房新社）等として出版され、次々とベストセラーになったからである。作品のひとつ『木橋』は、新日本文学賞を受賞した。

先の番組は、死刑囚・永山が残した著作集の印税数千万円が、永山基金として設置され、ペルーの貧しい子どもたちのために使われているという内容のものであった。なぜ、ペルーなのか。番組は、「永山が最後に読んだ新聞のニュースにペルーの貧しい子どもたちのことが報じられていたからではないか」というように言っていて、その事情については詳らかにしてくれない。だが、その基金によって、現在、ペルーのストリートチルドレンと称される貧しい子どもたちが、飢えと死の貧しさから救われているという。

原裕司の『極刑を恐れし汝の名は』（洋泉社）によると、永山は、処刑のまえに、最後の言葉として、弁護団に四点の伝言を託していて、その中のひとつに、次のような言葉を残しているという。

「私の小説『華』の原稿を出版し、その印税で（中略）日本、世界、とくにペルーの貧しい子どものために遣って欲しい。」

永山則夫の死刑執行は、あまりに突然であった。そのことは、永山の弁護士にさえ知らされず、主任弁護士の遠藤誠は、翌日の新聞でそれを知って、腰を抜かすほど仰天したという。

東京拘置所に収監中の企業爆破の死刑囚・大道寺将司の証言するところによると、八月一日に、東京拘置所内で絶叫が聞こえたという。

「九時前ごろだったか、隣の舎棟から絶叫が聞こえました。抗議の声のようだったとしかわかりませんが、その声はすぐにくぐもったものになって聞こえなくなった」。

死刑が確定しても、二十年余も死刑が執行されない死刑囚もいる。権力は、いったい何を怖れて、追い立てられるように、永山を闇に葬ったのであろうか。

（一九九九年四月・天荒四号）

◇絶叫も扼殺される処刑の朝　　武蕉

Ⅱ

永山則夫は、なぜ、処刑されたのであろうか。しかも、遺族や弁護士にもまったく知らされずに。「遺体は荼毘に付さず、遺体のまま引き取りたい」と、申し出ていたにも関わらず、弁護士ら関係者が東京拘置所に遺体を引き取りにいったときは、すでに、御丁寧にも荼毘に付され、遺骨だけを渡されたという。だから、前回に紹介した、永山の遺言ともいうべき最後の言葉も、実際は、永山の口から直接聞いたものではなく、刑務官を通しての言い伝えを書きとめたものであるに過ぎないという。

死刑が確定した死刑囚に対し、なぜ処刑が執行されたかと問うことは愚問である、と思う人がいるかも知れない。しかし、一方で、死刑確定後、二〇年余も執行されずにいる死刑囚もいることを考えれば、この疑問は許されるはずである。いったい、何を基準に、死刑執行の順序を決めるのであろうか。やはりここには、国家権力の「国家意志」が働いているということを、窺い知ることができる。このことについて、原裕司は『極刑を恐れし汝の名は』の著書において、次のように述べている。

「死刑執行は法務大臣の命令によって行われるのだが、実際は法務省刑事局付の検事が、死刑囚のすべての記録を当該検察庁から取り寄せて死刑執行命令書づくりにかかる。これを法務大臣に提出する」。この過程は秘密になっていて、どのように順序が決められたかは、当局以外、誰も分からない。「秘密主義のなかで、当局の都合のよいように解釈されて、死刑執行が決められていく。この意味を十分に考えてもらいたい。執行の順番など恣意的にしている。それを秘密にしているのだ。」

このようにして、ここ数年、半年に一度の割合で、複数の死刑囚を同時処刑しているという。そうすることによって、国家権力は、「日本には死刑制度があり、それは治安維持に使いますよ」ということを、国民に誇示しているのである。次に誰を処刑するかは、もっぱら、当局にまかされているのであり、「法務省検事局付の検事」の意志にゆだねられているということなのである。

永山則夫は、文学者であることによって、処刑されたのである。永山が優れた書き手として、これからも国家の暗部を告発し続ける存在であることが予想されるということ。しかも永山の場合、豊かな国、飽食日本にとっては考えも及ばない、貧しさのどん底を赤裸々にする地点から、日本の繁栄を告発しているのである。彼は、貧しさと無知が自分を犯罪に駆り立てたと主張し、そのことを立証する作品を次々と発表している。

しかも、それらが、次々とベストセラーとなり、世に評価されている。権力は、永山の「文学の力」を恐れたのである。永山の作品はこの国の繁栄と恥部を告発する文学であり権力に対峙する文学である。その意味で、今日のこの国の豊かさを反映した、セックス、暴力をテーマとした文学作品群と対局にある文学だと言える。

国は今、ある一つの方向に国民を束ねるために必死になっており、その一環として、かなり強引に、法秩序の整備を進めているということを見ておく必要がある。その一つが、指導要領の改定によって、国語の教科書から、文学作品の鑑賞を排除していくことである（『天荒』三号41頁「文学雑感」参照）。

このようにソフト面の改定作業をすすめつつ、他方では、ハード面の改造をかつてない大胆さでおしすすめている。これは、国会の総与党化と反対運動の皆無、これらに規定された国民の総右傾化に助けられてのことである。新ガイドライン関連法の成立、盗聴法案、国旗国歌の法制化、国民背番号法案、破防法の改定、少年法の改定、そして有事立法、憲法改定として準備されている。

だが、どのような法律をもってしても、人間の想像力や創造力を縛ることはできない。だから、文学は、これら法律から「自由な存在」であるかに見える。だが、想像力による言葉の表出者である文学者を様々な法にひっかけて抹殺することは可能である。

かつて、小林多喜二は、特高警察の拷問によって獄中で虐殺された。ただ彼の場合、文学者として虐殺されたというより、共産党員であるということで消されたのである。また、その他にも、ジャーナリストや文学者が、そのペンゆえに権力から狙われ、命を奪われた例は多い。だが、それらは、非合法的手段で、闇から闇へと葬られたのである。

今回の永山則夫のように、国家権力が、文学者を、法の名において、合法的に抹殺した例はない。その意味でも、永山則夫は、国家意志によって合法的に処刑された、最初の文学者であり、その作品は、文学の力をもって、国家を告発しつづけている、と言えるのである。

（一九九九年六月・天荒五号）

危機の時代を詠む俳句

I

『新編国語二』（第一学習社）の俳句単元に、橋本多佳子の次の句が載っている。

乳母車夏の怒濤によこむきに

この句は、激しく想像力をかき立ててやまない句である。乳母車だから、当然、その中には赤ちゃんがいるであろうことを想像させる。赤ちゃんと言えば、いとけなく無垢でか弱い存在である。それが、なぜ、怒濤の打ち寄せる浜辺に放置されているのか、しかも「よこむきに」ということは、もっとも無防備な姿勢である。このままだと、今に、高まってくる荒波にひとたまりもなく、飲み込まれてしまうではないか。そもそも、なぜ、このような、危険な場所に、乳母車を運び込んだのか、いったい、母親はどうしたのか。怒濤に飲み込まれる寸前、赤子を救い上げて立ち去ったのか、それとも、幼児誘拐の犯人が乳母車だけを浜辺に放置して、どこへやら、幼児をつれ去ったとでもいうのか。いずれにしても、乳母車が浜辺に放置されているという風景は、不自然であり、読む者の不安をかき立てずにはおかない。乳母車の置かれている状態がどんなに危険にさらされた状態にあるかというのが、切迫感を伴って迫ってくるのである。

恥ずかしながら、私は橋本多佳子の作品をほとんど読んでない。だから、どういう傾向の作者なのかも知らない。というより、特定の俳人の傾向を把握できるほど系統だてて読んだことがない。だから、ここで述べる感想も、この一句を読んでの感想であるにすぎない。

この作品を解説した指導書によると、この句の解釈をめぐって、小寺正三・神田秀夫と山本健吉・西東三鬼の間で議論が交わされたという。小寺説とは次のようなものである。

「激しい高い浪、それは人生の荒々しい風波を意味する。乳母車のなかに眠るのは、いたいけな幼児であることは勿論である。幼児は自分の未来の運命の吉凶を知らない。そしていま、怒濤にたいし横向きに静かに平穏に乳母車は押されてゆく……。はかり知れぬ人間の運命を描くことに成功した作品である。」（小寺正三「近代俳句の在り方」・「青玄」昭和二十七年五月号）

これに対し、山本説は次のように批判している。

「しばらく前にそこまで乳母車を押してきたであらう女性は、そこで停むかしやがむかして、恐らく怒濤に眺め入っているのであらう。注目の目は、少なくとも乳母車には、またその中の嬰児には向けられてゐないのだ。それは波手際のすぐ近くに放置されたままだ。作者はその場景をはらはらしながら眺めてゐる。この句もまた『天狼』派の人々によく見かけられる慄然俳句の一例だといふことが分るのだ。（略）『人間の運命』といふやうな悠久にわたる感動ではなく、現在この処での『あぶない』という感じなのだ。」（『純粋俳句』昭和二十七年刊）

この句の解釈としては、今日、山本説に定着しているということであるが、むべなるかなというべきである。

小寺説のように「怒濤」を「人生の荒波」の象徴とし、幼児はそれも知らずに乳母車の中で静かに眠っていると解したのでは、あまりにも間延びした解釈に堕してしまい、この句の伝える切迫した危機感を完全に捉え損ねてしまうことになる。

ただ、これを批判した山本説にも不満が残る。その一つは、小寺説において、この句を、「現在この処での」危機感において捉え得ないのはなぜか、ということについて言及していないことであり、そのことと関連して、あと一つは、「この句もまた『天狼』派の人々によく見かけられる慄然俳句の一例」というように、傾向俳句の一つとして片付けてしまい、この句の孕む切迫した危機感を、時代の危機との関係で捉え返してないことである。

この句が作られたのは、一九四九年である。一九四九年と言えば、日本の社会が大きく暗転した年である。一九四八年の中国共産党の勝利と、翌年の一〇月の毛沢東中国の成立を決定的区切りとして、アメリカの対日政策が大きく転換する。アメリカはこれまでの「民主化政策」から、反共の砦として日本を位置づけ直すことに躍起となる。下山事件、三鷹事件、松川事件などの謀略事件が相次ぎ、レッドパージが吹き荒れる。五〇年には、現在の自衛隊の前身となる警察予備隊が設立され、その年、朝鮮戦争が勃発し、日本の再軍備が急ピッチに進められていく。時代は大きく、危機を孕んで暗転していく。

「乳母車」の句が、こうした時代の危機を背景に詠まれたというのは、偶然ではない。三大謀略事件が発生したのは、まさに、七月と八月である。橋本多佳子のこの句は、このような時代の危機をこそ「夏の怒濤」で象徴し、それに「よこむきに」無防備にさらされた日本とその国民を「乳母車の赤子」で象徴させたのではないか。

さて、今日、新ガイドライン法、盗聴法、国旗国歌法案が次々と成立しているのであるが、あたかも一九四九年の時代の暗転が思われてならないのである。

（一九九九年七月・天荒十五号）

Ⅱ

五月の新ガイドライン関連法案の成立を皮切りに、盗聴法、国旗国歌法等の重要法案が、自自公の数を頼みとした強行採決によって次々と国会を通過成立している。しかも、政府は、これに飽き足らずさらに、靖国神社法の改定、破防法の改定、そして憲法改定を一気に射程に入れ、

「戦後の総決算」を目論んでいるという。

野ざらし延男は、一九九九年六月の沖縄タイムス「俳句時評」欄で、最近のこうした危機的政治動向に対し、次のように警告を発している。

「背筋の寒くなるこれらの一連の法を前に、私は昭和一五（一九四〇）年二月に始まった『俳句弾圧事件』を想起している。治安維持法を盾にした特高警察による自由主義傾向の新興俳句への思想弾圧である。俳誌『京大俳句』の平畑静塔・石橋辰之助・渡辺白泉・三谷昭・西東三鬼ら（略）、俳句の良心たちが大量に検挙された。

この俳句弾圧事件は過去の亡霊でも対岸の火事でもない。機関銃のように連発される一連の法の意図は『国民』のためでないことは明らかだ。日本は再び硝煙の道を歩み始めている。」

時代の危機という時、政府のこうした相次ぐ暴挙だけをさして言うのではない。恐ろしいのは、こうした政府の暴挙が、国民の政治への圧倒的無関心と反対運動側の堕落によって許されているということである。野党と称する側の無力で惨めな対応は論外としても、労働・平和団体などの反対勢力が抵抗らしい抵抗さえ組織できないというのは異常である。驚くべきことに、なんと、新ガイドライン関連法が成立する時ですら、全力を投入した反対集会が組織されるでもなく、その翌日に反対集会が屋内で持たれたにすぎなかった。国旗国歌法が参議院で可決された時も、その翌日になって法案に反対する「緊急」集会が持たれるというていたらくであった。もはや、このような反対運動は、アリバイ的な意味すらない。反対運動を組織する指導部の側に、状況への危機感がまったくなく、闘争は壊滅的なのである。

さて、このような危機の時代にあって、文学はどうあらねばならないのであろうか。先程の俳句弾圧事件における検挙者の一人として名前のあがった渡辺白泉は、次のように句を詠んでいる。

戦争が廊下の奥にたつてゐた

「俳人は傍観者であってはならない。歴史の真実を見極め、現実の病理を剔出し、未来を展望しなければ、真の俳句の道はひらけない。」（前掲。沖縄タイムス「俳句時評」野ざらし延男）

（一九九九年八月・天荒十五号）

文学の権威主義

沖縄タイムス紙の野ざらし延男氏の「俳句時評」(一九九九年十月二十六日)「全国俳句コンクール　問われる選句眼」と題する論評は、今日の俳句隆盛の背後で進む俳句界の問題の内実を剔抉してみせる評である。俳句の時代と称され、その実、中身のないお粗末な作品が闊歩する文化状況に痛烈な批判の矢を放っている。

野ざらし氏が論評で取り上げているのは二つの俳句コンクール。一つは、今や数ある俳句コンクールの中でも最大の応募数を誇る「お～いお茶」の受賞作品。最高賞に当たる文部大臣賞は、

海の上白く感じて冬がくる

「果して最高賞に値する作品かどうかは意見が分かれよう。」というのは、野ざらし氏の弁であるが、ここで野ざらし氏が「最高賞に値しない」と、否定的評価を下していることは確かである。

冬の到来を白で感覚するのは新しい感性とは思えないし、表現の新しさ、言葉の新鮮さという点でも「白く感じて」という表現は新しくはない。冬の厳しさを予感させる緊張感が句の中に詠い込まれているとも思えない。上句の「海の上」、中句の「感じて」、下句の「冬がくる」という表現は、いずれも、間延びした表現になっていて、言葉の緊密度に乏しい。駄作とは言わないまでも、百万句近くの応募数の中の最高賞というにはあまりにも平凡な作品である。

「第一回俳句甲子園」の上位入賞作は、野ざらし氏が「スローガン俳句」と指摘しているようにもっとひどい。具体的に受賞作について見ていく前に、大会名称についても気になるので一言。

日本学生俳句協会主催の「全国学生俳句大会」が三十回目を数え、すでに「俳句の甲子園」として知られているわけだから、いかにも紛らわしいし、これは商標詐称にも等しい行為である。野ざらし延男氏は、「文部省が主催しているわけでもないのに、最高賞が両コンクールとも『文部大臣』を冠しているのはどうしたことか。」と、文学への権威主義の持ち込みを批判しているのであるが、このコンクールは、賞の名称だけではない。文字通り、選者に現職の文部大臣を据えてその権威付けをはかっている点でも異様である。党派的色彩の濃い政治家の現職大臣（有馬朗人）が選者になれば、当然にして、その政治的立場や政治的信条が選句の際ににじみ出てくるものだということは十分予測し得ることである。主催者である朝日新聞社の見識を疑いたくなる。

案の定と言うべきか、一般の部の最高賞に当たる「文部大臣奨励賞」は、俳句の詩としての完成度によって選んだというより、それ以外の政治的思惑で選出したように思えてならない作品である。

まず礼にはじまる夏の甲子園

では、この句を、少し詳細に検討してみよう。

句意については、解説するまでもない。試合開始の前に、これから対戦する両チームがホームベースをはさんで礼を交わす、その場面を詠んだものである。試合を始めるにあたって互いに礼を交わし合うのは、野球特有の変わった儀式であるわけではない。他のスポーツでも行われているることであり、儀礼的なセレモニーにすぎない。また、それは、野球ならすべての大会で行われていることであり、「夏の甲子園」で格別な意味合いをもって行われるというものでもない。だから、その「礼」に格別なんらの感激があるとは思えない。もちろん、甲子園大会には、他の大会にはない独特の雰囲気がある。いよいよ両チームが礼を交わして試合に臨むのだと思うと、これから始まる試合展開への興奮と期待が、一挙に息詰まる緊張感となって喉元までせり上がってくる。特に、対戦チームの関係者やファンにとっては、両チームが整列し礼を交わす瞬間というのは、他の人にはありふれた風景であっても、そこに格別の意味を発見しようとするし、これからのドラマの幕開けを告げる緊張したセレモニーの瞬間なのである。例えば仮に、自分の息子が選手として出場する親にとっては、入場行進の風景すら感激の場面であるに違いないのである。

だから、他の人にとっては、退屈で間延びした風景に過ぎない事象が、ある人にとっては緊張の一瞬になるということは、ありうることであり、それは、主体的真実として十分うなずけるのである。だが、掲句はそのような息詰まる緊張の瞬間を詠んだものではない。「先ず礼にはじまる」そのことに感激しているのである。また、「夏の」という語も、なくてもよいむだな語であり、季語としての役割を果していない。まさか、「夏の礼」は春の甲子園の「礼」とは意味が違うというわけではあるまい。

ところで、なぜ「礼にはじまる」そのことに感激するのであろうか。思うに、これから敵味方に分かれてぶつかり合う者同士であるにも関わらず、先ずはきちんと礼儀正しく礼を交わすそのことに、作者は青春のさわやかさと礼儀正しさを発見し、感激しているというのであろう。だが、はたして、あの礼には、そのような感激を呼ぶほどの意味がこめられているのであろうか。むしろ、あの礼は、試合の全過程の中でも、いちばん、心のこもらない形式的儀礼の場面であって、虚礼であるにすぎない。実際、礼節を重んじ、先ず礼ではじまったはずの試合でもラフプレーに走る嫌な試合を見せられることがあるし、強打者との真剣勝負を避けて、全打席をファーボールにした〈卑怯〉な試合を見せられたこともあるはずである。礼をすることの中に、礼儀正しさやさわやかさを裏付ける内実などない。にも関わらず、そこにことさら、さわやかな青春の象徴を見ようとするのは、青春はそうあって欲しいという、作者の勝手な願望であるにすぎない。しかもその願望は、極めて、既成の道徳観で眼前の青春を包み込もうとする手垢にまみれた道徳臭を放っているのである。作者は、現実の青春の実像を見ないで、青春の虚像を俳句に詠みあげているのである。

「さわやかで、礼儀正しく、汗と涙で、一途にプレーする青春」。これが、甲子園で展開される青春の主役たちに寄せられる青春像である。このような青春像は、青少年の健全育成運動などの目標とされる青少年像ではあっても、文学の青春とは異質である。文学は本来〈不健全〉で〈毒〉を含むものであっていいのである。現体制において「健全」であるということは、現体制を安定的に維持することに加担するということに外ならず、また、支配階級としての現実の政権担当者の望む青春像でもあるにほかならない。このように見てくると、この句が、最高位の文部大臣奨励賞になった理由が分かる気がするのである。つまり、現職の文部大臣である政治家が選者に加わることによって、その政治的立場や政治的信条が、選句の際に発揚されているのである。この句だけではない。入賞句のほとんどが、先に見た、さわやかな青春像を、なんのてらいもなく詠いあげたものになっている。特に、「甲子園」という語の持つ健全な青春のイメージに安易に寄りかかった句があまりにも多いのである。

ふるさとの心をつなぐ甲子園
球場にカラーの人文字甲子園
甲子園輝く君を忘れない

甲子園去り行く者に悔いはなし
甲子園誰をも素敵に見せる場所
思い出を砂に集める甲子園
甲子園グランドにおちるあせなみだ
あきらめずがんばるあせのこうしえん
こうしえんなみだぼうしでかおかくす
球が飛ぶ汗も飛びちる甲子園
白球に思い出残す甲子園
甲子園土がドラマを知っている

いくつあげてもこの調子である。他の句も甲子園という語が入ってないだけで、〈帽子取り坊主頭の汗拭い〉（高校生の部・文部大臣奨励賞）などのように、内容は似たりよったりである。はたして、これらが、二十万余を越す応募作品の中から選ばれた秀句と言えるのであろうか。

俳句は、物事をよく観察し、真実を発見するところに、その出発があったのではなかったのか。既成の概念を破砕し、新しいものを創造するところに芸術の美を築くのではなかったのか。

入賞句の中でも、息詰まる緊張の一瞬を見事に詠みあげたのは次の一句。

一球が沈黙を呼ぶ炎天下

沖縄県、中部工業高校の宇良宗樹君の句である。この句は、他の入賞句が甲子園という概念に寄りかかりその枠内で作句したものであるにすぎないなかで、異彩を放っている。身びいきで言うのではない。この句は、眼前する具体的な場面を詠んでいるようでありながら、それだけにとどまってはいない。甲子園の試合の中で、それぞれの観客が息詰まる場面として味わい、内部に持っているドラマを各自に想起させる〈普遍〉の広がりを含んでいて愁眉なのである。思えば私たちは、一球の織り成す結果によって、何度、感動し、落胆し、悲鳴を上げたことであろう。一球の次に来る一瞬の後の世界は凶か吉か、その瞬間の息詰まる緊張を「一球が沈黙を呼ぶ」と表現しているのである。例えば、それは、一対〇の九回裏2アウト満塁であってもよい。打たれれば逆転サヨナラ。うち取れば試合終了。一球によって運命が決する。満員の観客の目が一球に集中する。それ故、一球は、球場全体に「沈黙を呼ぶ」。その沈黙は「静」であり「動」である。静かでありながら、最も心が熱く高鳴る瞬間である。このような「動」を孕んだ「静」の状態が、マウンド上のピッチャーが投球動作に入り一球を投じる瞬間、炎天下、ぎりぎりまで溜め込まれているのである。下五の「炎天下」が沈黙の迫力を、真夏日の光景とともにじりじりと圧倒的に伝えている。もし例えば、下の句を「甲子園」に置き換え、「一球が沈黙を呼ぶ甲子園」としたらどうだろう。句の持つ迫力がまったく違うことに気がつくはずである。その点でも、甲子園という語に寄りかかって作句した他の入賞句をはるかに凌駕していると言えるのである。尚、作者は無自覚なのかも知れないが、上句の「一球が」というときの「いっ」という促音が、まさに息をとめることで、感情をせきとめ、たかぶらせ、文字通り固唾を飲む効果を与えているのである。

この句以外では、

すべりこみ熱砂を抱いたままの君

が、「すべりこみ」という激しい「動」の後の「熱砂を抱いたまま」という熱気を孕んだ「静寂」をえぐりだしていて、青春の躍動と余韻を感じさせる秀句となっている。この句でも「すべりこみ」と一気に読み下して後の、「熱砂」の「ねっ」という促音が生きている。

あとは、

プレーボールの声澄みわたり原爆忌
かけぬけてまい上がる土夏空へ

が佳句。甲子園という語を排した句に佳句が多く、残りはすべて凡作としか言いようのないものばかりである。

これらの「標語やスローガンに近い平凡な作品」（野ざらし延男・沖縄タイムス一〇月「俳句時評」）が、堂々と上位入選句として、全国紙に掲載されることのなかに、「芸術の世界に妙な権威がはびこる」（同上）文学の権威主義を感じてならないのである。

（一九九九年十二月・天荒六号）

短歌と俳句

『俳句』平成十三年新年号は、坪内稔典、大屋達治、櫂未知子、高山れおねの四人による特別座談会「21世紀の俳句」を特集している。その座談会の柱の一つに、「俳句より短歌の方が優れている」ということが取り上げられ論議されている。

例えば、高山氏はその一つの理由として、「短歌は作者の顔が見える」が、「ある時期以降、現代俳句は時代を反映できていない」からだと述べている。高山氏はさらに言う。「現在の俳人の作品そのものはとても洗練されていて、立派な作品はいくらでもあるけれど、それが時代と結びついていない。(略) 時代との格闘という点でいえば短歌のほうがずっとちゃんとやっています。」と。この発言を受けて大屋氏も次のように続けている。「短歌は時代とかかわっているということが一九九〇年の湾岸戦争のときに議論になりましたね。朝日歌壇に出てくる短歌には湾岸戦争を詠んだものが見られるのに、俳句にはそれがまったくなくて、日常茶飯、風景をうたっている。これは五七五七七の七七があるかないかの違いだと思うんです。俳句で下手に思想を詠もうとすればスローガンになってしまう。」

しかし、氏は、このように述べた後で、「では、俳句は時代とかかわっていないかといわれればそうではなくて」とし、その例として、渡辺白泉の〈戦争が廊下の奥に立ってゐた〉〈銃後といふ不思議な町を丘で見た〉や、金子兜太の〈銀行員等朝より蛍光す烏賊のごとく〉、鷹羽狩行の〈摩天楼より新緑がパセリほど〉などをあげているのであるが、「かかわり方としては難しい」として、それは、俳句が「十七音しかないからだ」と結論づけている。

さて、これらの議論を聞いていてある疑問が湧いてくる。それは、「現代の俳人の作品が時代とかかわってないのはなぜか」という問いへの言及が、どの発言者からもなされていないことへの疑問である。

大屋氏は、「時代や思想を十七音で詠むのは難しい」と、俳句形式の問題にしているのであるが、そうではあるまいということだ。それは、現代の俳人が何に関心があるか、書くべき主題は何かということと関係するのであって、その意味で作家の姿勢や生き方にかかわることである。湾岸戦争が勃発しようが、阪神大震災で多くの犠牲者がでようが、そして、闇を抱えた少年たちが次々と異様な行動にでようが、伝統的な美意識にのっかって、花鳥風月にしか関心のない者には、それらは、詠む対象としては何の価値も有しないということなのである。そのことは、おそらく、現代の俳人の時代の危機への感受性の問題と深く関わっているはずである。ただ、この場合、櫂氏の次の発言については、注目したいと思う。

「俳句は時代を反映していない。（略）しかし、時代を反映しないことが逆に時代を反映するのではないか。現実から逃避したような句を作ることが同時に、裏側にどういう時代であったかをわからせるふうになるんじゃないか。」

ただ、櫂氏のこの発言も、なぜ、俳句がこのような迂回の途をとるかということについては、言及していない。

さて、新世紀の二〇〇一年も、一家四人惨殺、筋肉弛緩剤投与による無差別殺人など血腥い事件で幕をあけた。倒産、失業として現象する経済不況は依然として打開の見通しは暗いし、政治家の収賄汚職は相変わらずである。ここ沖縄では、年明け早々、米兵の犯罪の頻発で正月気分も吹き飛んでしまった。初春を祝う気持ちになどとてもなれない。

『俳句』新年号は、新年詠として四十二人の俳人の句を八句から十二句ずつ紹介している。さて、このような血腥い世相や時代は、これら俳人たちにおいてどのように反映されているのであろうか。冒頭の一句ずつを取り出してみる。

◇初芝居ゆく喜びに身のはづみ　能村登四郎
◇冬の航日当る岬廻り来し　桂　信子
◇老いになき年頭所感初日記　後藤比奈夫
◇冬の夜の一輪挿しの水替ふる　岡本　眸

◇去年と同じ黄葉の林人の歩み　金子　兜太
◇指の輪をしぼって秋の麒麟草　川崎　展宏
◇隠しても縦傷消えず去年今年　鈴木六林男
◇てのひらに旅の綿虫青白き　山田みずえ
◇淡々と阿波の初日や木偶人形　有馬　朗人
◇去年ありて今年斯くあり生きてこそ　林　翔

まだまだ続くが後は割愛せざるをえない。どれをとっても見事というしかないほど、時代をまったく反映していないし、時代の危機もまったく感受されてない。もちろん、現実の出来事を素朴反映論的に俳句に詠んでも意味がない。しかし、このような時代を反映しない句は恐らく、五〇年前、一〇〇年前の作だとしても誰もわからないであろう。

俳人は、かくも平和であっていいのであろうか。あまりにいらつくものだから、比較的共感できる作品として、鈴木六林男の〈隠しても――〉の句を、〈基地の朝縦傷消えず去年今年〉と詠み替えて、本歌取りのつもりで新年の句の一つに加えたのだが、これって盗作ということになるのだろうか。

（二〇〇一年一月・天荒九号）

季語・季題の呪縛

『国文学』二〇〇一年七月号は、「俳句の争点ノート」と題する特集を組んでいて、俳人・歌人・詩人・国文学者ら十六人が、それぞれの立場から、現代俳句について論考を寄せている。この中で、現代俳句界の現状について、最もラディカルで刺激的な発言をしているのが、西川徹郎氏である。西川氏は、俳人を標榜しつつも、「反俳句の視座」と題する論を展開する。

「この季語・季題の呪縛は俳句の言葉を季節の詩へと強いるものであり、俳句の言葉から人間を奪いとり、俳句を文学から断種する魔物である。それは華をかざしながら美意識を以って密かに人間を統率する定型詩に宿された国家の意志であり、詩人がその全霊を以て抗う対者にほかならない。」「人間の実存は和歌伝統の美意識や国家の意志に隷属する文語では書き止め得ることは凡そ不可能である。」「口語とは生活の言語のことであり、生活者の思惟の言語のことである。この生活者の思惟の言語をもって俳句を書くことが、とりもなおさず口語で俳句を書く行為である。生活とは人間が生き活かされてゆく実存の謂いであり、生活者とは人間の生存に直接し、生の根拠を問う実存的な思惟の在り方を指し示す言葉である。」

このような覚悟で書く俳句を、氏は「実存俳句」と称している。

皮肉にも（現在の俳句界の潮流からすると別に皮肉でもないのだが）、総合俳誌『俳句』（角川書店）六月号には、山西雅子氏の「文語文法入門」が連載されている。二回目を迎える今回は、「辞書を味方に」という副題がついていて、俳句初心者が、文語で句作するための辞書の用い方の手ほどきが解説されている。例えば、「問1〈紫陽花の前にかに来て座る〉を、歴史的仮名遣いで、ひらがなに直しましょう。」という具合である。

同誌ではまた、「主宰が明かす選句の基準」というのが特集されていて、例えば、落合水尾氏は、選句の基準として次のように述べる。

「簡単に言えば、写生と風詠ができていれば入選、その上でなお新しみのある句が特選ということになろう」。

さらに、三村純也氏は、「どこまでも季題を生かす」というタイトルで、ずばり次のように述べる。

「私の作句信条は『花鳥諷詠』であるから、おのずとその選句も、それにかなったものは採る、かなわないものは採らないということになるのは当然である。俳句は十七音と季題という制約の厳しい文芸である」。

このように、花鳥諷詠思想と文語による有季定型俳句に何の疑問も持たない俳人が大勢を占める俳句界にあっては、山西氏のような俳句初心者のための文語文法入門講座の仕事が意義あることとして求められるのは無理もないことである。

とは言え、無季俳句を容認し、口語俳句を詠む開けた俳人の中にも、季語・季題に対してまずその意義を第一義に考える俳人もかなりいる。今回の国文学の特集にも論考を寄せている坪内稔典氏、宇多喜代子氏も無季俳句の意義を容認している俳人であるが、二人の作句の軸は有季定型にあり、季語、季題の意義をその歴史的文化的背景に求めている。

坪内氏は、「季語を重んじるが優れた無季句は俳句として認める」といい無季容認派を自認しているのであるが、結局は次のように、季語・季題の効用と意義を提唱するしかない。

「早くに『万葉集』に現れ、そして『古今和歌集』で集成されたその世界の構成法は、かなり古いし、日本という風土に密着してもいる。密着していることで、世界的にはローカルな方法なのかも知れないが、そんな地方性は逆にとても大事であろう」。

宇多氏も無季俳句を認めつつも、「季語という特別の身分を持つ言葉をつかう俳句は、なんと多くの季語に助けられているかということである」ということによって、「季語は旬の思想であり、その季語を集めた歳時記はこの国のミニ百科事典なのである。簡単に捨てられるものではない。」と結論づけるのである。こうした二人に共通していることは、「風土に密着した」「旬の思想」としての季語が、人間の生き方や思惟をどのように規定し呪縛しているかという問いの欠如であるように思える。

野ざらし延男氏は季語への疑問をいち早く提出している。『天荒』二号でその疑問を七つの視点から詳述しているので、ここに抄出してみる。

①季語は俳句の内容を規定している。季節の言葉を折り込むことを条件とした有季俳句は芸術世界の自由を阻害している。②時間は流動の中で捉えるべきである。しかし、季語は、一年の時間の流れを春夏秋冬の四つに区分してしまっている。「新年」だけ季語として位置づけしているのも疑問。③科学の発達、人工的都会的要素が主要を占める今日の社会生活において、季語だけでは現代は捉えられない。④自然界のサイクルは太陰暦で活かされるが、現代人の生活リズムは太陽暦中心で動いている。⑤季語は大和（奈良・京都）または江戸（東京）中心に決定されていて、「歳時記」は中央集権的である。北海道で雪祭りが行われているとき、沖縄では桜祭りの時期である。⑥季語の決定は誰がするのかという疑問。⑦俳句に季語を入れるのが約束というが、誰が誰といつどこで約束したのかという疑問。

これにさらに、俳句の国際化の中で、季語はその意義性を失っているということを付け加えれば、季語に対する疑問の大要は出揃っている筈である。

このように根本的な疑問が提出されていながら、頑固に有季定型を主張する俳人らが多数を占めることによって、今日、西川徹郎氏が指摘するように俳句から人間が排除され、国家の意志によって人間が統率される構図が断ち切れずにいると言えるのである。

（二〇〇一年六月・天荒十一号）

文学の方法

船越義彰氏の近作『遊女たちの戦争』（ニライ社）を読む。

私が、この作品を店頭で見つけて、一も二もなく購入する気になったのは、「遊女たちの戦争」というタイトルに引き付けられたからである。

本の帯の文章には、次のように書かれている。

「貧しさから遊郭へ身売り。さらに沖縄戦で慰安婦にならざるを得なかった女の哀しみ、時代に翻弄されたその生きざまを取材をもとに描きあげた著者会心の作」。

この作品の主人公、志堅原トミの生涯は、そのまま、目取真俊氏の作品「群蝶の木」の主人公、ゴゼイの生涯と一緒ではないか。ゴゼイもまた、「みなし児として遊郭で拾われて遊女となり、戦争中は日本軍の慰安婦、戦後は米兵相手の売春婦」として、狂乱の果てに生涯を閉じる女性として描かれていた。

私は、「不可視の闇」（文学雑感（三四）『天荒』十号所収）において、目取真氏の「群蝶の木」

を取り上げて、「これら最下層に位置する人々は、戦争中と戦後、村という共同体社会においてどのように扱われたのであろうか。このような人々についての記録や証言はほとんどない。すべては闇に包まれたままである。」「目取真俊氏は、この不可視の闇に文学の力で光を当てようとする」と書いたのであるが、船越氏もまた、このような不可視の闇に文学の光を当てようとしているのである。私は、小説としての出来栄えや形式性について云々する前に、船越氏が、この作品を発表したということだけでも、まず率直に敬意を払いたいと思う。

著者はあとがきで述べている。

「沖縄戦の体験者は年々歳々減少している。辻についても、同じことが言える。ただ、沖縄戦については多くの著作が出版され、歴史としての資料に事欠かない。しかし、辻についての文献は、これまでも少なかったし、これからも多くは望めない。この小説も、辻の遊郭としての終焉の頃を覗いたにすぎない。」

はからずも、同時期に、沖縄の新旧の二人の作家が、同様の題材を扱っているということに、少なからぬ驚きを禁じえないのであるが、ただ、両者の問題意識と方法は明らかに違う。

著者自身が、「この小説の主人公である志堅原トミにはモデルがいる。（略）筋道を立てての話は、トミだけ」と述べているように、船越氏の方法は、戦争体験者の体験と記憶を忠実にたどり、できるだけ事実を事実として作品の中に提示しようとするやり方である。この方法で船越氏は前作の『狂った季節』では文字通りノンフィクションという形式をとって、自らの戦争体験を作品にした。この作品も「小説」と銘打ってはいるが、「聞き取り」に基づいたノンフィクション風の作品である。

これに対し、目取真俊は、想像力を自在に駆使し、時には大胆な比喩と象徴化によって、事実を真実に昇華するという方法をとっている。また、慰安婦の生涯という同じ題材を扱うにしても、その問題意識は異なっている。船越氏が、遊女・慰安婦の体験がたとえどんなに悲惨であろうとも「過去にあった事実は事実として認め、残すべきものは正しく残さなければならない」という問題意識に立っているのに対し、目取真氏は、悲惨な体験を悲惨な体験として提示することよりも、悲惨な体験をもたらした加害者たちの存在とその責任を問うというところに、その問題意識があると思えるのである。その意味で、作家がなぜその題材を扱ったかという点において、目取真氏の方がより主体的であり、現在との緊張した関係を生きているのだと言える。

とは言え、今回の船越氏の作品から、私たちは、沖縄戦時下の慰安所の仕組み、遊女や慰安婦たちの意識の有り様、その悲惨な実相の全容をほぼ想像することができる。特に、遊女たちがどのような過程を経て、慰安婦にならざるをえなかったかについての描写は、「群蝶の木」において、目取真氏がなし得なかった部分であり、船越氏のこの部分の展開は興味深い。

主人公トミの語るところによると、遊女から慰安婦への道は、必ずしも軍や辻のアンマーの強制ではなく、自分で選んだものであったという。事実、トミには、一〇・一〇空襲で遊郭が全焼したことによって故郷の両親の下に帰る機会があり、遊女から足を洗い、慰安婦を逃れるチャンスがあった。にも関らず、トミは敢えて、「自ら」慰安婦の道を選ぶ。トミだけではない。身代金を返して自由になったはずのマカティー姉さんやウサも慰安所が開設されると戻ってくる。なぜか。そこ以外どこにも身の置き所がなかったからである。もはや、遊女という苦界に身を落した者には、家族も村も安住の地とはなりえなかったのである。ここにこそ、遊女トミらの限りない悲惨さと共同体社会の残酷さ、その中に体現される国家のからくりの謎がある。

そういえば、目取真俊もまた、「群蝶の木」のゴゼイが米兵相手の売春婦になっていくのは、自分から選んだのであって、誰からも強制されたのではない、というように描きだしていた。それはあたかも、渡嘉敷島の「集団自決」には、表立った軍命はくだされなかったというのと同じである。

ただここで言えることとは、最後にトミが語るように、「好き好んでジュリや慰安婦になったのではございません」ということであり、好き好んで、肉親が最愛の肉親を手で殺める「集団自決」のような凶行がなされたのではない、ということである。

（二〇〇一年七月・天荒十一号）

作品鑑賞の視点と批評

松本清張の作品に『カルネアデスの船板』というのがあったが、この中に、ある歴史学者が戦前の皇国史観に基づいて執筆した本を、戦後は民衆史観へと徐々に修正し、反動化が強まると再び気づかれないように皇国史観に変えていくという話がおり込まれてあった。政局の動向で与党になったり野党になったりと言を左右する政治家や政治学者らは、さしずめこの歴史学者の部類に属する変質漢と言うべきか。野ざらし延男が（天荒秀句鑑賞二〇〇一年六月）語るように、「今は思想喪失の時代なのか保守も革新も同色に近く、旗色が見え難くなってきた」のである。

ここに一つの俳句作品がある。神矢みさの「天荒」六月作品の一句で、野ざらし天位に選ばれた作品である。

揚雲雀右派左派草の城を出る　　みさ

野ざらし延男は、この句を次のように読む。

「人の生き方に違いがあるように、雲雀の世界にも生き方に差異がある。しかし、揚雲雀の飛翔の特徴は天の井戸を掘るように、垂直に飛ぶことである。この飛翔の本領を忘れたとき揚雲雀の変質や転向が始まり、己の生き方を忘却することになる。」

私は、これまでも、何度となく、野ざらし延男の「秀句鑑賞」によって、目からうろこの如く、どこがどう優れているのか、作品鑑賞の視点と批評のあり様について啓示を受けてきたのであるが、この作品への野ざらし延男の鑑賞を読み、その深い地点からの批評のすごさに思わず唸ってしまったのであった。

天荒俳句会の六月の句会には一八四句の作品が寄せられ、各自が十九句ずつを選句した。私も十九句を選出したはずであるのだが、私の選句の中にこの作品は含まれてなかった。たぶん私は、「揚雲雀」という語句の持つ明るい響きと軽やかなイメージに耳目を奪われ、この句を、草の中から雲雀が右に左に飛びあがっていくのどかな風景を詠んだ、健康な写生句というように解したのだと思う。

だが、野ざらし延男はそうは解しなかった。「雲雀にも右へ飛ぶ奴と左へ飛ぶ奴がいるのを発見した」作者の、その視点の先と奥に批評の矢を放ち、「飛翔の方向性が雲雀の行く末を暗示している」と見る作者の鋭い時代批評の目をはずすことなく見事に捉えて見せたのである。そして、この作品の中に時代批評の視点を見ることができるか否かによって、神矢作品の持つ深く重い主題が開示され、作品の質は一変するのである。しかも、野ざらし延男の放った批評の矢は作品の主題を開示するにとどまらない。主題を超えて揚雲雀の飛翔の本質に、人間論の本質に迫っていく。

「天の中心へ向かって己の真実を貫くとき、雲雀は雲雀としての生が光る。人もまた同じ。」

滝はわが背びれ星雲湧きたたす　　延　男

己の人生行路をこのように詠む野ざらし延男であればこそ、深い人間洞察と鑑賞眼が作品批評に生きる。

さて、世は「天荒」の時代ならぬ「転向」の時代であるらしい。公然と開き直って、左から右に、過去の自分とまったく正反対の言動に走る者もいれば、こっそりとよそに気づかれないように少しずつ、自分の位置をずらしていく者もいて、その形態も様々である。

かつて労働運動の著名な指導者として鳴らした人物が、いつのまにか地域ブルジョアジーの代表の椅子をあてがわれて公然と労働者大衆に敵対し、醜悪な姿をさらしている者がいるかと思えば、労働組合の幹部に席を置きながら、会社経営まがいの利潤追求や裏金作りに狂奔し、果ては暴力団とも通じて労組を食い物にしているといったことがまかり通る世の中である。

このような質の悪い転向とまではいかないまでも、小さな転向者の姿は自分の周囲にも散見できる風景である。集会やデモ等で見かけなくなったと思っていたら、組合を抜けていたというのはまだいい方で、かつての労働運動の活動家が、現場教師らが手を焼いている生徒指導や進路指導、カウンセラー等に熱心になっているので感心していたら、いつの間にかその筋の権威として官制側の講師をこなしたり役人入りを果たしたりしているという具合である。ブルータスお前もかというわけだ。私ぐらいの年齢になると、同輩や後輩が管理職に従事しているのも多い。管理職に従事することそれ自体は、その人の選択のあり様であって、よそからとやかく言うことではない。それに今はかつてのように労働組合も管理職試験反対を掲げてないし、「民主的管理者論」を唱えていち早くその道をめざす者が昔からいたので、労働運動の指導者などが校長や教頭の地位に収まったり教育庁入りしたからといって、スワッ転向だなどと取り立てて騒ぐほどのことではないかも知れない。だが、許しがたいのは、こうしたかつての労働運動の指導者が、管理職に就いた途端、態度を豹変させ、労働運動の熱心な抑圧者として振る舞っているという事態である。かつては交渉相手であった当局に対し、立場が変わった途端に当局の政策の是非を問うことすらせず、忠実な下僕に成り果て、他の管理者以上に現場職員に辛く当たるのである。まるで、そうすることで自分の過去の経歴を払拭し当局に認めてもらおうとしているかのように。

だが、この種の手合いの犯罪性は、その自己保身的なみすぼらしさにあるのではない。かつて組合幹部に収まり労組の内部を熟知していたということを逆手にとって、それを組合弾圧に援用しているということにその最大の悪さがある。つまり、労働運動を担うことによって、組合費という労働者の浄財で身につけた諸技能や知識、情報、人脈などをそのまま労働者を抑圧する武器として援用しているのである。

それにしても神矢みさ恐るべし。〈揚雲雀右派左派草の城を出る〉。たった十七音の軽やかな語句とリズムを用いて、揚げ雲雀の飛翔する眼前ののどかな風景を切り取っているかにみせて、現代の世相の核心を抉り、人間の生き方を問い、我々の胸元にさりげなく人間の核心問題を投げ出して見せるとは。句友でありながら、心から感服したのである。

（二〇〇一年十一月・天荒十二号）

高浜虚子の破綻

「季語・季題の呪縛は俳句の言葉を季節の詩へと強いるものであり、俳句の言葉から人間を奪いとり、俳句を文学から断種する魔物である。それは華をかざしながら美意識を以て密かに人間を統率する定型詩に宿された国家の意志であり、詩人がその全霊を以て抗う対者にほかならない。」（西川徹郎「反俳句の視座」）

『天荒』十号に、おおしろ建の「ジャカルタ国際詩人会議」に参加した時の報告文が、「〝ミスター俳句〟と呼ばれて」というタイトルで掲載されている。その中に、自作の俳句をインドネシア語に翻訳してもらう際のことを語った次のような一文がある。

「朗読予定の俳句にこんなのがあった。《増殖する闇へバターナイフ入れる初夏》。するとイルワンさんが翻訳できないという。びっくりした。インドネシアは暑いので年中夏ではないかと聞いた。笑って答えた。冬がないので夏もない。夏の概念がないというのだ。季節は雨季と乾季しかないという。あたりまえと思っていたことが足元から崩れた。五人で大笑いした。なんか痛快な気がして気持ちがふっと楽になった。」

読んでいて、実に愉快になる文であるが、さて、ところで、おおしろ建たち五人がここで「大笑い」し「痛快な気」がしたとしているのは、実はとても大事なことである。おおげさに言えば、この時、五人は、昭和の初期に、高浜虚子が日本の旧植民地南洋諸島に立ち寄った時と同様の難問にぶち当たっていたのである。そして幸いにも、虚子とは違って季語・季題の呪縛の魔手に絡めとられることから逃れたのであり、西川徹郎の説く「美意識を以て密かに人間を統率する」「国家の意志」から自由でありえたのである。

高浜虚子は、この季語・季題の呪縛にがんじがらめとなり、国家の意志の体現者として俳句を季語の枠に押し込めようとして、遂に破綻をきたした歴史的人物と言える。『現代俳句』四月号は「季語を考える」を特集していて、その中の江里昭彦氏の「二十一世紀における季語の行方」を読むと、つくづくそのことがうなずける。

江里氏の論によると、高浜虚子は、京、大阪、江戸の三都の季節感を標準とし、王朝和歌の伝統的美意識を支えとして編纂された歳時記の枠内に日本全体の風土と意識を吸収しようとして悪戦苦闘したという。

つまり、「伝統的美意識の適用がきかない風土に暮らす俳人たちは、日々接する自然相と、虚子の説く俳論とのはなはだしい乖離に悩み」、そのことを虚子にぶつける。孫引きになるのだが、例えば北海道での講演では「この北海道でありましても内地で定めた歳時記を信頼しなくなりまして北海道独特の歳時記を頼むとなりますと季の約束が目茶苦茶になりまして、俳句というものの存立を危うくします。」（昭和八年十二月『古潭』所収）と、それこそ目茶苦茶なことを言っているという。だが、このような無茶も、北海道から沖縄までの枠内なら、まだ、遅れている地方は中央に従えという中央集権的権威で押さえ込むこともできた。だが、それが、赤道直下の植民地熱帯地方にまで適用させようとするに至ったとき、もはや、虚子の論は音立てて破綻するしかないのである。

第二次大戦後に独立するまで、インドネシアやシンガポールを含む一四〇〇余の南洋諸島は、第一次世界大戦で日本が占領し、植民地として支配した。一九三六（昭和十一）年、虚子は訪欧の旅の途次、シンガポール等南洋諸島に立ち寄っている。熱帯地シンガポールに四季はない。そこで春・夏・秋・冬・新年の季題に加えて、あらたに「熱帯」という季題を設けてはどうかと提言しているという。

江里氏はこの時の虚子の問題意識を次のようにまとめている。

「旅行吟として南洋の風物を詠じる場合ならば、『内地の季題』が適応不能だとする俳人の困惑は捨てておけばよい。それは一過性の問題だから。しかし、植民地に住む俳人が発する疑問となると、そうはいかない。日本の領土で生ずる季題の問題は、俳壇の総帥たる虚子が解決しなければならない。彼にはそうした使命感と当事者意識があった。」「ここでの虚子は、季題論の臨海をとっくに超えて、破綻をきたしている。『地方地方で歳時記が出来たら俳句の統一がむづかしくなる』と声を強めるが、もはや「俳句の統一」が不可能なほどに日本の版図がひろがり、多様な風土を内包するに至ったこのときにおいてなお、『内地の季題』を少々いじるだけで解決が図れるとする彼の態度は、イデオロギーと化した歳時記信仰が俳人に現実を見えなくさせる、壮絶かつ滑稽な事例として、記憶にとどめるに値しよう。」

まさしく滑稽としかいいようがない。このような官僚然とした中央集権的思考の中に、亜熱帯気候としての沖縄など埒外に置かれていたのは当然なわけで、沖縄の詩人、山之口貘が、『会話』という詩の中で、「お国は」と聞かれて「オキナワデス」とは言えず「アネッタイ」と絶句するしかなかった気持ちが痛いほど伝わるのである。

沖縄の海が赤土で汚染されても何の対策も防止もできないのは、本土の土壌を基準に工事がなされているからである。狂牛病に懲りて沖縄の食文化の山羊を食することを禁ずるという。どうやら今日のこれらの施策にも、中央の間尺で地方を従わせようとする虚子的な中央集権的思考構造は依然として、根強く貫かれているようなのである。

（二〇〇二年四月・天荒十三号）

なぜ今「原点」なのか

Ⅰ

岡本敏子講演

沖縄タイムス紙八月十六日付の文化欄を見ると「原点」という言葉が目立つ。一つは、「太郎と沖縄」と題する岡本敏子氏の講演録の文。「日本の原点ここにあり」という見出しになっている。もう一つは、「俳句はいま」と題する櫂末知子氏の「俳句月評」で、「自分の原点を模索」という見出しになっている。一週間ほど前のコラム「唐獅子」欄には、大嶺妙子氏（八重山上布職人）が「原風景」と題するコラムを執筆している。

今なぜ、「原点」「原風景」ということが取り沙汰されるのであろうか。これらの取り合わせは単なる偶然にすぎないのか。それとも、復帰三十年、講和条約五十年の今、時代の不透明さとすさまじい個の拡散の中にあって、自らのアイデンティティーを確かめ、今生きていることの意味を見つめ直そうとするところから生じた、「原点」や「原風景」模索への現象形態なのであろうか。

岡本敏子氏の講演は、「岡本太郎が見た沖縄」写真展の関連企画として開催されたもので、岡本太郎の『沖縄文化論』の内容を紹介する形になっていて、「辺境にこそ本当のものが残っている」「何もないが純粋に神聖なものと直接、そこに生きた人間が交流する文化が沖縄にある」「裸のままでストレートに通じ合える文化がある。それが沖縄の原点」という趣旨のことが力説されている。

地域振興と称して新たな米軍事基地の建設を容認し、不労所得の軍用地代と基地経済にまみれて、「チャンプルー文化」を謳歌する沖縄の現実を見たとき、はて、どこに「純粋に神聖なものと直接、そこに生きた人間が交流する文化」なるものがあるのだろうと、つい、皮肉ってみたくもなり、さては、「沖縄褒め殺し」の元祖は岡本太郎だったのかと言いたくもなってくる。そう言えば、『沖縄文化論』にも、オバーやノロ、琉舞、紅型、御嶽などは出てくるが、真っ先に目に入り、そして至る所で目にしたに違いない極東最大の米軍事基地と基地のもたらす「沖縄の文化」について、まったく言及していない。いや、冒頭の章「沖縄の肌ざわり」において、ほんの数行、的外れの形でふれているだけである。

「やがて道が右の方にゆるやかに弧をえがくと、予期したとおり、車の前方に無数のギラギラした照明とともに基地が展開しはじめる。鉄柵をめぐらし、数々の軍艦が碇泊し、至るところに厖大な軍事物資が山積みになっている。

基地――われわれの生活の焦点の一つである存在。それはゆるがない力、信念の姿なのか、あるいは飛躍的な科学技術の今日、ナンセンスなジェスチュアにすぎなくなっているのか。時代の転回点の上にあるこういう虚勢、たしかにアメリカ人にとっても頭の痛い課題だろうし、日本人、沖縄人にとってはさらに痛切な苦しみである。

これらのものものしい軍艦も、威嚇と滑稽をともに積んで浮かんでいる。巨大なオモチャ。」


文化論を論じるのが目的であるとは言え、百八十ページ余に及ぶ著作の中で、軍事基地についで触れたのは、後にも先にもこれだけである。それに、基地支配下にある沖縄にとって、「軍艦」は決して、「巨大なオモチャ」などと戯画化できるものではない。

ちなみに、山之口貘の次の詩と較べてみよう。

不沈母艦沖縄

守礼の門のない沖縄
崇元寺のない沖縄
がじまるの木のない沖縄

梯梧の花の咲かない沖縄
那覇の港に山原船のない沖縄
（略）
まもなく戦禍の惨劇から立ち上り
傷だらけの肉体を引きずって
どうやら沖縄が生きのびたところは
不沈母艦沖縄だ
いま八〇万のみじめな生命達が
甲板の片隅に追いつめられていて
鉄やコンクリートの上では
米を作るてだてもなく
死を与えろと叫んでいるのだ

ここには、沖縄の過去と現実の傷を我がこととして内側から受け止め得た主体の熱い呻きがある。同じ東京にいて、沖縄人と大和人はかくも違うものなのかと、つい言いたくもなるというものだ。

岡本太郎の『沖縄文化論』は、今日読み返してもなお、優れた沖縄文化論であることに、異を唱えるつもりはない。だが、そこに論じられている文化論と、貘の、沖縄に向き合う視点には決定的な違いがある。岡本のそれが、褒め殺しとも言えるほど、今ある沖縄の良さ、その生命のやさしさ、つまり日本の文化の原点をそこに発見して感動し称揚している「陽の沖縄文化論」であるのに対し、貘は違う。沖縄が失ったもの、「守礼の門」「崇元寺」「がじまる」「梯梧の花」「山原船」と、かつては存在していながら今はない、そのような失われた原風景にこそ向けられているる。そして、そのような深い喪失感は、岡本の「陽の沖縄文化論」では決して埋められないものなのである。

Ⅱ

櫂未知子の「俳句月評」

櫂未知子氏の俳句月評「俳句はいま」（沖縄タイムス・八月十六日）は、滝沢伊代次第六句集『信濃』（角川書店）と矢島渚男第七句集『延年』（富士見書房）の作品から、ふるさとの風物を詠った句を取り上げ、「自分の原点はどこか」を見つめようとするものである。櫂氏が取り上げたのは次の三句。

『信濃』より

大出水馬も兎もあづかりぬ
田廻りの案山子と同じ帽子かな
夜濯へ夜鷹の声の背後より

櫂氏は、作者が横浜在住であることを踏まえた上で、ふるさとへの「単なる物見遊山やノスタルジーとは異なり、もっと地に足の着いた世界」だと推賞している。

確かにこれらの句で詠われた「大出水」「田廻り」「夜濯」などの農家の営み、「馬」「兎」「案山子」「夜鷹」などの生き物や風物などによって喚起されるイメージに浸るとき、昔ながらのままであろう信濃の農家の生活の有り様がひらけてくるようで、心がなごむし、作者のふるさとへの限りない愛着が伝わってくる。だが、岡本太郎が見た「沖縄の原点」が失われつつあるのと同じように、ふるさと信濃もまた、確実に変容しているはずではないか。

農業の危機が叫ばれて久しい我が国において、こうした「原点としてのふるさと」は、いつまで続くのであろうか。一見のどかな農村の風景の背後に、農村のさまざまな苦悩と矛盾が隠れているように思えてならないのだが。それに、なぜ、「原点」は信濃のような「田舎」や沖縄のような「辺境」にしか残っていないのであろうか。その場合、圧倒的人口を有し、文化の中心であるはずの東京や本土の都会のような場所においてはなぜ、「原点」が失われてしまったというのであろうか。

「原点」を求めるためには文化の中心から「辺境」に行くしかないとしたら、では、そのような「文化」や「文明」とはいったい何だというのであろうか。

山之口貘は、「思弁」という詩ですでに次のように詠んでいる。

思弁

（略）
文明ともあろう物達のどれもこれもが
夢みるひまも　恋みるひまもなく
米や息などみるひまさえもなくなって
そこにばたばたしていても文明なのか
ああ
かかる非文化的な文明らが
現実すぎるほど群れている
みんなかなしく古ぼけて

むんむんしている神の息吹を浴び
地球の頭にばかりすがっている
（『思弁の苑』）

ふるさとに原風景を求めようとするとき、文明への批判の目が獲得されねばならない。

『延年』より

ざわざわと蝗の袋盛上がる
それぞれに秋燃え文明が燃える
戦争がはじまる野菊たちの前

最初の句について櫂氏は、「この句の〈ざわざわと〉は、イナゴの生命力と同時に、不穏な雰囲気をかもし出していて見事」と評している。「不穏な雰囲気」というとき「時代の不穏」への作者の不安感が込められていると解してのことなのか説明が欲しいところ。後ろの二句については、「昨秋の同時テロを詠んでいるが、時がたち、その事件の記憶が薄れたとしても、長く記憶に残る句」「作者が信州に性根を据えて暮らしていたからこそ、生まれ得た作品」「鮮やかな錦秋、そして可憐な野菊。そこに目を止める作者がいなければ、この厳しくも美しい作品は誕生しなかった」と激賞している。

私自身、矢島氏の作品に感服し、櫂氏の評に共鳴しつつも、少しひっかかりが残る。それは、一つは、櫂氏が、昨年十月の「俳句時評」で「俳句は詩型が小さすぎて、時事詠や思想詠には適さない」という趣旨のことを書いているからである（「文学雑感・四一参照。『天荒』十二号所収）。もう一つは「文明が燃える」という表現についてである。9・11自爆テロに対し、アメリカのブッシュ大統領は「自由と文明に挑戦する野蛮なテロ」と怒号し、その後のアフガンへの報復攻撃を「文明対野蛮」の戦争と称している。アフガンに現地取材した作家の辺見庸は米英軍の攻撃を「国際法も人倫の根源もすべて無視した、計画的かつ一方的な『襲撃』だった」（一月八日付・朝日新聞）と断じ、「全体、だれが野蛮なのか」（同上）と報じている。アメリカの力によって筆舌に尽くしがたい抑圧を受けてきたイスラム圏の人々にとって、ニューヨークの世界貿易センタービルや米国防省ビルが「野蛮」の象徴として映ったとしても仕方がない。こうした事情がある中で、「文明」という言葉を使おうとするとき、極めて警戒心を働かさないではいられないのであって、アプリオルに使うことはできない。矢島氏は「文明」という言葉をあまりに安易に使い過ぎているのではないだろうか。

（二〇〇二年八月・天荒十四号）

貘の詩に見る無自覚な陥穽

今年は山之口貘生誕百年にあたるという。貘と言えばその名を聞くだけで心がなごむほど詩も生き方も人々に愛されてきた。終生貧乏でそれでいて精神は貴族的で反骨にあふれ、平易な日常語で詩作し、独特なリズムとユーモアとペーソスで詩の魅力を引き出してくれる。貘はまた、終生、郷里沖縄をこよなく愛し、虐げられた沖縄の過去と未来を見つめ続けた詩人であったという意味でも、真の社会派詩人であり、庶民派詩人であったと言える。金子光晴は、「貘さんの反戦のイデーは（中略）人間の本心に根ざして彼という個人から発したものであった。そういうわけでは貘さんの詩は、みんな反戦詩だとみることもできる」（『山之口貘詩集』跋文）と述べている。

こうした貘の凄さを確認しつつも、本稿ではしかし、敢えて、貘が陥った無自覚の陥穽ということについて見ていきたいと思う。

沖縄タイムスの五月一日付朝刊の「詩時評」（四月）で、八重洋一郎氏が貘の詩について次のように述べている。

『沖縄よどこへ行く』。これは戦後の作と思われるが、『支那』という言葉が九回、『生蕃』という言葉が五回使われていて、やはり気になる表現である。編集者も『不適切と思われる表記もあるが、創作上の表現を尊重し』と注記せざるを得ない。最終部『日本語の／日本に帰って来ることなのだ』も平板である。貘生誕百年、没後四十年、このあたりで批判的読みが始まってもいいころだろう。」

八重氏はここで貘の詩の問題として二つのことを指摘している。一つは「支那」「生蕃」という言葉についてであり、あと一つは、最終部の「平板」な表現についてである。支那という言葉は、中国を蔑視した用語であり、生蕃という言葉も野蛮人という意味の差別語である。

「支那」は日本語大辞典（講談社）によると「日本では江戸時代中期ごろから用いられてきたが、蔑称的な呼称となったため、第二次大戦後は使用されない。」となっている。これは、中華民国政府の申し入れもあってのことである。「生蕃」は日本国語大辞典（小学館）によると「①教化に服さない蛮人。辺地に住み、中央の政治に服さない蛮族。②台湾の高山族、特に山地に住み原始的な生活をしていた原住民の日本統治時代の呼称。高砂族。」とある。貘がこの詩で取り上げている征蕃＝征台の役も、日本が台湾に漂着した琉球の漁民を原住民が殺害したことを口実に西郷従道（隆盛の弟）らが台湾出兵を強行し、高砂族の部落を焼き払い住民を殺戮し征伐したという、暗い歴史的事実を指しているわけで、背後に琉球帰属化を狙った日本の領土膨張政策があってのことである。「支那」といい「生蕃」と呼ぶ言葉はいずれも日本の海外侵略と植民地統治とからんで生まれた言葉であり、明らかな人種差別を意味する呼称として戦後は使用が憚られた言葉なのである。

「沖縄よどこへ行く」が書かれたのは、沖縄のアメリカ統治を盛り込んだサンフランシスコ講和条約締結の一九五一年頃であるが、この詩の初出掲載誌は一九六二年の『政界往来』である。(中程昌徳『山之口貘』)すでに戦後二十七年を経過し、貘五十九歳の晩年のことであることを考えれば、単なる歴史的制約とは言えない舌ざわりの悪さを示していると言わねばならない。貘の歴史認識と思想的「平板」さに起因していると思えるのである。

「廃藩置県のもとに/ついに琉球は生れかわり/その名は沖縄県と呼ばれながら三府四十三県の一員として/日本の道をまっすぐに行くのには/沖縄県の持って生れたところの/沖縄語によっては不便で歩けなかった/したがって日本語を勉強したり/あるいは機会あるごとに/日本語を生活してみるというふうにして/沖縄県は日本の道を歩いて来たのだ(中略)それにしても/蛇皮線の島/泡盛の島/沖縄よ/傷はひどく深いときいているのだが/元気になって帰ってくることだ/蛇皮線を忘れずに/泡盛を忘れずに/日本語の/日本に帰ってくることなのだ」(「沖縄よどこへ行く」)

この詩は七十七行に及ぶ長い詩になっていて、前半こそ古い琉球への限りない愛着と郷愁を詠んでいるのであるが、抄出した詩句をみる限り、沖縄が日本に組み込まれたことを無批判的に受容しているだけでなく、これまでの日本政府が行った差別政策やさまざまな圧政をも肯定し、それらに対する貘の痛みや「恨み」が感じられないのである。

有名な「会話」という詩がある。貘はその中で「お国は？」と女に聞かれても、「沖縄です」と言えず、「ずっとむこう」「南方」「亜熱帯」と言い逃れるしかなかったペーソスや屈辱感、本土人への皮肉や内地の「偏見達」への抗議の気持ちを詠んでいるが、その批判精神さえ見られないのである。

貘は自伝的小説「私の青年時代」の中で、「会話」という詩の背景と思える心情を次のように述べている。

「ある日のこと、しばらくの間その顔を見せなかった常連の一人が、日焼けした顔で店に入って来たのである。彼は出張で沖縄まで行って来たのだと大きな声で店の女主人とその娘を相手に言った。（略）沖縄出身の僕にとっては、『沖縄』というのがいささか刺激的に聞こえたのである。おそらく明治生まれの沖縄人一般にそれは共通するはずの刺激なのであった。徳田球一は彼の思想の動機を問われると、『おれは非圧迫民族だから。』と答えたとか人づてに僕は聞いたことがあったが、そのことは沖縄の歴史がすでに証明していて、言わばこの非圧迫民族としての劣等感を刺激されたのであった。

僕はかつて（大正十二年）、関西のある工場の見習い工募集の門前広告に、『但し朝鮮人と琉球人はお断り』とあるのを発見した。その工場にとってそれだけの理由はあるのであったろうが、それにしても気持ちのいいものではなかった。（中略）それで僕にとっては、出張から帰って来たその男が、どのような目で沖縄を見ているかに関心を寄せないではいられなかったが、酋長の家に招待されて、大きなどんぶりで泡盛を飲んだんだの、土人がどうのという調子なのである。」

貘はここではっきりと「非圧迫民族」という言葉で本土人の沖縄人への人種差別的偏見を糺しているのである。廃藩置県後も日本政府の様々な圧政に苦しみ、戦後も米軍支配下に置かれた沖縄を知る貘である。そうでありながら、「廃藩置県のもとに／ついに琉球は生れかわり／その名を沖縄県と呼ばれながら／三府十三県の一員として／日本の道をまっすぐに踏み出したのだ」と言われると、貘さんどうしたしっかりしろと言いたくなるのである。

また、「弾を浴びた島」で、「ウチナーグチマディン　ムル／イクサニ　サッタルバスイ」と方言を失って日本語を上手に話す島の人々への痛烈な皮肉を放ったあの批判精神もこの詩からは消えている。「沖縄語によっては不便で歩けなかった」から、「日本語の／日本に帰ってくることなのだ」と、沖縄人が日本人になること、日本人として生活し、日本語を使うことに何のひっかかりも感じてないいかに見えるのである。

それに、差別されることの悔しさや屈辱を身をもって知る貘であれば、ひるがえって、日本国家に「非圧迫民族」として圧迫され、「支那」「生蕃」と蔑称されている台湾の原住民や中国の民衆に対しては、限りない同情を寄せるはずである。しかし、この詩にみる「支那」「生蕃」という言葉の連発はあまりに酷薄に映る。貘が、一篇の詩を作るにも原稿用紙を二〇〇枚も三〇〇枚も反故にするほど推敲を重ね、言葉に厳しい詩人であることを思うと余計に腑に落ちない。貘の温かいまなざしや想像力は他国の民までは届かなかったのであろうか。この疑問は、「会話」という詩の中で、「日本人ではない」と言われて憤慨し、「酋長だの土人だの」と同列にされて憤慨する貘の隠された差別意識と通底するように思える。貘の無自覚の陥穽である。

（二〇〇三年六月・天荒十七号）

差別語と沖縄ナショナリズム

七月二十三日付沖縄タイムスのコラム「唐獅子」に、山之口泉さんが「言葉について」というタイトルで文を寄せている。

「ちょっと大げさかも知れないが、近ごろ、言葉統制が進みつつあるような気がすることがある。(略)

だいたい、ある種の単語や語句を禁じたり他の言葉に置き換えたりすることに、何の意味があるのだろう。(略)言葉に魂を与えるのは、それを発する人間なのである。」

私は、泉さんのこの意見に、半分は賛成だが、半分は同意できない。賛成というのは、実体の変化の伴わない無意味な言い換えや言語統制は表現の自由を束縛することになり「何の意味があるのだろう」と思うからである。また、「言葉に魂を与えるのは、それを発する人間なのである」ということにも同意できる。しかし、「ある種の単語や語句を禁じたり他の言葉に置き換えたりすること」には意味があると考えている。例えば様々な差別語。「めくら」とか「つんぼ」などという語は、その言葉によって不快な思いをする人がいる以上、「目の不自由な人」、「耳の不自由な人」と言い換えた方がいい。泉さんが気になる言葉として取り上げている「身体障害者」という言葉も、以前は「片端」と言われていたのであるが、それでも気になるというのであれば、「身体に障害のある人」というように、もっと適切な言い方が考えられるべきである。これらの言葉には言葉だけではない、差別と蔑称による被害の実体と歴史があるのである。

さて、拙文を紹介する。

「先日、ジャスコのオープン二周年記念セールにつられて行ってみたら、大変な混雑ぶりであった。かき分けるように歩いていると、目の前で小学三年生ぐらいの男の子が、濡れたタイルに滑って尻餅をついてしまい、手に持っていた団子を取り落としてしまった。あれ、気の毒にと思って見ていると、その子は、店員を呼び付け、ものすごい目で睨みつけて、『ちゃんと床を拭いておかんか。』と大声で叱りつけている。転んだのは自分の不注意ではなく、店員のせいだというのだ。とたんに、私は、その子への同情心が吹き飛んでしまった。本土の子かと顔をよく見たが、紛れもなくシマーである。そうか、沖縄にもこんな子が台頭してきたのかと、薄ら寒さすら覚えたのである。」

右の文は、校内で発行しているミニ通信紙『進級室の窓から』に「子どもたちの現在」と題して掲載した文の一節である。校内で配布する前にこの文を目にした連れ合いから「本土の子への差別意識があるんじゃないの」と批判されていたのであるが、案の定、学校で、本土出身のある教師からやんわりと指摘を受けることになった。「本土の子ならこのぐらいはやりかねんという偏見があるんじゃないの」というのだ。

言われてみると、思い当たることがある。自分の中で、本土の人間というとどうしても、横柄、身勝手、自己中心という概念と結び付いてしまう。内地の人間を好きになれない、信用できないという気持ちが心の内部にとぐろを巻いているのだ。極端な場合は、あの関西弁や流暢な東京弁を聞いただけで嫌悪を覚えたりすることがある。居酒屋や電車の中などで、周囲の人間におかまいなしに大声で会話している光景にもひどく嫌悪感が走る。もちろんこの感情は、どこかで、コンプレックスや恨みつらみと結び付いている。沖縄に基地を押し付けて自分たちだけいい思いをしやがって、とか、沖縄をこれまでひどい目に合わせやがっておいてという、過去から現在に至る沖縄支配と差別への恨みと結びついている。

ある苦いいくつかの場面が思い出されてくる。

東京に行ったときのこと。駅の売店で道を訊ねようと思い、店先で客の途切れるのを待っていたのだが、五分、十分立っていても、一向に言い出すチャンスがない。店員さんが目を合わそうとしてくれないのだ。彼女は、私の様子から客ではないと素早く判断したらしく、話しかけられないように目をそらしているようなのである。仕方なく諦めて、近くのタクシー乗り場で行く先を告げて乗り込んだら、駅を一周して、先程の目と鼻の先の建物の前で止めて、ここですといって料金を取るのだ。心の内に蕁麻疹が湧いてくるのを覚えた。「その建物なら、ほらそこ、歩いてすぐですよ」と教えればすむようなわずかな親切さえできないらしいのだ。

　携帯電話がまだ出回ってない頃のこと。公衆電話が見当たらないので、ある割烹みたいな店に入って、ピンクの電話を借りようとした。店に入ると「らっしゃいー」と威勢のいい声が飛んできた。ところが、電話を貸してくださいというや、なんだ客じゃないのかという態度を露骨に示す。電話番号を間違えてかけ直したりしてもたもたしていると、すかさず「電話は短めにお願いします。客の注文がはいりますから。」とせかすのだ。常連らしい向かいの客とは愛想よく談笑しているのに、一文の得にもならない者には容赦しないというわけである。苦い胆汁が、腹ににじみだしてくるのがわかった。

　電車内でのこと。車内は混んでいて、やっと席を見つけて座ろうとすると、後ろから追い越して来た若い男がその席に座りさらにもう一つの空いた席に荷物を置いて、「席とったから早くおいで」と自分の家族に声をかけている。立ち往生している私の目の前で、その若い男は、妻とおぼしき若い女の抱っこしている赤ちゃんに向かって「べろべろばあ」などして、いいパパさんぶりを発揮している。私は腹中に胆汁を充満させて、その〈平和な光景〉をみていたのだ。

　さて、こうしたいくつかの体験の堆積が、私に本土人嫌いをしみつかせてしまっているようなのだ。この感覚は、米国人に対する感情とも似通っている。占領者、横柄、傲慢というイメージがつきまとってどうしても好きになれないのだ。この感情は軍人ではない民間人に対しても時に湧き起こってくる。

先日、天荒会員の小橋川忠正氏が所属する写真グループの展示会があり、観にいった時のこと。作品の一つに、外人を被写体にしたのがあった。一人の黒人青年が海をバックに自転車を立て掛けて、真っ白い歯を剥き出して人のいい顔で無邪気に笑っているというものであった。いかにも外人らしい健康感にみちあふれ、スカッとさわやかという構図である。だが、私はいい写真だ、と思いつつ、その被写体が健康な外人であるということにひっかかりを感じていた。「なんで、こんな外人なんかの写真をとるのだ」というのが、心のどこかでくすぶっているのだ。そんなおり、グループの主宰にあたる高名な写真家が、この写真の前にきて批評を始めたのである。

「うん、いい写真だ。被写体の配置がいい。人と自転車とバックの海がうまく生かされている。コンクールに応募すれば、まちがいなく賞をもらえる作品だ。」

私は批評を聞きながら、軽い衝撃を覚え、感心して聞いていた。高名な写真家は、被写体が黒人か白人かとかどこの国の人かということは全く意に介さず、ただ人間の被写体として位置や姿勢、表情そして写真技術などを評しているのである。なるほど、差別意識とか積年の被差別とかの意識など入り込む余地がないのである。このことは同時に撮影者が、外人を被写体として撮る時、その意識は写真家として被写体に迫ることだけに徹し、被写体から受ける種々の雑念から自由であったことを意味しているわけで、完全に被写体を客体視しているということであろう。

振り返って私の場合はどうか。外人、特に米国人と言えば、すぐに占領者、軍事基地権力者、特権階級、抑圧者、傲慢、軍人、兵隊というイメージが付きまとい、その観念から自由になることができないのである。

先程の、なんで外人の写真なんか撮るのだという感情には、芸術を鑑賞する以前の別の感情が働き、どうしても鑑賞の眼を曇らしてしまう。自戒はするのであるが、本土の人、米国人という時、自己の内部で否定的実体を伴ってイメージされるがゆえに、その転換は簡単にはできないでいる。沖縄ナショナリズムとでもいうしかない、私の中の屈折した意識である。

（二〇〇三年七月・天荒十七号）

「沖縄の魂」とは

八月二日。浦添美術館で「岡本太郎展と縄文展」を鑑賞、その同じ足で那覇の女性総合センターで「貘のおくりもの」を聞いた。この催し物は、沖縄タイムス社が山之口貘の生誕百年を記念して、貘の詩の朗読と講演、トークショー等を「貘のおくりもの」として企画したものである。

頭の奥に岡本太郎の縄文の土器のおどろおどろしい造形がまだ発熱しているのを感じながら貘の会場に入った。会場は満席であった。貘への関心の高さが窺える。貘の愛娘の泉さんが講演するというのもかなりの反響を呼んだに違いない。

泉さんは、五十八歳の主婦とは思えないほど、まだあどけない雰囲気を漂わせていた。ショートカットの髪型にかわいらしいポシェットを袈裟懸けにかけ、愛くるしい話し方をなさるその出で立ちや声がそういう雰囲気を余計に感じさせたのかも知れない。言葉も平易な語を用いながら、とても適切な表現で語りかけ、十分に練られている感じを受けた。

詩人の高良勉氏のインタビューに答えて次のように述べた泉さんの言葉が、ずっと印象に残っている。

高良「最後に沖縄へのメッセージがあれば。」

泉「本土に毒されないでください。その一言。沖縄のいいところを絶対になくさないでくださいといいいたい。沖縄の魂までなくさないように。本当に大事にしてほしいし私も大事にしたいと思います。私も沖縄の魂をちょっともらっていると思いますので。」

さて、前回、東京での体験談を書いた。そこに現象しているのは、ヤマトゥンチューの徹底した自己中心、他人への思いやりのなさということであり、資本制社会の人間疎外を体現してはばからない本土に毒された「本土人」の姿であった。

では、泉さんの言う「沖縄のいいところ」「沖縄の魂」とはどういうことをいうのであろうか。

一つの光景が浮かんでくる。まだ携帯電話が普及しない頃のこと。電話ボックスを捜しあぐねて、工事現場のプレハブの事務所に飛び込んで電話を貸してくれと頼むと、どうぞと、快く卓上電話を提供してくれた。しかし、なかなか電話が通じないでもたもたしていると、事務の女性が「番号は何番ですか、私がやってみましょう」とかわってくれた。電話はすぐに通じて「どうぞ」と受話器を渡してくれた。無事に通話を終えることができた私はひどく恐縮して礼をいい、電話代を置こうとすると、いいですといって受け取らない。名護弁まるだしの事務の娘さんに感謝してその事務所を出た。

見返りを求めない親切——。私はそのプレハブの事務所を出てもしばらく心地よい気分にひたされて、娘さんの親切をかみしめていた。海洋博工事の盛んな頃のヤンバル本部《もとぶ》でのことである。海洋博が終わって数年後、整備された海洋博公園を訪れた。駐車場を捜してぐるぐるしたあげく小さな空き地を見つけた。そこには老婆が椅子に座っていて、駐車料金五百円と手書きの立て看板が立っていた。かつては誰でも自由に止めていた空き地であったのに。

他人の土地を使用すればその代償として使用料を取る。しごく当たり前の経済の論理がヤンバルの老婆を突き動かしているというわけだ。

八月十七日付沖縄タイムスは、『日曜の朝に』と題して、岡本敏子氏（岡本太郎記念館館長）へのインタビューを掲載している。

その紙面で、「御嶽というのは外部の人が見れば何もない広場のようなもので、香炉が置いてあるくらいでしょ。知らないで通ればほんとに何もない所なのに、（岡本太郎は）その何もないというところにすばらしさを感じたわけです。何もないというところにめまいを感じた」と述べ、「沖縄の今の文化状況をどのようにみていますか。」という編集局長の質問に対し、敏子氏は次のように答えている。

「ここにはここの生き方があるんだということをもっと声高に言ってほしいですね。（中略）でも、今は自分で自分を見失っているところがあるのではないか。」

さて、「ここの生き方」「見失っている」ものとは何であろうか。敏子氏は別の講演で、「何もないが純粋に神聖なもの」「裸のままでストレートに通じ合える文化がある。それが沖縄の原点」ということを述べていた。山之口貘の作品に、「世はさまざま」と言う詩がある。

人は米を食っている
ぼくの名とおなじ名の
貘という獣は
夢を食うという
羊は紙も食い
南京虫は血を吸いにくる
人にはまた
人を食いに来る人や人を食いに出掛ける人もある
そうかとおもうと琉球には
うむまあ木という木がある
木としての器量はよくないが詩人みたいな木なんだ
いつも墓場に立っていて
かなしい声や涙で育つという
うむまあ木という風変りな木もある。

貘がこの詩で言う、「人を食いに来る人」とはどういう人のことであろう。自分の利益のためには人をだましたり、出し抜いたり、脅したりして、他人を押しのけて生きる人のことであり、自分に益なしと見れば相手が困っていても知らんぷり、すべてを損得で推し量り、打算的効率的に立ち回る人もそうであろう。貘は都会の中でそのような人間らしからぬ人の群れを嫌というほど見てきたのであろう。

他方、これと対比的に挙げられている「うむまあ木」とはどういう木なのであろう。それは琉球にしかない「詩人みたいな木」なのだという。墓場に立っていて、悲しみで泣き崩れる人の泣き声や涙で育つという。泣き声や涙で育つとは、他人の悲しみや心の痛みをわがことのように悲しむということであり、それを分かち合い和らげるということにほかならない。

この詩人みたいな心優しい「うむまあ木」こそ貘さんその人であり、「沖縄の魂」の持ち主であるに違いないのだ。

さて、「貘のおくりもの」が催された八月二日の同日、浦添美術館では「岡本太郎と縄文展」が開かれていて、私はそこにも足を運んだのであった。

岡本太郎が、上野の博物館ではじめて縄文中期の土器を見て衝撃を受け、身体中の血をわき立たせたというあの土器である。先述した敏子氏によると、岡本太郎は、「縄文・沖縄という二人の巨大な恋人と交わったことで真の自己確立を成し遂げた」のだという。だが、いかんせん、凡俗な感性しか持ち合わせない私は、それらの土器を眼の当たりにしても、さしたる衝撃も受けず、会場を後にしたのであった。だが、驚きは遅れてやってきた。それは、解説書によって、あの縄文中期の火焔型土器が、装飾品として造られたのではなく、普通の人が、生活用品として使う「煮たき用のナベ、カマ」として造ったものであるということを知った時である。私は迂闊にも、その土器を、花器か祭りや祈りの時の何らかの飾り物かおまじないの神器であろうと勝手に思い込んでいたのであるが、日用品として造られたとなれば、これはただ事ではない。形態や、装飾過多とも思える異様な突起が実に非実用的である。実用品としては明らかに不要で無駄な造形や模様が施されているということは、そこに、何らかの狙いが込められているのでなければならない。つまり、そこに、縄文人の思想が表現されているとみなされるのである。では「縄文人の思想」とは何か。

小林達雄氏（新潟県立歴史博物館館長）は、「土器の本体だけでは土器は未完成であり、文様がついてこそ、ようやく完成品となる」という考えによるのではないかといい、それは、オーストラリアのアボリジニにも認められる考えだと述べている。

それにしても、あの火焔型土器を改めて目にすると、本体以上に文様や装飾の方にこそ異常な情熱が注がれているように思えるのだが、これはいったいどうしたことであろう。このことを独断的に解釈してみると、つまり、無駄を承知で労力を注ぐ〈遊びの思想〉であり、限りなく自由でゆとりのある発意から生まれるのではないかと思えるのだ。それはまた、実用性や便宜性や形式に囚われない自由な発想であり、自然人としての縄文人の豊かで純粋な精神性からくると思われるのだ。しかも、縄文時代に芸術家がいたとは思えないので、あの火焔型土器もごく普通の生活人が、日用品として普通に造っていたということになるわけで、このことは、縄文人すべてが、あのような「遊び」をたしなむ大らかな精神性を備えていたのだということを、私たちに想定させるのである。

実に愉快ではないか。パリでピカソや世界の前衛芸術家と交流した我が国一級の前衛芸術家岡本太郎に、腰抜かすほどの芸術的衝撃を与えたのはなんと、普通の縄文人の造ったナベ、カマのような日用品であったのだ。

ところで、こうした縄文人の純粋で大らかな自然人としての精神は、一方では沖縄の御嶽を崇める自然崇拝の祭事として残され、他方では他人を思いやる「肝苦さ《チムグリ》」という沖縄人の性情の中に受け継がれてきたのであろうか。

岡本太郎が、縄文土器と沖縄の御嶽に度肝を抜かれたというのもうなずけるのである。

しかし、今、その縄文の魂＝沖縄の魂は、どうなっているのであろうか。山之口泉さんがあれほど危惧したはずなのに、すでに、「本土」の毒に侵されて、死に瀕しているのである。

（二〇〇三年月・天荒十七号）

貘の戦争協力詩

今年は山之口貘生誕百年に当たるということで、貘に関する特集が様々な形で企画された。沖縄タイムスはいち早く「貘のおくりもの」と題して貘の詩を紙上で連載したし、未公開の新たな写真を含む『アルバム・山之口貘』を発刊した。また、貘を愛し貘を知る識者らの「わたしのバクさん」を連載し、貘の人柄や詩について語ってもらったりしている。琉球新報は、貘の伝記小説『貘さんおいで』を謝花長順が、新里堅進の絵を添えて連載した。その他にも、貘の詩の朗読会や演奏会、講演会、演劇会、展示会等々新聞・ラジオ・テレビが積極的に取り上げた。これらの企画を通して、貘の詩が広く紹介され、沖縄の人々により身近に親しまれるようになったことは喜ばしいことである。

ただ、これらは、貘の詩や思想についてのより深い掘り下げや新資料に基づく未知の知識を広く提供してくれる役割を果たしてくれたとはいえ、従来の反戦・反骨の詩人という山之口貘像を踏襲したものであって、貘についての定説を訂正するものではなかったし、総じて新たな視点と言えるものはなかったように思える。

これらの中にあって、注目すべきことがいくつかあった。一つは、伊佐眞一氏の琉球新報紙に掲載した、「詩人は戦中をどう生きたか」（十二月十日、十一日、十二日）と題する戦時下の貘について論じた論考である。伊佐氏の論考は衝撃的であった。これまで生涯を通して反戦の立場を貫き、一編の戦争協力詩も書かなかったというように信じられてきた貘もまた、戦争協力の詩を書いていたということを、具体的文献を示して突き付けてきたからである。

山之口　貘　詩

オオゾラノ　ハナ

フンワリ
フウワリ
トビオリタ
ビックリ　スルナヨ
ワルイ　クニドモ
ボクラハ
オホゾラニ　サキホコル
ニッポンテイコクノ

オホキナ
ハナ　ダ

この詩が、昭和十八年九月号の『コドモノヒカリ』に落下傘部隊の降下する絵と一緒に掲載されているのだという。幼児向けに書かれた児童詩であるとは言え、紛れもなく、戦意昂揚のために書かれた戦争詩である。

「貘さんあなたもか──」。衝撃と共に、暗澹とした思いが胸中に黒々と広がっていくのを覚えたのである。

二つ目は、詩人の八重洋一郎氏が投げかけた（沖縄タイムス五月一日付朝刊）、貘の「沖縄よどこへゆく」という詩に見られる「支那」「生蕃」という差別語と詩の平板さについてである。これについては、私も幾分論及した（『天荒』十七号・「文学雑感・五六回」）つもりであるが、なぜそうなったかについては、貘の「歴史認識と思想的平板さ」を指摘するにとどまり、十分な掘り下げを行うことはできなかった。今回の伊佐氏の提起を踏まえ、新たに論及しなければならないと考えている。

三つ目は、新城郁夫氏の新著『沖縄文学という企て』（インパクト出版会）に収められている「沖縄をめぐる言葉の諸相」の中の貘についての論考についてである。氏は、「弾を浴びた島」は次のようにも読めると、新たな読み方を提示している。

「山之口貘の『弾を浴びた島』という一編の詩に読みとられるべきは、喪われていこうとする沖縄方言への哀惜であると言うより、欠落のなかにおいてこそ何事かが語りだされようとする『沖縄語』と仮に名づけられるものの可能性である。（中略）ふいに『ウチナーグチ』で語りかけられそれに『日本語』で応じるしかなかった『島の人』と、その予期せぬ『日本語』の返事に直面して発話の位置の安定を奪われてしまった語り手のなかで、『ウチナーグチ』は、確かに手探られようとしているのであり、喪われるどころか、日本語という中心や沖縄方言といった周縁性に回収されることのない新たな言葉の回路となって、人を他者との出会いのなかに繋ぎとめようとしている。」

たしかにここで、語り手が話しかけた「ガンジューイ」といったような沖縄方言は島の人によって理解されているわけで、だからこそ、会話は成立しているのであって、沖縄方言は喪われているわけではない。ただ、島の人にはそれを使わない事情があるのである。その事情とは何か。沖縄方言を使わない背景には、戦争中に、それを使えば差別虐待されスパイ扱いされたという忌まわしい記憶が隠されているはずであり、明治政府による皇民化政策の一環として「方言札」等をかざされた強権的な方言撲滅運動への記憶が暗く横たわっているからであろう。それはまた、貘自身が「朝鮮人と琉球人お断り」と差別された本土での苦い体験をも呼び起こさずにはおかないはずのものである。そして、もう一つ重要で貘自身も無自覚だと思えるのは、戦後の教育界を中心になされた日本人教育であり、祖国復帰運動として顕現する民族主義運動の存在である。これらの事情によって島の人は沖縄方言を封印されているのであり、内地志向からくる単純な本土との同化ではない。その事情を、語り手である作者貘が承知していたかということを読み取るか否かで、この詩の持つ深みは、俄然違ってくるのである。

四つ目は、直接、貘の詩についてではないのだが、今年の第二十六回山之口貘賞の受賞詩集『月夜の子守歌』（松永朋哉）についての鈴木次郎氏の評価に端を発して、山之口貘賞そのものの在り方について、問題提起がなされたことである。

桐野繁氏が、沖縄タイムスの「詩」の「年間回顧」で、鈴木次郎氏と目取真俊氏の論争を取り上げたうえで、鈴木氏の「詩はたとえ一編でも、詩人の世界のすべてを反映する」という発言を捉えて、「我が意を得たり」と賛意を表しているが、詩人としてそうありたいという気持ちは分かるし、その意味で鈴木氏の言葉は魅惑的ではある。だが、実際の詩の評価としては、いささか無理がある。鈴木氏は、「貘は戦争詩を書かなかった」と断定し、貘にそれが可能だった根拠として「貘が無名であった点と、ルンペン生活で鍛えた世間への懐疑的認識」の二点を挙げている（沖縄タイムス・八月十九日）。だが、今回、貘の戦争賛美の詩が発見されたことで、「一編の詩で詩人のすべてを推し量る」論法は破綻したと言わねばならない。貘の戦争詩一編を読むことで、貘の詩の全容を推し量れるなどとは、まさか言えまい。貘の他の詩には反骨や抵抗の精神が詠われているのは疑いようのない事実であって、それらをすべて、戦争詩一編で否定しさることはできないはずである。一つ一つの詩は、独立した作品世界を形成しているのであって、一つで全部が分かるなどと開き直るのではなく、それぞれについて、独立した鑑賞をする誠実さが求められているはずである。

今回の貘賞についての私自身の感想を言うなら、「高校の文芸誌程度の水準」という意味のことをおおしろ建さんと話したことがある。これは、沖縄タイムス紙上での論争が始まる以前のことであるが、この感想は基本的に現在も変わらない。確かに作者の松永朋哉氏の作品は、詩人に必要な柔らかい感性というのを感じとることができるし、それなりの抒情性もある。だが、既成の言葉のイメージを破壊し独自の感性とイメージで言葉を紡ぎだす詩的世界を作り出すに至っていない。韻律にしてもメタファーにしても平凡だし一つ一つの言葉が詩語として昇華されていない。何よりも抒情を支える鋭い論理が獲得されてない。だから、詩が幼く見えるのである。

それにしても、鈴木氏から「貘賞詩人には……素人に毛の生えた程度の下手くそな詩人も、最低十人はいる。」とすごまれているのに、この論争に対して、詩人の側から、とりわけ選考委員の側からのコメントが一つとして聞けなかったのは実に寂しい限りである。

ところで、今、私たちは、反戦・抵抗詩人としての貘を認めつつも、「なぜ、貘は戦争協力詩を書いたか」、という重い問いを突き付けられている。

鈴木氏が指摘するまでもなく、貘が底辺を生きる庶民の感覚を持っていたということはその通りであろう。貘は庶民の感覚で戦争に反発したのである。だが、しかし、貘が戦争詩を書いたのもまた、貘が庶民でしかなかった点にあるように思う。庶民の感覚で貘は歴史を認識し時代を感覚したのである。だが、歴史は庶民の認識や感覚を超えて流動しているということなのである。時代や歴史の動向を認識するに当たって、詩人には詩人なりの特別の認識の仕方があると思われがちであるが、そうではない。時代や歴史は、時の国家権力の動向の政治経済的分析に踏まえて唯物論的に正しく認識しなければかなわないことである。一介の庶民詩人に過ぎない貘にそこまで求めるのは、酷なことかも知れない。

（二〇〇三年十二月・天荒十八号）

俳句批評は成立するか

I

「うらそえ文芸」九号にふれて

総合文芸誌「うらそえ文芸」九号（浦添市文化協会・二〇〇四年四月二五日発行）が、「俳句と短歌」の特集を組んでいる。沖縄において文学と言えば小説が中心となり、韻文学が除外ないし軽視されて論じられている中で、俳句や短歌、とりわけ俳句が文芸誌の特集として取り上げられたことは、おそらく初めてだと思えるわけで、その意味で企画自体画期的な試みであると言えよう。

内容面でも座談会、俳句論、俳句作品、俳句エッセイと多彩であり、第一線で活躍する本土の俳人の寄稿も掲載されている。とは言え、この企画が、沖縄の俳句事情全体を伝えているとは必ずしも言い難い。同じ人物が座談会、俳句論、エッセイ、作品と四箇所に登場するかと思えば、ある俳句結社についてはー人も登場させてないし、宮古、八重山も入っていない。また、エッセイ、俳句論も「論」と銘打っている割りには、野ざらし延男の「季語と俳句文学の自立」を除いてはほとんど見るべきものがない。

座談会は、星雅彦氏（編集担当）の司会で、玉城一香、久田幽明、三浦加代子、おおしろ建、金城けいの五氏の出席で行われている。各自の俳句との出会いと俳歴、現在の活動状況、俳句観や作句の姿勢や方法、俳句指導の実際や今後の抱負、沖縄における俳句の流れの概観など多岐にわたり、三十一頁に及んでいる。出席者たちの俳句との出会いやこれまでの俳歴などはほとんど初めて知るわけで興味深く読むことができた。また、沖縄俳句の揺籃期の苦労話や当時活躍した作者たちについての話も勉強になったし楽しく読むことができた。ただ、論議の中身はそれほど深まっておらず、ほとんどすれ違いで終わっている感は拭えない。

座談会の中で気になったいくつかについてとり上げてみたい。

①三浦加代子氏の「俳句はモザイクみたい」と言う発言について。

②久田幽明氏の「俳句は詩ではない、俳句は俳句である」「現代詩は俳句よりも上である」という発言について。

③玉城一香氏の「季語はどうしても必要」という発言について。

まず①についてであるが、子どもたちへの俳句指導について述べているところでこの発言がなされている。

「子どもたちの目の前に鉛筆をパッと落としたんです。その時、子どもたちは、スッと作れたんです。鉛筆を床に落として作ったんです。その時に季語を適当に書いてみました。季語の『月の夜』でサイコロの目が出たみたいにパッとはじけたんです。それ以来子ども俳句に病みつきになりまして、俳句はモザイクみたいであり、びっくり箱から出てきたみたいな面白さがあるなと思いました。」

もちろん、座談会というのはいろんな制約があり、自分の論を充分展開できない面がある。右の俳句指導にまつわるエピソードについては、氏の俳句評論集『光と音と直感』の中で『三冊子』を援用しながら、刺激的で楽しい論を展開している。また、実際こうした指導法によって、氏はこれまで数多くの子どもたちの作品を、俳句の全国大会で連続受賞させている。右のエピソードから生まれたのが、「鉛筆を廊下に落とす月の夜」という作品であり、全国コンクールで優秀賞に輝いている。こうした体験から三浦氏は「俳句は楽しいもの」だということを発見し、俳句ボクシング、俳句ディベートというように、ゲーム感覚で思いがけない言葉の世界を発見する楽しさを子どもたちに体験させ、多くの実績を挙げている。おおしろ氏は「初心の子どもたちには意外と効果的」とその方法の効果を限定的に認めているが、二物衝撃によって俳句を二句一章の型に仕上げるこうした方法を限定なしに称揚し敷衍するとき、ある危うさが付きまとう。その危うさとは何か。現実への違和や疑問、テーマや思想性を欠いた言葉遊びを俳句だと思い込む軽薄俳句への傾斜である。

◇七夕やありをりはべりいまそかり
◇七夕や賞味期限のヨーグルト
◇夏の海ロックンロールの金の靴
◆セミが鳴く甘蔗畑の不発弾
◆戦後の傷 赤花《アカバナー》の血はいまだ熱く
◆とぽとぽとしずくひとつもない村だ

句の質の違いをはっきりさせるために、敢えて対照的な作品を並べてみたが、◇印の三句と◆印の三句の違いは歴然としている。◇印句三句は取り合わせの意外性を喜び、言葉の楽しさを体験している俳句である。それはそれで面白いのだが、作者は詠みたい思いや感動があって作句しているわけではない。「モザイクみたいであり、びっくり箱から出てきたみたいな面白さ」を楽しんでいるのである。それに較べて、◆印句の三句には、現実と自分を凝視する鋭い批評の眼があり、時代を打ち自己を問う思想の眼がある。はっきりと詠みたい思いが作者の中にあり、それを自己表現している作品である。「セミが鳴く」と「戦後の傷」の句は中部工業高校の生徒の作品であり、「とぽとぽと」の句は沖縄女子学園（少年院）という矯正教育施設の生徒の作品である。いずれも野ざらし延男の指導を受けた生徒たちである。

取り合わせについては、三浦氏と同じ有季の立場に立つ玉城氏も次のように指摘し、異を唱えている。

「今さっき、子どもたちのことで、いろいろな世界が展開されているということがありましたが、特に坪内稔典さんなんかを中心として、俳句が取り合わせ的な感じで非常にゲーム感覚の中で作られているということは、私自身の俳句論の立場からすると、あまり賛成できない」と。

②久田幽明氏の「俳句は詩ではない、俳句は俳句である」「現代詩は俳句よりも上だ」という発言について。

久田氏のこの発言については、さすがに、玉城氏を除いて皆、異を唱えている。

星氏は「俳句も短歌も詩であるという考え方は否定できない」と言い、金城氏は、「詩の中に俳句も含まれる」と言い、おおしろ氏は、「俳句も詩の一つだと私は思っている」と述べている。三浦氏は「幽明先生のおっしゃる詩と、俳句の中における詩との違いはあると思うんですよ。それは現代詩としての違いとして」というように微妙な言い方をしている。久田氏は、別の箇所で「私の立場は、今、虚子に返っているようなところがある」「虚子は、やはり花鳥諷詠を強調している」「季語が入ってないものを虚子は認めてない。」と述べ、虚子は篠原鳳作の作品も否定はしないが、「だけど俳句ではない」「それは十七音詩だ」と述べているとして、「だから俳句のもつ季語の中に特に花鳥諷詠と称しているのは重要な意味があるんです。」と強調している。

これらの発言を総合すると、久田氏が、「俳句は俳句であって、詩ではない」と言う時、季語を用いて、花鳥風月を詠むのが俳句であり、それ以外の人間の感情や意識、思想、時事などを詠うのは、例え、五、七、五という俳句形式をとっていても、それは俳句ではないという考えに基づいているようである。また「現代詩は俳句より上である」という発言も、人間を扱うのが詩や小説であり、それが第一芸術だとすれば、俳句は自然を詠むだけだから第二芸術であって、それで構わないのだということが、その発言の真意であるように思える。そして、確かに、そのような俳句観こそまさに、高浜虚子の唱えた「俳句は花鳥（季題）諷詠の文学」とする考えなのである。虚子はこのような俳句観をあらゆる場面で主張している。

例えば、『俳句読本』という著書では次のように論じている。

「季語といふことは、かへすがへすも俳句に於いては大切なことでありまして、季題を借りて、季題を通して、感情を詠ふものが俳句であると云ふことが、根本の出発点であります。俳句といふものが初まつてから、四百年になりまして、其間種々の変遷が有りはしますが、要するに季題を詠ずるといふ事は、終始一貫した事であります。（中略）他の文学になりますと、季題なんかを問題にしては居りません。大概人間を題材として居るのでありまして、又、人間の心をむき出しにして詠っているのが多いのでありまして、恋とか、権力とか、闘争とか、悔悟とかいふ種類のものを描くとか（中略）さういふ文学のみである、と云つてよいのであります。さういふ文学の中に、季題といふものを大事なものとして居て、感情を詠ふにしても季題といふものを通して詠ふと云ふ、一種風変わりな特別な文芸である我が俳句といふものが有るといふ事は…寧ろ誇りをもたなければならん」。

「今日の文壇では小説戯曲の類が盛んであります。西洋の文学の影響を受けてそれらは長足の進歩をしました。いづれも人事の纏綿葛藤を写して、読者を泣き悲しみ憂へ悶へしめる。（中略）今日に文壇では花鳥風月を吟詠してをる文学があるといふことを云ふと、へェ、そんな文学がまだ存在してゐるかと嘲笑する人があるだらうと思ひます。さうしてそれは老人の暇つぶしだと云つて嘲る人が多いだらうと思ひます。」

「廣い文壇にはさまざまのものがあつてよい訳であります。人情世相を描き、人事の纏綿葛藤を解剖し描写した戯曲小説の類が盛んなのも洵に結構なことであります。がその傍にしばらく人事に纏綿葛藤から離れて自然に愛情を注ぎ、又それに酬ゆる自然の愛情を享受して、自然を描写する文藝があつても差支へない譯であります。」「天下有用の学問事業は全く私たちの関係しないところであります。私たちは花鳥風月を吟詠するほか一向役に立たぬ人間であります。」

「日本の国家が有用な学問事業に携わってゐる人々の力によって……（中略）、日本が一番えらくなる時がきたならば、他の國の人々は日本独特の文学は何であるかといふことに特に気をつけて来るに違ひない。その時分に、ここに花鳥風詠の俳句といふやうなものがあります、と名乗りをあげるのも愉快なことではありますまいか。」（以上、昭和四年二月「ホトトギス」『俳句読本』所収）

右のような虚子の見解を見た時、はっきりと、俳句の主題を人間から自然の側に撤退したことを告げているのだということが分かる。もちろん、こうした俳句観は、虚子が師と仰ぐ正岡子規の俳句観とも異なるものである。子規は、きっぱりと述べている。

「一般に俳句と他の文学とを比して優劣あるなし。漢詩を作る者は漢詩を以て最上の文学と為し、和歌を作る者は和歌を以て最上の文学と為し、戯曲小説を好む者は戯曲小説を以て最上の文学と為す。しかれどもこれ一家言のみ。俳句を以て最上の文学と為す者は同じく一家言なりと言へども、俳句もまた文学の一部を占めて敢えて他の文学に劣るなし。」(「俳句大要」・明治二八年発表)。

虚子の狭い精神に比して、子規の志の高さが分かろうというものである。

久田氏が座談会の中で、アフガニスタンやイラクの問題についても俳句の中で時事詠として詠まれてよいと主張するおおしろ氏や金城氏に対し、突然、「皆さんのイデオロギーは社会主義だ」と決めつけて、極端な拒否反応を示し、話を混乱させているのも、根っこは、虚子の、俳句は季節を詠むものであり、人間や社会の問題を扱うべきではないとする考えに根差しているように思える。また、玉城一香氏の「季語はどうしても必要」という考えも、つまるところ、虚子の俳句観に集約されると言えるであろう。

先の虚子の論を読むと、自然主義文学を初めとした西洋文学の様々の潮流の洗礼を受ける中で、虚子が随分肩身の狭い思いをしながら、何とかしなければという焦燥感にかられていたのだということがわかる。「嘲笑する人があるだらう」「老人の暇つぶしだと云って嘲る人が多いだらう」

「花鳥風月を吟味するほか一向役にたたぬ人間」と開き直っているのである。ただ虚子のしたたかさといやらしさは、この「開きなおり」にある。形勢不利の中で平身低頭し、自己卑下しているかのように見せながら、「有用なる学問事業に携わってゐる人々の力によって」「日本が一番えらくなる時が来たならば」「ここに花鳥風詠の俳句というようなものがあります。と名乗りをあげる」というのである。腹の底では、いつか天下を取ってやると、頑迷に自己の優位性を固持し、傲慢さは崩してないのである。

虚子が、俳句を「花鳥諷詠の文学」として最初に定義したのは、昭和二年頃「山茶会」の句会の席上でのこととされているが、虚子は、この論をさらに進めて、「四百年の俳諧史を調べてみると花鳥風月の風詠史であるといっても差支えない」と述べて、日本人と花鳥風月とのつながりの深さに触れたあと、「今日階級の闘争とかいふことを題目にして若い文学者達が、盛んに論議している」が、「さういふ時代にかゝはらず俳句は依然として花鳥を風詠してゐ」る、その特色は「日本人の国民性を物語っている」と述べているという。(『近代俳論史』松井俊彦著・桜楓社)。

松井俊彦氏は、これらの事情を分析した上で、「これによって知られることは、それ迄、『俳句は天下無用の閑事業』で、俳句は戯曲小説と異った文芸といった程度で示してきた俳句内容の規定を、一歩進めて、人事の纏綿葛藤に関わりないものを扱うものであることを規定したことであり、花鳥風詠論が(中略)外来文芸を意識し、現在の文壇の動向にも一応注意しながら、しかも、それとは逆なあり方をとるところに、同論を考えていったという消息であろう。」と指摘している。

さて、ここで、松井氏は重要なことを指摘している。その一つは、虚子の花鳥諷詠論が、昭和初年頃に唱えられたものであるということであり、二つ目は、それが、西洋近代文学の潮流とその影響を受けて胎頭しつつあった新傾向俳句運動に対抗して打ち出された一つの俳論に過ぎないという事実であり、三つ目は、それゆえに、俳句の内容を、純日本的で日本の季節の現象を詠うことに限定し、人間を扱うことを排除していったということである。

そもそも、「季語」「季題」という用語自体、明治になってできた造語だという。宇多喜代子氏によれば、「季題」という造語を最初にもちいたのは森無黄であり初出は明治三六年、「季語」という造語を最初にもちいたのは大須賀乙字ということになっており、初出は明治四一年だという（『国文学』平成十三年七月号・季語の行方）。正岡子規が三十六歳で没したのが明治三五年であることを考えれば、子規も「季題」「季語」を知らずに世を去っているのである。

俳句四百年余の歴史の中で、その四分の一にも満たないわずか七十数年前に唱えられた論が今日もなお、俳句界の主流を占め、その論の根本が疑われることなく受け継がれているというわけである。まさに、「一人の俳人の見解が日本の俳句界全体の俳句観とみなし、俳句を霧の中に覆ってしまったところに近現代俳句の不幸がある。」（「季語と俳句文学の自立」・野ざらし延男）というべきであろう。

（二〇〇四年六月・天荒二十号）

Ⅱ

日本国民諸君、私は諸君に、日本人及び日本自体の堕落を叫ぶ。日本及び日本人は堕落しなければならぬと叫ぶ。／天皇制が存続し、かかる歴史的カラクリが日本の観念にからみ残って作用する限り、日本に人間の、人性の正しい開花はのぞむことができないのだ。人間の正しい光は永遠にとざされ、真の人間的幸福も、人間的苦悩も、すべて人間の真実なる姿は日本を訪れる時がないだろう。

（坂口安吾「続堕落論」一九四六年十二月）

前回は、季節の現象を詠うのが俳句であり、「季語」がないのは俳句ではないとする俳句観が、実は、高浜虚子という一人の俳人の見解にすぎないということを見てきたのであるが、この季語信仰は、伝統俳句派のみならず、無季俳句を容認する第一線に立つ俳人たちによっても受け継がれている。

宇多喜代子氏は、「季語の行方」（『国文学』二〇〇一年七月号）という論考のなかで述べている。

「無季俳句という季語のない俳句をつくってみるとわかることは、季語という特別の身分を持つ言葉をつかう俳句は、なんと多くを季語に助けられているかということである。」

宇多氏が、「Ⅰ季語の現在、Ⅱ季語と季題、Ⅲこれからの季語、Ⅳなぜ季語なのか」というタイトルを付して書いた原稿用紙二十二枚の論考の中で、季語がなぜ必要かということを積極的に論じているのは、右記の部分だけである。後は、季語・季題の歴史や季語と生活実感とのずれ、時代とのずれなど季語の矛盾について述べているだけである。宇多氏は、「この国に綿々と続いてきた健全な自然や牧歌的な時間はもはやない」と言い、多くの季語の矛盾について問われても、「私がどう努力しても答えにならない」「どれも返答に窮する」と正直に述べている。それでいて、「私の季語に対する愛着は執拗で、使用に関しては保守的で、かなりのリゴリズムである」と言い、「季語は旬の思想であり、その季語を集めた歳時記はこの国のミニ百科事典なのである。簡単に捨てられるものではない。」と、結論づけているのである。

おそらく、ここで告白している宇多氏の見解が、今日の季語信仰者の大かたの意見であるに違いない。

有季定型を絶対視する伝統俳句派の人たちは、季語にまつわる様々な矛盾や疑問について、重々承知しているのであり、それでいて、季語に呪縛され季語にしがみついているのである。宇多氏が「特別の身分を持つ言葉」と言い、「旬の思想」だとする季語とはいったい何なのであろうか。

例えば、宇多喜代子氏は、「更衣」という夏の季語を例にとって、次のように説明する。

「現在、普及版として出ている歳時記には『春の衣服を夏のものに替えること』と解説されている。たしかにそうなのだが、『更衣』という季語は古い宮中行事に用いられた言葉で、かつては『卯月朔日の更衣』とか『更衣の節会』とかいわれる大事な区切りの行事であった。この日をもっていっせいに衣服の素材を夏物に替えたのである。『更衣』とは女官の名に由来するとのこと」。このような由来を持つ言葉でありながら、しかし現実には、『更衣』とはまったく無関係なものになっている」と嘆いている。まさしくこうした「特別の身分を持つ言葉」こそ、根底的に疑ってかからねばならないのである。

宇多氏がいみじくも指摘するように「更衣」という言葉自体、宮中行事から派生した言葉であり、天皇の住む王権の地の季節感と伝統的美意識にまといつかれた言葉なのである。だから私たちは、こうした季語に熟達し、使用に関して「リゴリズム」になればなるほど、天皇制イデオロギーの呪縛にはまっていくのである。

日本に大和朝廷という王権が成立したのは五世紀頃のこと。農耕社会の支配層として天皇家が君臨したわけで、天皇制は農業を基盤とする農耕民族としてのヒエラルキーと万世一系という共同幻想的なナショナリズムによって支えられてきた。農業基盤は崩壊し、天皇が「象徴」になった今日なお、天皇即位の際に、農耕祭儀を擬した世襲大嘗祭が行われるのはその名残りである。

二〇〇四年六月二十四日付の沖縄タイムス紙に、憲法学者の横田耕一氏と作家の猪瀬直樹氏の論考が掲載されている。これは、皇太子が雅子妃の「キャリアや人格を否定するような動きがあった」と発言したことへの波紋が広がったことを契機に、天皇制についての考えを述べたものである。

横田氏は、「いろいろな点で現在、長く天皇制を支えてきた基盤が揺らいでいます。農耕が少なくなり、自然の森が失われ、あと何十年も立てば、象徴天皇制の存在自体が問われる時代がくるでしょう。」と言い、猪瀬氏は、森鴎外の小説「かのやうに」の次のような場面を紹介している。

「まさかお父さんだって、万世一系の神話を、そのまま歴史だと信じてはいないだろうが、うかつに神話が歴史でないと言明してしまうと、人生の重大な物が崩れ始めてしまうと思っているのではないですか。」

猪瀬氏はこのように紹介した後で、「万世一系が虚構であろうと、日本人がどこかでつながっているという幻想を、ある『かのように』というかたちで求めるしかない」と鴎外は考えたのだとし、「鴎外ばかりでなく実際に大方の人たちは、これまで『かのやうに』やってきた。天皇制なんか関係ないと思っている若い人たちだって、正月には初詣をする。無意識の中で『かのやうに』に従っている」と指摘しさらに述べる。

「日本人は電車を待つにもちゃんと整列して待つ。われわれの中にある、そのような秩序感覚はどこかで天皇制とつながっている」と。

「この国に綿々と続いてきた健全な自然や牧歌的な時間はもはやない」今日、季語は虚構である。それでも、俳人たちは「かのやうに」季語を求めるのであろうか。

（二〇〇四年七月・天荒二〇号）

Ⅲ

季語・季題の呪縛を俳諧の発句から無批判に持ち越したところに、子規の俳句革新と呼ばれるものの本質的問題があったと指摘せざるを得ない。そこには国家の意志と通底した前近代の季語的共同性の呪縛と近代的人間の自立との間の、身を裂く相克が必然的に立ち現れていなければならなかったのである。

（西川徹郎「反俳句の視座」）

前回は、季語崇拝が今日では既に虚構の観念であり、ないのをあるかのように思う感覚は、実は、万世一系の神話を前提として象徴天皇制を支える秩序感覚と根っこの所でつながっているのだということを見てきた。つまり、幻想的な共同性を求める意識においてつながっているのである。

しかし問題は、一人の俳人の見解に過ぎない花鳥諷詠という虚構の俳句観が何故、今日もなお、主流を占めるほどに俳句界を支配しているのかということである。

　この疑問に答えることは、それほど簡単であるわけではない。例えば、それは、次のような問いに答えることと本質的に同質だからである。

　なぜ、巨人のファンが多いのだろう。なぜ、自民党支持者が多いのだろう。なぜ、宗教信仰者が多いのだろう等々。

　例えば巨人。不当な手段を使って選手を集め、金で野球をやっているに過ぎない球団なのに依然として巨人ファンが多いのは何故なのだろう。「巨人は強い」「巨人には伝統がある」「強い巨人はプロ野球の象徴」。こうした神話が野球ファンの共同幻想としてファンの心理を呪縛し、数々の不正や矛盾からファンの目を遮蔽しているからにほかならない。これらの虚構の呪縛を支える役割を担っているのが一千万部にも及ぶ世界一の発行部数を誇る「読売新聞」を頂点とする種々のマスメディアである。例えば、「報知新聞」等は、巨人選手が三振で打ち取られて惨めな姿をさらした場合でも、翌日の新聞には「余裕の三振」と大見出しで書く。球界のみならず、政界、財界にまで隠然たる権力を持つ読売オーナー支配下にあっては、他のメディアも似たりよったりであり、すべてが巨人中心に形成されていく。これに反発し、例えそれが阪神のようにアンチ巨人としてのファンを獲得したとしても、所詮は「アンチ」の域を出ない層を形成するだけなのである。このようにして、巨大組織の論理やその秩序のメカニズムが、どれほど理不尽で不正に満ちたものであっても許容されていく。圧倒的な巨人ファンと共にいれば安心であり、敢えて孤独の道を選ぶよりは、大樹の陰を歩む道を選ぶのである。多くの野球ファンが巨人ファンであることを辞めることができない秘密がそこにある。日本の文化的貧しさが巨人を支えている。

しかし、では、このような巨人幻想に取り憑かれたファンが、その呪縛から離脱する方途はあるのであろうか。あるのだ。日本文化を豊かにし、野球ファンとして、ひいきの球団や選手だけを応援するのではなく、どの球団や選手であろうと、すぐれたプレーには拍手を送るというフェアな精神を持つことによってである。しかしそのためにはまず、今日の巨人野球の堕落した現実を曇りのない眼で直截に見つめることである。「巨人は強い」というその強さの中身は何か。各球団のエースや四番を金で集めたにすぎないではないかというのは、子どもでも分かることである。

どんなに失政を犯し、汚職とスキャンダルを繰り返しても、何故自民党政権は崩壊しないのであろうか。政権を握り国家権力を掌握しているからである。どんなに圧政に泣いていても、国がなんとかしてくれる、国は国民を守ってくれるという幻想に呪縛されている限り、自民党政権は安泰である。国は国体を守るのであって国民を守るものではないということは、何度も見せつけられてきた。太平洋戦争においては、日本国民三〇〇〇万、アジア全体で二〇〇〇万人が犠牲になった。これだけの犠牲の果てに、いったい、国が守ろうとしたのは何だったのであろうか。沖縄戦の時、住民を壕から追い出した日本軍はいったい何を守ったのであろうか。たちどころに浮かんでくるこれらの疑問の先に、幻想的共同体としての国家のからくりが横たわっているのである。

従って、季語幻想の呪縛を断ち切るには、国家論を視野に入れなければかなわないことであり、季語信仰はそれだけ国家意志に根深くからみ取られているのである。

万世一系が虚構であるように、人間もこの世界も神が創造したというのは虚構である。しかし、宗教は何故今日も存在するのだろう。キリスト教では、この世界も人間も神が創造したと説く。近代科学はその神話を「世界は物質の自己運動によって生成された」として実証し、否定して見せた筈なのに、キリスト生誕から二〇〇〇年余が経っても尚、神の存在は信仰され、キリスト教は生き続けている。私はここで、宗教の存在理由を性急に否定しようとは思わないし、世界の多くの人々や民族にとっては宗教が精神的支えとして機能している事実に目をつぶるつもりもない。実際、精神的どんぞこから信仰を支えとして救済されたという逸話は数多く存在するわけで、また現に今、イラクのムスリム民衆にとっては、イスラム教は自らの全存在を支える実存的支柱となっているに違いないのである。アメリカを中心とした圧倒的な軍事力に対し、素手同然の自爆攻撃で立ち向かうムスリム兵士の存在は、人間における宗教の〈偉大さ〉を痛感させずにはおかないものがある。ムスリム民衆にとってイスラム教はまさに抗議と抵抗の支えであり、武器となっているのである。

「宗教上の不幸は、一つには現実の不幸の表現であり、一つには現実の不幸に対する抗議である。」（「ヘーゲル法哲学批判序説」）。とすれば、宗教は現実の不幸が続く限り、永遠に共同幻想として存在し続けるというわけだ。あたかも、伝統的美意識に呪縛された者の頭上に季題・季語が虚構としてあり続けるのと同じように。

『群像』八月号で竹田青嗣は「人間的自由の条件」と題する長編評論を発表している。その中でアルチュセールの「国家はイデオロギー装置である」とする国家論を紹介する形で次のようにまとめている。

「国家とは、単に『政治統治』の権力とそれに対抗する勢力を抑圧する実力（暴力）の装置によって支えられるだけではない、もっと重要なのは、国家が、その権力と制度の『自由性』と『正当性』の幻想をたえず作り出す、教育をはじめとする全体的なイデオロギー装置によって支えられているということである。」

ここで国家の本質を「イデオロギー装置」としていることについては保留しておくとして、国家が「幻想」を作り出すイデオロギー装置によって支えられていて、その真っ先に「教育」が上げられていることについては、注目する必要がある。

一つの俳句観に過ぎない虚子の花鳥諷詠論が、今日なお、俳句界に跋扈しているのは、教育を通したイデオロギー操作によって、季語幻想がたえず作り出されていることが大きな要素の一つになっていると思えるのである。

今日の学校教育の中で、小学校の頃から俳句は五七五で季語が必要という有季定型の俳句観が何の疑いもなく教え込まれてきたのである。「大方の日本人が最初に出会う俳句と言えば小学校の教科書」であり、「その一番大事なスタートにおいて」有季定型の俳句観が子どもたちの中に刷り込まれていくのである。このことについては、野ざらし延男氏が小学校で使用される各社の教科書を緻密に検証しながら実証しているところである。(『うらそえ文芸』第9号「季語と俳句文学の自立」・『天荒』十八号所収)

たとえば教育出版の教科書では「(俳句は) 季節を表す『季語』というものをよみこむのがやくそくになっています」となっている。

このような俳句観が、教育というシステムの中で更に中学、高校と教え込まれて拡大再生産されていくわけで、たとえ縁があって句作するようになっても、伝統俳句が大勢を占めるかに見える俳句界の現状においては、その轍を踏む人が後を絶たないわけである。俳句の革新が問われている所以であり、わが天荒俳句会が「新しい俳句の地平を拓く」ために「創造への挑戦を続ける所以である。

(二〇〇四年八月・天荒二十号)

島田牙城への疑問

総合俳誌『俳句』八月号(二〇〇四年)に、島田牙城氏の「貴種流離せず――あるいは稲畑汀子『汀子句集』の信仰について」と題する「奇妙」な論考が載っている。「奇妙」というのは、歯切れが悪く婉曲な表現になっていて言いたいことが分かりにくいからであり、対象に対する評価がはっきりしてないからである。自分の視点や立場が明確でなく、奥歯に物が挟まったような物言いがなされていると思えるのである。これは二〇〇一年の「俳句」九月号で岸本マチ子氏の詩の剽窃問題を論評した時やこれまでの切っ先鋭い氏の物言いに比した時、極めて奇妙な現象である。論ずる相手が今日「ホトトギス」を主宰する稲畑汀子という「貴種」の人であり、その祖父は高浜虚子、父は高浜年尾という俳句界の巨匠であるとなれば、いささか嚙みしだくのに躊躇せざるを得ないということであろうか。島田氏がわざわざ文語体で記述しているのも不可解である。

奇妙な点の第一は、冒頭の次の文章である。

「新宿区役所の正面玄関前には『平和の泉』といふ池が作られてをり、その中に『光の波』といふ台座の女性の裸像が立つてゐる」。

島田氏は冒頭の文をこのように書き起こし、新宿区役所の正面玄関前の、「被爆地長崎市から寄贈された平和の水」に立つ女性の裸像＝「平和祈念像」について述べているのだが、稲畑氏を語るのに、なぜこの一文から書き起こさねばならないのか不可解である。件《くだん》の平和祈念像について紹介したあと、「隣のビルの風俗店の看板との調和が取れてゐるのかどうか、猥雑で平和な日本の縮図である。」という文が続いているので、あるいは島田氏は、風俗店の猥雑な看板の中に立つ女性の裸像を稲畑氏に見立てているつもりなのかも知れない。つまり、「掃溜めに鶴」のごとく稲畑氏を見立てているということになる。しかし、だとすれば、これは稲畑氏を皮肉ったことにはならない。平和祈念像も鶴もその場所にふさわしくないという点ではその通りだろうが、しかし、「猥雑な看板」や「掃溜め」が問題なのであって、「周囲に抜きん出て優れている」という意味では、平和祈念像も鶴も優れていることに変わりはない。

同様な文のくだりが他にもある。

「新宿区役所正面左手に『平和の灯』が燃え続けてゐる。これは広島の灯と長崎の灯を『合わせたもの』であるさうだ。稲畑汀子は名家の嫡子の娘であつた。……（略）」

この箇所では、「平和の灯」についての記述と汀子についての記述がひとつながりになっていて、段落さえわけられてない。先の記述と同様奇妙な文章である。

奇妙な点の二つ目は、自らの文学観に照らして『汀子句集』をどう評価しているのかがあいまいだということである。島田氏は「新興俳句運動とは高浜虚子の『思想』（花鳥諷詠）に対する『思想』闘争だったといふことだ。『自然の真』なり『文芸上の真』なりをそのやうに解すると、実に分かり易い」と、昭和六年に水原秋桜子が論じた客観写生・花鳥風詠批判を引き合いに出している。したがって問題は、はたして『汀子句集』は「文芸上の真」に照らして評価に価するかというように設定されねばならないはずである、がそうしない。

島田氏は『汀子句集』一句目の〈今日何も彼もなにもかも春らしく〉を取り上げて次のように評している。

「天真爛漫、無条件に立春を寿いでゐる。（略）見るもの触れるもの全てが春らしく思はれるといふのは、日本古来の伝統に真直ぐに信頼を寄せてゐるからであらう。物心付く前から伝統的季節感への視線が身に添う家庭環境であつた。しかし、かうまであつけらかんと大らかに詠まれると、伝統的と言ふよりも逆に、新鮮で感覚的把握であるとも読めてくる。」

さて、この文章には少なくても二つの点において不可解なことがある。一つは、稲畑氏の句が「天真爛漫、無条件に立春を寿いでゐる」のは「日本古来の伝統に真直ぐに信頼を寄せてゐるからであらう」といいつつ、「かうまであつけらかんと大らかに詠まれると」「新鮮で感覚的把握であるとも読めてくる」と逆の評価をしていることである。

「あつけらかんと大らかに」に詠もうが、作品の質が変わるはずはない。「あつけらかんと大らか」であることこそが問題ではないのか。稲畑氏二十歳作のこの句の初出は昭和二十六年三月十七日の朝日俳壇。選者は高浜虚子だという。昭和二十六年と言えば前々年には下山事件、三鷹事件、松川事件など三大謀略事件。前年には朝鮮戦争が勃発し、自衛隊の前身である警察予備隊が設置され、レッドパージが吹き荒れる。言論や労働運動が弾圧される一方、軍国主義者や戦犯、右翼団体幹部が次々と追放を解除され、釈放される。「民主主義よさようなら」と言われ、アメリカの対日政策が転換し、時代が再び暗転していく年である。こうした危機の時代に「何も彼もなにもかも春らしく」と詠むことのできる感性とは何か。「日本古来の伝統に真直ぐに信頼を寄せ」る擬制の姿勢とその作品の質こそが問われねばならないはずである。

二つ目は、「日本古来の伝統に真直ぐに信頼を寄せている」とか「伝統的季節感への視線が身に添う家庭環境であった」とか、稲畑氏の立場や境遇に理解を示しているのであるが、「日本古来の伝統」とは何か、「伝統的季節感」とは何か。客観写生・花鳥諷詠への歴史的現在的批判の存在を知りつつ、こうした用語をあまりに安易に使ってはばからない島田氏の姿勢は不可解である。

奇妙な点はまだある。

「稲畑汀子は名家の嫡子の娘であつた。平和な世であれば生活に何不自由もなからうが、戦火は高浜年尾家をも容赦なく襲い、汀子も焼け出されて学校の寄宿舎生活を送ってゐる。（略）戦後も、体調を崩して学業を断念してもゐる。そんな紆余曲折の青春を送るうちに、汀子は昭和二十六年の誕生日、そう、二十歳の誕生日を迎える。そして一月後、立春の朝〈今日何も彼もなにもかも春らしく〉と詠んだのであった。（略）この俳句は、二十歳自祝の句でもある。」

『汀子句集』のどのページからも香ってくる幸福感、苦楽を丸ごと受け入れる肯定的人生観の明るさを、この第一句目が見事に象徴していると思はれるのだ。」

島田氏の評にはこの句の詠まれた「危機の時代」との関連で稲畑氏の時代への鈍感さを考察する視点がすっぽり抜けているとは言え、右記のような文を添えることで、この句への疑問を滲ませてはいる。決して幸福なだけではなかった稲畑氏の「紆余曲折の青春」、なのに何故このような「天真爛漫、無条件に立春を寿」ぎ、「二十歳自祝」の句を詠むことができるのかという形で。だがそれはいかにも遠慮がちであり、歯切れが悪い。今一度、〈今日何も彼もなにもかも春らしく〉というこの句を曇りのない眼で眺めてみるといい。駄作とは言わないまでもごく平凡な句であるにすぎない。客観写生・花鳥諷詠という観点に照らしてもどこにも春の「写生」などないし、ただ「何も彼もなにもかも」と抽象的に繰り返しているだけであり、「今日何も彼も」の「今日」もなくてもいい言葉である。

四つ目に感じる奇妙な点は次の文である。

『汀子句集』を何度も読みながら、僕はこの平安な作風が不思議で仕方がなかった。何故かうも素直に虚子の思想を受け継げるのか、何故かうも素直に今を肯定出来るのか、〈今日何も彼もなにもかも春らしく〉が象徴する『無条件の受容』とでも言ふべき作句態度は、『汀子句集』八五八句を貫いてゐる。稲畑汀子といふ貴種が文学的流離を体験せずに祖父以来の俳諧道を突き進む底に、信仰の力があるのではなからうかと思はずにはゐられない。」

汀子句集を貫いている『無条件の受容』とでもいふべき作句態度」、素直に「祖父以来の俳諧道を突き進む底」には稲畑氏の信仰＝キリスト教があるとしているが、高浜家は仏教。「畜生の命一個一個にまで仏性を見出したのが仏教」であり、「さうした仏性に目覚めることが、花鳥諷詠『思想』なのであつた」と島田氏は別の箇所で述べているのであるが、稲畑氏は何故、キリスト教に受洗しながら花鳥諷詠思想を受け継ぐことができたのか、まったく不可解である。稲畑氏へのストレートな批判を遠慮したことによる論理の破綻だと、私には思えてならない。

（二〇〇四年十月・天荒二十一号）

復活する花鳥諷詠？

最近、総合俳誌や雑誌の間で「花鳥諷詠の復活」とか「季語をめぐる問題」が相次いで特集されているようである。『俳句界』八月号は「今なぜ花鳥諷詠なのか」というテーマで緊急座談会。同九月号では「花鳥諷詠確信派、花鳥諷詠を大いに語る」のテーマで座談会を組んでいる。『現代俳句』十月号には「開かれた季語への道」と題する村井和一氏の論考が掲載されているし、『すばる』十月号は、「季語再考」の一大特集を組み、鼎談、評論、私の季語考のアンケートなどを収録している。これらを通読して感じることは、有季定型、客観写生を主張する伝統俳句派と称される俳人の間でも花鳥諷詠論や季語・季題についてはずいぶん解釈の幅があるということである。俳句は季節の詩という考えから一歩も出ない守旧派から、俳句に季語は必須とは名ばかりで、詠う中身は大きく季節の詩をはみ出した者までいる。

守旧派の筆頭には「俳句は自然を捉えた季節の詩である」と定義づけ、「季題がいかに詠めているかということが、私、俳句のいちばんの命」（昭和五十五年、『俳句』七月号）という考えを今もって堅持する稲畑汀子ひきいる『ホトトギス』グループがある。

金子兜太氏は「(『ホトトギス』という) グループが有季定型を今でも頑として守って、稲畑汀子なんか、私が季語と言うと、『季題よ、言い直しなさい』と言うんだ。私は家元と言っているんですが」と笑い飛ばしながら、「その存在はやっぱり現代に必要だと思う」と肯定し、高橋睦郎氏は「あそこだけは家元として残したらいいんです。稲畑さんを重要無形文化財保持者にすればいい。」(以上、『すばる』十月号・鼎談) などと揶揄しているが、対決はしない。かつて、高浜虚子という巨峰を超えんことを決意し、社会性俳句、前衛俳句を唱えた人物の、闘いを放棄した今日を見る思いがする。だが、伝統派の次のような現状をみると、重要無形文化財保持者として笑い飛ばしてばかりもおれないはずである。

花鳥風詠確信派を自他ともに認ずる俳人たちが次のような会話を交わしている。(二〇〇四年『俳句界』九月号・座談会「花鳥風詠を大いに語る」)

岸本尚毅「…現実は花鳥風詠がすべてではない。季節性のない現象をどう詠むか。ここに『花鳥諷詠』の非常に大きな課題、あるいは弱点があると思います。(中略) 生老病死や戦争や恋愛など、季節性のない現象が人生に占めるウェイトは大きい」

田中裕明「これは難しい問題です。季節性のないものであっても、俳句に詠むだけの値打ちのあるものであれば、特に季語を入れなくても俳句として成立すると思います。」

岸本「…虚子の場合は卓抜な表現技術を持っていたため、季節性のない現象も自在に俳句に詠めた。花鳥諷詠が季節性のない現象を詠めないという弱点は、表現技術を磨くことによってある程度は克服できるでしょう」

辻桃子「私もそう思います。ただ、それだけでは、今論点にしている、戦争が起きているのになぜ花鳥諷詠なのか、という問いへの答えになりません。戦争も技術さえあれば詠みうるし、技術はあってもあえて詠まないという選択もありえるのだと思う。花鳥諷詠は戦争を現象としてとらえるのです。（中略）人間はイラク戦争に限らず、太古の時代から戦争をし続けてきたのですから」

こういう錯誤と欺瞞と無責任な会話が延々と交わされている。花鳥風詠の「弱点」をよく認識しているにもかかわらず、その克服の方向を表現技術の向上に求めるのはいかにも滑稽である。「俳句は季節の詩」という伝統俳句の主張に従えば、表現技術が優れていようが「季節性のない現象」を詠んではいけないはずである。

辻氏は、「花鳥風詠は戦争を現象としてとらえるのです」と得意げに主張し、「人間はイラク戦争に限らず太古の時代から戦争をし続けたのですから」と臆面もなく主張する。ぞっとするような感覚であり、傍観主義である。連日繰り広げられる殺戮の現実へのリアルな視点も痛みも想像力もなく、眉毛一つも動かさずに、戦争を自分と何の関わりもない「現象」として眺めることができるというわけだ。辻氏が言うように、現在のイラク戦争は、太古の戦争と同じではない。原因、方法、規模、武器、そして戦争遂行者など捉えてもそうである。それに抽象的「人間」一般がイラク戦争を引き起こしているのでもない。ゼネコンと称される米国資本に後押しされたブッシュが、石油資源を中心とするアメリカの利権を中東地域で確保するために、圧倒的な武力を投入してイラクに侵略し、大量のイラク国民を無差別に殺戮している、それがイラク戦争であり、それに参戦しているのが日本である。この程度の「今」さえ認識しないで「この時代にあえて古いことをやるというのはラディカルなことだと思います」などと、意気がらない方がいいのである。

「新興俳句のときに俳句のすべての問題は出尽くしている」と大井恒行氏が述べたということである（『現代俳句』平成十四年十月号・高橋比呂子の青年部勉強会報告）。さらに川名大著の『昭和俳句の展開』を繙いてみて、昭和初期において既に、今日もなお続いている俳句の論争点は出尽くしていたのだと納得した。もちろん季語・季題をめぐる問題も、「有季無季論争」として歴史的に大きな論争点として激しく交わされている。

渡辺白泉は昭和十年当時、これらの論争を整理する形で俳句の種類について次のように分類している。

一、有季俳句（季語を有する俳句）

a、季感を有し、季語を有する俳句

b、季感を有し、季語を有せざる句
二、無季俳句（季節を有せざる俳句）
c、季感を有せず、季語を有する俳句
d、季感を有せず、季語を有せざる俳句
（「句と評論」昭和十年十月号）
この分類に従うと、例えば芭蕉の次の句はどうなるであろうか。

◇夏草や兵どもが夢の跡

季語（夏草）があり、季感があるから有季俳句だと簡単に言えるであろうか。

『現代俳句』十月号の「感銘の一句」においてこの句を取り上げた清水弥生氏は次のように鑑賞している。

「…東京で空襲に会った私は人々の焼死体と焼野原の東京を忘れることが出来ない。五十年余の平和の雲行きが怪しくなって来た。俳聖芭蕉は三百年も昔に戦争の空しさを歌に残した。」

そう、ここで詠われているのは、夏の季節感などではない。「戦争の空しさ」である。同句についての別の鑑賞文をもう一つ引こう。

「…すぐれた俳句は、元禄時代に眺められた古戦場を詠っても、ベトナム戦争さえも想い起こさせ今日のわれわれの胸を打つ。それはこの句が生（夏草）と死（兵どもがゆめの跡）の対立を土台として、戦争の無益さばかりでなく栄枯盛衰を繰りかえすという、人間の永遠の真理を突いているからであろう。」（『俳句を味わう』・鷹羽狩行著、講談社）、

有季定型派の鷹羽氏の鑑賞においても、この句の感動の焦点は「古戦場」であり、「戦争の無益さ」と「栄枯盛衰という人間の永遠の真理」だと述べているのである。もちろん私たちは、「夏草や」という初句の打ち出しによって、炎天下、古戦場を覆い尽くすほどに生い茂っているのであろう夏草の群れとその生命力をイメージするし、それとの対比で戦争の空しさや死んだ兵士たちへの想いを喚起させられる。だから夏草はこの句のキーワードであることはまちがいない。しかしそれでもこの句は、夏の季節感を打ち出すことに主眼をおいた「季節の詩」などでは断じてない。従ってこの句はホトトギス派に言わすれば無季俳句なのである。

（二〇〇四年十一月・天荒二十一号）

『現代俳句歳時記』の改訂について

『現代俳句』十月号に村井和一氏の「開かれた季語への道」という論考が掲載されている。副題に「歳時記改訂作業中に議論したこと」とあるように、『現代俳句歳時記』を改訂するに当って、改訂委員会で議論になったことをまとめたものである。

論考は四章から構成されている。「一、季節区分と季語の不整合」、「二、開かれた季語へ」、「三、『無季』という用語」、「四、コラムの構成」の四章である。一章では、「朝顔」「西瓜」「柊の花」「蘭」などが実際の季節感とズレているということで修正したということが説明されている。議論の結果、「朝顔」「西瓜」は秋から夏に、「柊の花」は冬から秋に、「蘭」は秋から春に位置づけ直したという。

これらの議論内容を読んで納得できる点と疑問に思ったことがある。納得できる点というのは、西瓜がなぜ秋の季語なのか調べても明確な理由が見当たらないので、われわれの日常感覚に照らして夏にしたということ。「朝顔」が秋に位置付けられているのは、万葉集の山上憶良の歌に、秋の七草の一つとして「朝貌の花」というのが出ていることに由来しているが、実はこの「アサガオ」は桔梗の古名のことであり、誤解に基づいているのではと説明していること。「柊の花」も「ヒイラギの漢字が木偏に冬と書くからかも」等の理由によるものらしい。「蘭」はこれもまた、「秋の七草の一つであるキク科のフジバカマの古名をラニ」と言い、それがランと発音され混同されるようになったのだろうとの説明。

これらの説明を聞いて納得すると同時に、新たな疑問も湧いて来た。その一つは、どうも季語が長い時代を経て熟成された言葉であるという、もっともらしい説明がどうやら眉唾ものだということだ。熟成どころか、誤解や混同、出所不明等、実にいい加減な理由のまま、何百年も歳時記の中に収まっていて、それを季語を信仰する伝統俳句の俳人たちは後生大事に愛好していたというわけだ。それに「西瓜」などの名詞は何年経っても「西瓜」であって、熟成しようがない。

二つ目の疑問は、苦労したであろう改定委員の方には申し訳ないが、「日常的季節感とのズレを感じる季語はたった四つしかないのか」という疑問である。野ざらし延男氏は「季語と俳句文学の自立」(『天荒』十八号所収)の中で、「季語と現代生活との乖離」の要因を分析したうえで、「特定の季節に限定できない季語」三十三語を提示している。たとえば「春」の項。

【春】風船・風車・しゃぼん玉・ぶらんこ・遠足

これらの季語は提示されて初めて、えっ？　春の季語だったのかと思えるような季語ばかりである。それだけ、「生活実感とのズレ」を感じるからである。「風船」がなんで春の季語なのか。むしろよく夏祭りや秋祭りなどで子どもたちが手にかざしているのを思い浮かべると夏か秋ではないのか。春祭りなんてあまり聞かない。「ぶらんこ」はどうだ。ぶらんこからどのような春の感興も湧いてこないし、どのような春の風物詩も連想できるものではない。ぶらんこなんて、遊園地や公園に行けば、年中いつでもぶら下がっているし、寂れた公園の片隅で、子どもたちに見放されたようにブラリと垂れ下がっているぶらんこを見慣れている私には、うらぶれ、寂寥、静寂、孤独、廃墟のイメージしか喚起しないのである。

このように、一つ一つ検証していくと、膨大な数の季語が「日常的な感覚」（村井和一）とのズレという篩にかけられてくるはずである。

もっとも、こうしたズレを埋めるために「通季」の項を設けてはいる。しかし、通季として取り上げられた季語は、「春の部」では先の風船、ぶらんこなど十一語に過ぎず、改訂作業においても、まったくそのままである。例えば、「ほうれんそう」の説明では次のようになっている。

「春二、三月ごろが柔らかで美味であるが、現今では一年中出まわっている。」と。だったら、なぜ、通季に移さないのであろうか。このような通季の語はざっとみただけでもいくらでもあげることができる。鶯餅、草餅、蛙、子猫、耕し、種物、種蒔き、種浸し、苗床、接ぎ木、挿し木、剪定、根分けｅｔｃ。

「遠足」の語が消えているのはなぜだろう。金子兜太編著の『現代俳句歳時記』（平成元年発行）では「春」の季語として次のように説明されている。

遠足　春は行楽のシーズンで、学校なども、親睦を兼ねて春に多く行う。

単なる見落としであろうか。何の説明もなく、忽然と消えているのである。

世の中には「絶滅寸前季語保存委員会」というのもあるらしく、「絶滅寸前季語辞典」（東京堂出版・夏井いつき編）というのが出版されている。季語二五六語が収録されていて、その一つに「水中花」があり、夏の季語とされている。この季語に対し、自らのエピソードなども織り混ぜながら、「（水中花に対しては）『ふにゃふにゃ感』『ふやけてしまいそう』『不気味』という気分しか湧かない」と正直で楽しい解説をしている夏井氏であるが、その中に次のようなくだりがある。

「どの歳時記を見ても、『美しく花開く』とか『楽しくて涼しい』と書いてあるけれど、私にはいまだに美しいとも楽しいとも思えない。が、季語として考えれば、美しく思えなくても涼しく感じられなくても俳句に詠み込むことに何の支障もない。」

ここまでくだけて大らかに開き直られると、振りかざした季語信仰批判の拳も鈍ってしまうというものであるが、要するに季語なんてそもそもが「虚構」なのであって、生活実感とずれて当然なのである。

ちなみに先述した夏井氏が「水中花」の例句としてあげたのは次の句。

◇水中花死者は手足をひらきつつ　谷口慎也

この句では「水中花」は溺死者のイメージと結び付いて用いられているのであり、「美しい」「涼しい」という季語としての「水中花」の感興は微塵もない。むしろ従来の季語概念を破壊する〈反季語〉として用いられているのである。

さて、一月のある日、ＮＨＫの昼のテレビ番組、「お昼ですよ　ふれあいホール」を見ていると、画面に黛まどか氏が映っている。その日は「日本冬の風物詩」と題して出演者に俳句の実作を課することになっていて、黛氏はそのゲストとして出演。フリルのついたスカートとブーツの良く似合う出で立ちで颯爽と登場。一瞬、何という女優だったかと想念を巡らすほどの艶やかさであった。司会の阿部渉氏が「今日はお招きした皆様にこの場で俳句を実際に作ってもらおうと思いますが、黛さん、俳句って何でしょう」とマイクを向ける。黛氏は、「俳句はあいさつです」と事もなげに言ってのけ、「今日のテーマは日本冬の風物詩になっていますが、日本はどこでも雪が降りますから、雪は冬の風物詩としてぴったりだと思います」と軽妙に語る。

大衆向けの娯楽番組であり、いちいちひっかかるのも大人気ないと思いつつも、やはり気になる。

「俳句はあいさつなのか」「この人には雪の降らない沖縄は視野にないな」と思ってしまうのである。そして、ああこんなふうに「俳句は季節のあいさつ」とする花鳥諷詠の俳句観がごく自然に大衆の中に刷り込まれ、日本の伝統的美意識とやらが東京中心の季節感とないまぜに形成されていくのかと実感。しかもその都度、日本国民の意識から沖縄が無意識裡に除外されていくのだと苦い思いをかみしめながら画面を見ていたのである。

ＮＨＫをはじめとする本土のマスメディアは、「昨年は台風の多い年で、十一個も襲来した。」などと繰り返し報じている。だが、実際は十五個。四個は沖縄だけを襲い、本土に上陸してないだけ。沖縄の分を除外して報じているわけで、これと同様の「沖縄排除」が俳人たちによっても日々行われているというわけである。

こうした東京中心の地方排除の思考は季語を絶対視する伝統俳句派だけではない。現代俳句協会もまたそうであり、前回取り上げた村井和一氏の論考「開かれた季語への道」にも実は一貫して貫かれている思考法なのである。これが氏の報告する改訂作業への三つ目の疑問である。

例えば「蘭」について、次のように述べている箇所がある。

「蘭については、秋に位置づけている歳時記が多いのですが、秋に咲くランは、ごく少数です。多くが春か夏に咲きます。東京ドームで開かれる世界ラン展は二月の下旬です。」と。

那覇空港ビルの乗降通路を通ったことのある人はすぐに納得するはずなのだが、長い通路両脇にはおびただしい数のランが植え込まれ、年中美しく咲き乱れている。東京ドームで二月の下旬に世界ラン展が開かれようが、ここ沖縄ではランは通年咲きまくる花であって、現代俳句協会が蘭を秋から春に位置付け直したと聞いても「徒労」としか映らない。私たち沖縄に住む者には何の足しにもならないことなのである。

「嫁が君」という季語の説明のくだりも同じである。嫁が君とは正月三が日の鼠のことを言い、「ネズミという害獣も正月だけは大黒さまのお使いとして、もてなす風習があったといいます。そこから出来た季語とされています。」（傍線は筆者）と記述しているが、そのような風習があったのは「どこ」なのであろう。沖縄では戦後の一時期、飢えを凌ぐためにネズミを食材にする風習がみられたが、祖先崇拝の沖縄において「大黒様のお使いとして」、「ネズミをもてなす」風習がなかったのだけは確かである。

冬の部（新年）の分冊で「冬について」を執筆している倉橋羊村氏は次のように書いている。「冬はまた、雪の季節である。（中略）総括的にいうと、十一月中・下旬から雪が降り始め、四月半ばまで雪の降る可能性があるといえよう」。

この人の意識からも沖縄は除外されている。この文の執筆の最中、ついに一度も雪の降らない沖縄のことは意識に上らなかったのであろう。

夏の部の分冊に「歳時記の夏」と題する文を執筆しているのは小谷容義氏である。「俳句の世界での区分は……五月六日頃から八月七日頃までを夏とするのが常識となっている。

（中略）五月は、東京、大阪、福岡とも二〇度を超えることはない。この温度では清々しくはあっても夏というイメージにそぐわないのではないか」。沖縄は五月と言えば毎日が二五度以上である。小谷氏はなぜ視野を福岡で止めてしまったのであろうか。

小谷氏は更に、近隣の小中学校に出向いて聞いてみると「今の教育方針は、理論よりも実情に合わすのが基本であるから、六・七・八月を夏としている。」と、概ねの学校で答えたとして、「実感を極めて大切にする俳句が、この推移に眼を向けないのはどういうことなのか。」と従来の時期区分を批判している。確かにその通り。俳句の常識は生活の実情に合わないのである。だが、例え、六・七・八月を夏の時期として位置付け直しても、十一月まで二五度以上の気温が続く沖縄には当てはまらない。沖縄が除外されていることに変わりはない。

このように見てくると、「生活実感とのズレ」を位置付け直したとはいっても、結局は東京中心の生活実感とのズレを言っているだけであり、歳時記を貫く地方排除の思考＝中央集権的思考はなんら変わっているわけではない。まさに「季語は中央集権的」であり、「近世は大和中心（京都・奈良）、近現代は東京中心に編纂され、地方が排除されている」（「季語と俳句文学の自立」・野ざらし延男）のである。

この点に関してはさすがに気になったのか、金子兜太氏が『現代俳句歳時記』の「序にかえて」の中で、「収録季語がどうしても東京中心になってしまって、各地域の独特な言葉を網羅できなかった」と述べているのであるが、「各地域の独特な言葉」を追加すればいいという問題ではない。歳時記という季語集に込められた中央集権性、国家意志に内通し国民を幻想的共同体としての国家に一体的に束ねようとする歳時記の〈悪意〉こそが問題なのである。

（二〇〇五年一月・天荒二十一号）

『現代俳句歳時記』編集の問題点

『現代俳句』十月号(平成十六年)に掲載された村井和一氏の「開かれた季語への道」という論考に触発されて読み直した『現代俳句歳時記』であったが、何度も精読するうちに、いくつかの疑問点に突き当たった。

金子兜太氏が「序にかえて」のなかで、「この歳時記は、現代俳句協会創立五十周年の記念事業の一環として足かけ五年の歳月を費やして上梓されたもの」であり、「協会員を中心に十名の編集委員が延べ六十数回の会合をもって」、「現代における歳時記のあり方を根本から議論し」、「収録季語の一々について具体的に議論し」て完成したと述べているのであるが、そのわりには疑問点が多い。

第一に季語解説の間違いについて。

「沖縄忌」「慰霊の日」について現代俳句協会編(以下「協会編」と略する)は次のように解説している。

◇沖縄慰霊の日

昭和二十(一九四五)年六月二十三日、沖縄守備軍司令官が自決した。死者十数万人、県民の四分の一が死亡したという。さしもの沖縄における激戦も終結に向かった。沖縄ではこの日を県条令で「沖縄慰霊の日」と定め、摩文仁の平和祈念公園で慰霊祭を行う。

様々な疑問と大きな基本的間違いを指摘せざるを得ない解説文である。「第三二軍」を「沖縄守備軍」と呼ぶとき、日本軍にとって沖縄は最初から本土を守るための「捨て石」であって「守備」したことなんてないということを知ってのことであろうか。「死者十数万人、県民の四分の一が死亡」というが、沖縄戦でというのがないから、何で死亡したのかこの文からは分からない。「さしもの沖縄における激戦」という表現に見られる、よそごとのような冷ややかな文体。そっけない文全体が疑問を湧き立たせる書き方になっているわけだが、それは置いておく。

次に沖縄戦の戦没者の数の間違いについて。「死者十数万人」という数字はどの資料から割り出したものであろうか。一番古い沖縄県援護課の公式資料でも戦没者数は二十万六百五十六人とされている。しかもこの数値は、疎開中の死亡や強制疎開によるマラリア死、日本軍によるスパイ視虐殺、六月二十三日以降の死者等々が含まれておらず、調査方法に多くの不備が指摘されている。大田昌秀氏の調査(『沖縄戦とは何か』)では、二十五万六六五五人を数えている。二つ目は、「沖縄慰霊の日」とはどういう日のことなのかという、根本的な問題がおさえられてないということ。解説文は「昭和二十年六月二十三日、沖縄守備軍司令官が自決した。……沖縄ではこの日を県条令で『沖縄慰霊の日』と定め、摩文仁の平和祈念公園で慰霊祭を行う。」となっていて、六月二十三日は沖縄守備軍司令官が自決した日なので、沖縄慰霊の日に定めたと読める。これでは軍人賛美となり、慰霊の日の意味が台なしである。沖縄俳句研究会編の『沖縄俳句歳時記』は一五九六文字に及ぶ字数を費やして、沖縄忌の解説に当てており、『南島俳句歳時記』（瀬底月城著）は六六〇字、『九州・沖縄ふるさと大歳時記』（角川書店）は野ざらし延男執筆で八五二字を沖縄忌及び沖縄戦の解説に当て、さらに別個に異説の解説を加えている。（もちろん、ここでは解説の長さを問題にしているわけではない。要点がどのように押さえられているかである。）

「六月二十三日の沖縄県慰霊の日。第二次世界大戦において非戦闘員の老若男女を多数巻き込み、悲惨な戦場となった沖縄戦が終結した日である。（略）人類の恒久平和を希求し、二〇万余の戦没者の霊を慰めることを目的とする。」（『九州・沖縄ふるさと大歳時記』）

長文の解説から冒頭の部分だけを抄出したが、「沖縄忌」の解説には最低これだけの認識が必要である。すなわち、六月二十三日の「沖縄忌」とは、司令官の自決した日だからとして制定されたのではなく、「沖縄戦が終結した日」（これには異説がある）であり、「人類の恒久平和を希求し、二〇万余の戦没者の霊を慰めることを目的とする」日なのである。

協会編が、編集に際し、沖縄の歳時記や沖縄戦の文献を一冊でも参考文献として目を通していれば見てきたような間違いは防げたはずである。協会編には「沖縄戦」という言葉もでてこないし、なぜ沖縄だけに「沖縄忌」があるのかという問いも痛みもない。同じ太平洋戦争の一環でありながら「東京戦」とか「大阪戦」とは言わないのになぜ「沖縄戦」といい、「沖縄忌」と言うのか、そのことが認識されなければならない。そうすれば、「沖縄忌」が「広島忌」や「長崎忌」同様、一地方の慰霊の日ではないことが見えてくるはずである。

間違いはまだまだあるがあと一つ。

◇海紅豆　梯梧　マメ科の落葉小高木。ブラジル原産で、九州、沖縄などの暖地に栽培される。幹に短いとげがある。七月から八月ごろ、深紅色のチョウに似た形の花を咲かせる。デイゴ。沖縄の県花。

この解説は、海紅豆とデイゴを一緒くたにしている。海紅豆はアメリカデイゴとも呼ばれ、デイゴの近縁種ではあっても、原産地も樹の形も花も花期もデイゴとは全く違う。もちろん沖縄の県花でもない。海紅豆は小高木のブラジル産で幹にとげがあり、七、八月頃開花するかも知れないが、沖縄の県花のデイゴは十メートル以上になる高木のインド産で、とげは幹ではなく枝にあり、花期は三～五月頃である。これらのことは、沖縄の文献を繙くまでもなく、「広辞苑」や平凡社の大百科事典などを開けばすぐに分かることである。参考資料の中に『国民百科大事典』も挙げられているが、この項目のためには用いなかったということか。沖縄の県花であり、琉球の三大名花の一つとされるデイゴですらこのような杜撰な解説に終始しているのだとすれば、他も疑ってかからざるをえない。

第二に疑問に思える解説文をいくつか挙げてみる。

◇建国記念の日

国民の祝日。二月十一日。「建国をしのび、国を愛する心を養う」日。昭和四十一年制定。もとの紀元節。（協会編）。

現代俳句協会は、二月十一日は「国を愛する心を養う日」なのだということを、本気で信じているのであろうか。協会編も述べているように「建国記念の日」とは、もとの紀元節のこと。紀元節とは、日本最初の天皇とされる神武天皇の即位した日のこと。天皇中心の国家をつくり上げるために明治政府によって科学的根拠もなしに制定された日のこと。神武天皇というのは実在する人物ではなく従ってその即位もあり得ないわけで、戦後は廃止されたが、一九六六年、多くの反対の中で制定された祝日。こうした曰く付きの祝日だということについては当然周知のはずでありながら、政府の見解(法律)をそのままみずからの解説にかえる鈍感さ。というより、政府の見解を自らの立場として押し出す反動性。反動といういい方がいい過ぎではない証拠に、他の解説と較べてみることにする。金子兜太編の『現代俳句歳時記』(千曲秀版社)や『広辞苑』では次のようになっている。

◇**建国記念の日**　二月十一日。昭和四十一年に制定され、翌年より実施された国民の祝日。反対運動もおこなわれている。（金子兜太編）

◇**紀元節**　四大節の一。一八七二年（明治五）、神武天皇即位の日を設定して祝日としたもので、二月十一日。第二次大戦後廃止されたが、一九六六年、「建国記念の日」という名で復活し、翌年より実施。（『広辞苑』）

これらの解説がすぐれていると言っているわけではない。だが、これらにはまだ、わずかではあれ、国の見解を鵜呑みにしない距離設定や批判的視点がある。これらと比較しても協会編がいかに「反動的」な解説をおこなっているか、分かろうというものである。次の季語はどうであろう。

◇**原爆忌**　昭和二十年八月六日広島に、八月九日長崎に原子爆弾が投下された記念の日。犠牲者に対する追悼や反核の催しが、広島、長崎を中心として全国的に行われる。（協会編・兜太編）

◇**原爆忌**　太平洋戦争末期の昭和二十年八月六日、広島に原子爆弾が投下され、ついで八月九日には長崎にも投下された。一瞬にして生命を絶たれた者、全身に火傷を負ってもだえながら死んでいった者など無慮数十万人。二度とこういうことがあってはならないという悲願をこめて死者の冥福を祈る日である。（以下略）（『俳句小歳時記』水原秋桜子編）

◇原爆忌　昭和二十年八月六日、人類史上はじめて原子爆弾が広島市に投下され、続いて八月九日、長崎市に投下された。この両日をあわせて「原爆忌」と呼ぶが、八月六日を「広島忌」九日を「長崎忌」と区別する呼び方もある。両市とも一瞬のうちに破壊されて炎上、数十万人が死傷、地獄絵図と呼ぶべき惨状を呈した。生存者のなかでも多くの人が後遺症に苦しんだ。（以下略）（『九州・沖縄ふるさと大歳時記』・角川版）

協会編（金子兜太編も同じ）は、解説を極端に簡略化したことの弊害がもろに露呈した例であると言えるが、それにしても「原爆忌」を「原子爆弾が投下された記念日」と解説する軽薄な知性と感性には恐れ入る。まるで橋か道路でも開通した記念日みたいないい草ではないか。秋桜子編と角川編版が、原爆の恐ろしさと犠牲者の数に言及し、秋桜子編では、「二度とこういうことがあってはならないという悲願をこめて死者の冥福を祈る日」と、適切に解説しているのに対し、協会編は原爆への怒りも死者への悼みもない。

もう一つ例を挙げてみよう。

◇終戦記念日　八月十五日。昭和二十年のこの日、日本はポツダム宣言を受諾し、終戦の詔勅が宣布されて、太平洋戦争が終わった。（協会編）

◇敗戦日　八月十五日。昭和十六年に始まった戦争は、昭和二十年のこの日、ポツダム宣言を受諾して無条件降伏するという悲惨な結末になった。当時は大東亜戦争と呼ばれ、聖戦と信じられていたが、戦敗れてみると、国の内外を問わず無数の犠牲者を出す戦争というものは、どんな理由があろうとも起こしてはならないと痛感されたのであった。八月十五日の敗戦日は、その思いを新たにする日である。（秋桜子編）

秋桜子編が「敗戦日」としているのを、協会編では「終戦記念日」としているのがまず気になるが、最大の問題は、「終戦の詔勅が宣布されて、太平洋戦争が終わった」という文のくだりである。

「詔勅」とは、『広辞苑』によると、「天皇が意思を表示する文書」とある。天皇を敬う念を込めて、天皇にだけ使用が許されてきた言葉であり、天皇が自分のことを「朕」と呼ぶのと同じ類の言葉である。実際、「ポツダム宣言受諾の詔書」の書き出しは「朕深く世界の大勢と帝国の現状トニ鑑ミ…」となっていて、「朕」が用いられている。協会編は現在では死語となっているこのような類の言葉をカギ括弧抜きで用いている。不用意に用いたとすれば、恐ろしく緊張感の欠如した表現であり、意図して使用したというのであれば、天皇崇拝を表明した文だということになる。くだんの文は、「詔勅」という言葉は使わなくても、「天皇がラジオを通して全国民に終戦を宣言して、戦争は終わった」とでもすれば済むことである。しかしそのようにしたとしても問題はまだ残る。「終戦の詔勅が宣布されて…戦争が終わった」という認識の仕方についてである。ポツダム宣言の受諾を連合国に表明した時点で敗戦は確定し、戦争は終了したのであり、「終戦の詔勅の宣布」によってではない。「詔勅の宣布」＝ラジオ放送はやらねばならない重要な事項ではあっても、事後処理の一つであるに過ぎない。それをことさら、「詔勅が宣布されて…」と強調するのは、あたかも、天皇の言葉で戦争が終結したかのような印象を与えるのである。ここにも、協会編の「天皇崇拝」が滲み出ているのである。

第三に、沖縄関係の「参考資料」が皆無に等しいということについて。

協会編に付記された「参考資料」によれば、参考文献は二五三冊の膨大な数に及ぶ。その中で沖縄関係の参考資料は『那覇市世界遺産　俳句・短歌・琉歌大賞全国コンテスト　記念作品集』のたった一つ。それも、解説のためではなく、〈ジュニア俳句の引用句資料〉として資しているだけである。つまり、今回の歳時記編纂において実質的には沖縄関係の解説に資する資料は、一冊も参考にしてないということである。「現代における歳時記のあり方を根本から議論」し、「あしかけ五年の歳月を費やして上梓」したというのにである。編纂委員長の宇多喜代子氏は『17音の青春Ⅱ』（二〇〇〇年三月発行・邑書林）の座談会の中で、「貝殻の波の音消え沖縄忌」という、沖縄の高校生の句をとりあげて、「沖縄忌というのは、私がなじんでいる歳時記には、季語としては入っておりません。新しい歳時記に『沖縄慰霊の日』として六月二十三日を入れるようになりました」と述べているわけで、「新しい歳時記」を編纂するその際に、沖縄関係の資料を取り寄せるチャンスは十分にあったわけである。新しい季語を取り入れるにあたってはより細心の注意が必要なはずであり、「沖縄慰霊の日」を新しく取り入れるというのであれば、地元沖縄の文献を参考にすることは、至極当然のように思えるのだ。しかし先に見たような沖縄戦への基本的認識の狂い、戦死者の数の誤りという致命的とも思える杜撰さを露呈させているのは、そこに「沖縄軽視」の姿勢があるからだと見るしかない。

昨年八月、沖縄国際大学の構内に米軍の軍事ヘリが墜落炎上するという戦慄すべき事故が発生した際、夏休み休暇を理由に無関心を決め込んだこの国の首相や盆の帰省ラッシュ以下にしか扱わない本土マスコミの姿勢が取り沙汰されたのであるが、何のことはない。「沖縄軽視」の姿勢において、現代俳句協会もまた、基本的に変わるものではない、ということであろうか。

二〇〇五年一月二十八日付沖縄タイムスに、高嶋伸欣氏(琉球大学教授)の「センター試験の不適切出題」と題する論考が掲載されている。氏の指摘するところによると、今年一月に全国で実施された大学入試センター試験」の世界史Bの問題に、四つの文から正しいものを一つ選ぶ選択肢問題があり「①サンフランシスコ平和条約により、日本は主権を回復した」という文が正解になっているという。これに対し氏は、「一九五二年四月二十八日に発効したサンフランシスコ講和条約は、その第三条で小笠原と奄美、さらに沖縄の島々については主権回復を認めず、そのまま米国の軍政下に置いた。このことはまぎれもない事実のはず」であり、「日本は『一部を除いて』主権を回復した」としなければ、正解には該当しない」と指摘している。

この高嶋氏の指摘は、二十七年間、米軍事権力による直接支配を受け、様々な軍事被害と無権利状態を強いられてきたわれわれ沖縄県民にとっては、充分にうなづける意見である。それは、民族主義的な内実が問われねばならないとはいえ、一九七二年に施政権が返還されるまで祖国復帰運動として闘われてきた米軍事権力への抵抗運動の歴史の抹殺をも意味するものである。高嶋氏は更に述べている。「確かに、日本全体からすれば人口規模で1％前後の沖縄などは例外として、総論からは排除されやすい。しかし、それは『日本は単一国家民族だ』として、マイノリティーの存在を無視し、人権を踏みにじって恥じない差別する側の論理と同じだ」と。空前の〈沖縄ブーム〉の裏側で、こうした沖縄差別が隠微に進行しているというわけである。

さて、この論を、『歳時記』にあてはめたらどうであろう。「日本全体からすれば人口規模で1％前後の沖縄などは例外として、総論から排除され」て成り立っているのが、まさに、この間の幾多の『歳時記』であり、今回の現代俳句協会編のそれもまた、例外ではないということである。

ただ、ここで、断っておかねばならない。これまで述べてきたように、様々な「沖縄軽視」の現実を指摘したからといって、私は日本政府並びに日本の国民全体に沖縄を重視してもらい、より深くその国家体制に沖縄を組み込んでもらうことを物乞いしているわけではない。沖縄には、一方で新川明氏や川満信一氏らのように日本国家の虚妄を撃ち「反復帰」を唱える思想家がいるわけで、その思想の根底を流れる「反国家」「反権力」の姿勢は、今日なお、思想のリアリティーを失っていないのだということを指摘したいだけである。

本土の人間は沖縄について知らなさ過ぎるというようなことを言うと、では沖縄の人間は他府県についてどれだけ知っているか。例えば岩手県やら佐賀県についてどれだけ知っているか、と いうような言い方をする者がいる。そして実際、沖縄の人間は、他府県について大して知らない。岩手県の特産物はとか、佐賀県の県花はなどと問われても答えられないのが大半であろう。それらはしかし、知らないからといってなんら恥ずかしいことではないし、岩手や佐賀の差別でも軽視でもない。だが、先の大戦で沖縄が本土を守るための〝捨て石〟にされて二〇数万人の戦死者を出し、戦後も二十七年間米軍政下に置かれ、今日なお在日米軍基地の75%を沖縄に押し付けることで、日本全体が「平和と繁栄」を謳歌し続けているという「差別」については、知らないでいいというものではない。負担は沖縄だけに「恩恵」はみんなでというわけだ。先の高嶋氏が指摘する、センター試験の問題に露呈した「沖縄史の抹殺」は、沖縄の置かれている歴史的現在的差別の現実を隠蔽し助長する行為として、見過ごしてはならないことなのである。

（二〇〇五年四月・書き下ろし）

第二章　情況への視点

声を上げ始めた大学人

八月十三日の真っ昼間、沖縄国際大学の構内に米軍ヘリが墜落、爆発炎上する事故が発生した。戦慄すべき事故であり「事件」である。この事故に対し、これまで口の重かった大学人・知識人が声を上げ始めている。

事故の数日後には、県内大学すべてが事故への抗議声明を共同で発表した。これは実に素早い反応である。しかも、抗議の声を一過性に終わらさないように、沖国大構内で持続的な抗議集会が計画され、大学人の主催するシンポジウムが開催されるなど、様々な立場と角度から数多くの声をあげている。軍事訓練中のヘリが大学構内に墜落するなどという戦慄すべき事態の発生した今こそ、声をあげる時であり、逆に言えば、今声を上げない大学人など、今後何を言おうと、その学問的主張を含めて信用すべきでないということである。全部の声に目を通したわけではないが、私が知り得た範囲内から触発された発言を取り上げながら、今回の事故の核心を探ってみたい。

今回の事件で真っ先に目に止まったのは、事故当日大学校舎内に居て、直接被害にあった大学人たちの生々しい証言である。

当日、大学本館で仕事に従事していたという山根光正氏（沖縄国際大学職員）は次のように述べている。

「シュレッダーで作業を始めてすぐだった。表が暗くなった。同時に聞いたこともないような不気味な音が響いた。地震か竜巻だと思い、事務室内を見回した。一、二秒後、今度はブロックを切りさくような物すごい金属音が聞こえた。二度ほど聞こえた。この時点でただならぬ事態が発生したことを確信した。（略）窓越しに表を見た。建物の東側の壁から灰色の煙が上がり炎が見えた。ヘリが墜落したことを確信した。（略）爆発音が聞こえた。『爆発するぞ』。一斉に本館を離れ、三号館の前に逃げた。」（沖縄タイムス・8／28）

このような墜落事故の恐怖を直接体験した筆者の文を読むと、「操縦士は人の居ない場所を選んで最後まで任務にあたった英雄である」と、あたかも民間に死傷者がでなかったことは兵士のおかげだとうそぶく、米軍司令官の言動の欺瞞性が分かろうというものである。ヘリはまさに、海や空き地に墜落したのではない。大学構内に墜落したのだ。夏期休暇中だったとは言え、当然ながらそこには学生がおり、教授・職員が仕事に従事していたのだ。

「民間人に死傷者が出なかったのが不幸中の幸いだった」と談話を発表した防衛庁幹部に対し、「なにが『幸い』なのか！」と怒り、『幸い』という言葉を使うことによって、なにかこの事故を矮小化しようとする意図さえ感じられる。」と糾弾する漆谷克秀氏（沖縄国際大学教授）の声も切実であり、共感を呼ぶ。氏は、政府閣僚や防衛庁関係者の「無神経で、不謹慎な言動」を暴いたうえで、次のように断言する。「事故が起こるたびに聞かされる言葉『原因の徹底究明と再発防止策』は、もういらない。このような釈明をもう誰も信じてないし、誰も聞いていない。再発防止策は、普天間飛行場の閉鎖であり、撤去以外にあり得ない」（沖縄タイムス・8／25）。まさに核心をついた発言であり、事故被害者である大学人のこのような怒りに満ちた直截な物言いは闘いを押し上げる上で力強い限りである。

大学の自治の危機という観点を導入しながら、大学人へ呼びかけている桜井国俊氏（沖縄大学学長）の発言も痛切であり、核心をついている。

『大学の自治』が今回の事故を契機に問われることとなった。事故処理が米軍によって一方的になされ、被害者であり、被害施設の管理者である沖縄国際大学の関係者が排除されたことは、まさに『大学の自治』の侵害だからである。直接の侵害者である米軍、それを黙認している日本政府、そして事態を静観している本土マスコミや世論を徹底的に糾弾する言論によってしか、侵害された『大学の自治』は回復されない。（略）沖縄の大学人は、まさに頂門の一針としてこの事態を受け止め、日本社会の戦前回帰を許さないとの声をいまこそ上げなければならない。」（琉球新報・9／12）

こうした問題に対するラディカルな視点を闘いの広がりの中で歪めることなく持続させること

が重要である。闘いの姿勢ということについて、屋比久収氏（沖縄大学助教授）は次のように述べる。

「今回の事故は、日米両政府や沖縄県を批判するだけではすまない。（略）今回の米軍ヘリ事故が私たちに突き付けているのは、そのような基地は反対だが、経済振興策は重要だとする従来の姿勢ではなんら解決されないということだ。いま私たちに切実に問われているのは、自らの命を守るために、その姿勢から一歩踏み出して、基地撤去の声を上げることである。」（沖縄タイムス8／29）

確かにその通り。基地撤去の声をあげその姿勢を崩さないことである。だがそれだけでいいのか。

私たちは何度となく、基地撤去の声を上げてきた。今回は、奇跡的に民間人の死傷者はでなかったが、一九五九年、宮森小学校ジェット機墜落事故では児童・生徒十一人を含む十七名の命が奪われ、二百十名が重軽傷を負った。その時も基地撤去は叫ばれたはずである。一九六八年には戦略爆撃機Ｂ52が嘉手納基地で爆発し、基地撤去を叫んでゼネスト態勢まで敷かれた。そして、一九九五年の米兵による少女暴行事件の時は、反基地闘争は全県的に盛り上がり、当時の大田昌秀知事は、「少女の人間としての尊厳を守れなかった」ことを詫びて、その後米軍用地強制使用の代理署名を拒否し、全国的にも注目され、沖縄の基地問題は全国的に脚光を浴びたのであった。

にもかかわらず、なぜ反基地闘争は収束されてしまったのであろうか。一九六八年のゼネスト態勢を崩壊させたのは、当時の屋良知事であり、代理署名拒否を振興策と引き替えに「落としどころ」で収束させたのは大田知事であった。皮肉にもいずれも革新知事であった。この場合に言われてきたのが、「鋭角的な闘いより鈍角的な闘い」とか、「だれでも参加できる闘い」などということであった。しかしこのような超党派的な闘いや、「島ぐるみ」の闘いを指向するあまり、結局は肝心な「闘いの原点」が忘れ去られ、愚にもつかない「現実的対応」や「ベストよりベター」という論理に絡めとられていったのである。五月の普天間基地包囲闘争の際、普天間基地の危険性のアピールだけに闘いのスローガンを絞り、辺野古移設反対を盛り込めなかったのも、闘いの質より幅を重視した観点からであろう。今回の米軍ヘリ墜落事故を契機に高揚しつつある反基地の闘いにも、危惧すべき兆しは現れ始めている。稲嶺県政が事故には抗議しながら、結局は「地位協定の見直し」や「辺野古早期移設」へと県民の怒りの矛先を歪曲していこうとしているのは論外としても、反対運動内部にも危惧されることが、垣間見えるからである。例えば、三万人を集めた九・一二ヘリ墜落抗議市民大会に、地域青年団の旗はあるのに、学生や労働組合の旗が会場から降ろされていることである。おそらく市民大会という性格を配慮して、誰でも参加しやすいようにと考えてのことであろうが、各階層の挨拶がある中で、労働者代表は挨拶さえなかったのである。組合の側が、大会のソフト化に同意し、地域のオジー、オバーや市民が参加しやすいことなどに配慮して組合の赤旗やハチマキを自主規制したというのであれば、もっての外。金武の都市型訓練場建設反対の運動も、辺野古のヘリ基地反対の運動も、早朝から赤ハチマキで闘っている闘いの主力はオジー、オバーであり地域の住民である。労組なんてとっくに乗り越えられているのだ。

さて、こうした闘いの質と方向性の在り方について、唯一鋭い問題提起をしているのが、仲里効氏（『ＥＤＧＥ』編集長）である。

「ここが肝心なことだが、事件後メディアで報道される『沖縄の声』や『県民の声』が九五年の『少女レイプ事件』とその後の経験をどの程度内在化したところから発せられているのかということである。というのは、あの時のムーブメントが、政治的な『落としどころ』や『振興策』に絡めとられていった苦い経験を忘れてはいないはずだから。／そこですぐにおもい浮かぶのが、目取真俊の掌編『希望』である。『希望』は少女レイプ事件をきっかけにして立ち上げられた声や行動が現実を『何ひとつ変えることが出来なかった』という痛覚から書かれたといえよう。（略）それはまた『復帰後最大』などといわれた『島ぐるみ』的異議申し立てが、普天間基地の辺野古移設という『例外状態』の拡散を招いてしまった結末に対しての根元的なノンの想像力でもあった。」

米軍ヘリがなぜ白昼、住宅地上空を飛行するのか。我部政明氏（琉球大学教授）はずばり述べている。

「イラクにおいて戦争をしている米軍は戦時体制下」であり、「戦闘行動の一環としてヘリが落ちてきた」（琉球新報９／２）と。また、西泉氏（沖縄大学助教授）はより核心的に指摘する。

「あの日墜落したＣＨ53Ｄヘリの同型機六機が八月二十二日に普天間基地を飛び立ち、そのままイラクへ向かったことからも明らかである。」「九月十三日の朝刊には、『…米軍ヘリコプターがミサイルを発射、周囲にいた群衆に死者（十七名）が出た」と報じているとし、「沖縄の基地がイラクをはじめとする戦争地域にそのまま繋がっているという視点は重要」（琉球新報９／16）と述べている。

誤解を恐れずに言えば、騒音があるからとか、危険だからとか、基地負担が大き過ぎるとか、ジュゴンを守るとかのために基地に反対するのではない。基地は何のためにあるのか。戦争のためにある基地を撤去せよという基地の本質を見据えた原点の闘いこそが、今問われているのである。

（二〇〇四年九月・天荒二十号）

映画『風音』を観る

三月三日、目取真俊の原作・脚本、東陽一監督の映画『風音』を観た。『風音』は目取真俊の初期の作品であるが、東陽一監督が作品にほれ込んで映画化を提起し、著者が映画化のために初めて書き下ろしたオリジナル脚本だという。主役の老人に現役の山原《ヤンバル》の区長を抜擢したのをはじめ、地元の住民や子どもたちを多く登用しているという話題の作品。

完成披露上映会の会場となった那覇市民会館は、開場前から長蛇の列ができ、満席となった。客層も随分ユニークな印象を受けた。子どもからお年寄りまで年齢も職業もまちまち。農民や漁民風の人達がいるかと思えば、芸術家風の人や学生・知識人風の人がいる。どこかの婦人会とおぼしき一団もいる。山原《ヤンバル》ことばが上映開始前の会場をにぎやかに飛び交っているので、おそらく区長さんが出演するとあって、地元の婦人会や老人会がバスをチャーターして繰り出してきたのであろう。この種の試写会ではあまり見受けない観客がかなりの数を占めている。

映画は原作とは大分変わっていた。一新されていると言ってもいい。登場人物やドラマ展開がずいぶん変わっている。しかし、作品のモチーフとそれに深く関わるタイトルの「風音」は変わっていない。

沖縄の、山原《ヤンバル》と称される北部のある村の風葬場に、泣き御頭《うんかみ》と呼ばれ、音を出す頭蓋骨があるという。その頭蓋骨は特攻隊の遺骨で、風葬場の入り口に位置し、二つの暗い視線で遠い海の彼方を見つめて、時おり風のように泣くというのである。

何と言ってもこの着想がすごい。今回、映画化にあたって原作を全面書き変えしたということであるが、確かにそのことによってテーマがより深められ、原作以上に完成度の高い作品に仕上がっているという思いを強くした。頭蓋骨が風を呼んで泣くという、死者の無念を象徴する設定は実に見事。目取真俊はこの映画で脚本家としても第一級の優れた書き手であることを強烈に印象づけたと言えるし、また一つ、大きな仕事をしてくれたと思う。

原作の方はどちらかというと物語の設定が粗削りな面があり、テーマの提示がやや性急な感を受けた。映画からは、風化されようとする戦争の過去と現在が映像鮮やかに伝わってくる。戦争で死んでいった幾多の死者たちの無念と生と死の意味を、今を生きる私たちに、静かに、胸の奥深く問いかけてやまない。特に、原作においては、終戦特集のテレビ番組として沖縄戦の撮影のために村を訪れたカメラマンが、実は元特攻隊員の生き残りであるという設定など、やや作為的でそれが作品の中でうまく溶け合っていないという印象をもったのであるが、脚本ではそこが刷新されて、声をあげることもできずに無意味に死んでいった者たちの無念と、戦争で最愛の人を失った者の深い悲しみが、実にしっくりと、胸に伝わってくる。童話の世界のように画面で元気に跳び回る子どもたちの動きが、この映画の重いテーマに明るさを添える。

死者たちの無念を問い直そうするこの作品のモチーフを決定的に深めてくれたのが、吉丸一昌作詞、中田章作曲の「早春賦」という歌にまつわる物語の挿入である。早春を迎えた自然の情景を描くことで、春の訪れを待ち望む思いを綴った美しい叙情歌とだけ思われていた「早春賦」の歌。小学校唱歌として親しまれてきたこの歌の本当の意味が映画の中で開示され、映画のテーマ曲として、見事に蘇っている。

「早春賦」の歌詞は次のようなものである。

春は名のみの　風の寒さや
谷の鶯　歌は思えど
時にあらずと　声も立てず
時にあらずと　声も立てず

目取真俊は、「この歌が発表されたのが一九一三（大正二）年、大逆事件の三年後であることを考えるとき、その歌詞は違った意味を見せる。」として、この歌詞のもう一つの意味を次のように述べる。

「…近代という新しい時代（春）が訪れたように見えても、それは名ばかりで未だ寒風が吹きすさんでいる。新しい思想は思えど、それを声にする時にはあらず。啄木の記す『〈次の時代〉といふものについての一切の思索を禁じようとする帯剣政治家の圧政』の下で、声を立てることのできなかった人々の無念。」（三月二日付　沖縄タイムス　朝刊）

映画では、特攻隊として出撃を控えた学徒兵が恋人の女学生と最後の逢瀬を惜しむ場面でこの歌が歌われる。女学生の恥じらうような澄んだ声が画面に流れる。そして、歌い終わった彼女に彼は問いかける。「この歌の本当の意味が分かるか」と。

二十代の若さで、これから人生の春を迎えるという時期に死んで行かねばならない悔しさ。軍国主義の下で、戦争に疑問を持ち反対していながら、「声をたてること」ができないばかりか、恋人にさえ本当の思いを告げることができずに死に行く無念。

別れる際に彼が渡した手紙には次のように書かれていた。「谷の鶯歌は思えど…。ぼくはやはり、次逢う時も、秘めたる思いを声に立てることができないでしょう」。秘めたる思いとは彼女への恋情ではない。〈この戦争は間違っている。間違った戦争のために死にたくない〉。

だが、彼の秘めた思いを知る由もない彼女は、曇りのない純真さで明るく恋人を送り出す。「お国のために立派に戦ってください」と。

戦争のために無意味に死んでいった「人々の無念」を刻みつけずにはおかない場面である。

この作品には、もう一つ大きなモチーフがある。それは、沖縄を犠牲にして知らんぷりをして恥じないヤマトゥンチュ（本土人）への怒りである。加害者としての大和と被害者としての沖縄。大和と沖縄というこうした二項対立の図式による把握は、近年、パターン化し硬直した単純な図式として退けられている。実際、日本と沖縄のこうした把握には、日本国民全体を十把一絡げにすることで、日本国家の階級的支配構造を見誤る危険が付きまとう。ナイチャーにも〈いい人〉も居れば〈悪い人〉も居る。同様に沖縄人にも〈いい人〉も居れば〈悪い人〉も居る。目取真俊がそれを知らないはずはない。しかし、目取真俊は、敢えて、大和人対沖縄人という図式を、この映画でも臆することなく提示する。それは、大和と沖縄の関係は現在もなお変わってなどいないと彼がみなしているからである。そのことの意味をいま一度すべての大和人及び沖縄人に突き出すことなしに、本当の連帯なんてありえないと考えているからであろう。

撃ち落とされた特攻兵の死体を命がけで運びだし、手厚く風葬してやる村人。それに対し、本土に嫁いだ沖縄の女性を食い物にし、逃げ帰ってもなお執拗に付きまとう大和人の男。

言われているように沖縄戦は日本本土にとっては天皇制を護持するための捨て石作戦であった。戦後もまた、巨大な軍事基地を沖縄に押し付けて、日米安保体制の下で経済的繁栄を謳歌している。日本国民の多くは、今日もなお、巨大な軍事基地の下で沖縄がどのような基地被害を受けているかについて、ほとんど知らない。ダニみたいなヤマトゥンチューによる沖縄の女性への、美しい砂浜での凌辱シーンは、大和と沖縄の今日もなお続く関係のあり様を象徴的に描いている。そして、凌辱してもなお骨までしゃぶりつくそうと考えるヤマトゥンチューの男を遂に和江が殺害するシーンを挿入することで、いつまでも泣き寝入りなどしないぞという強烈な反撃のメッセージを、私たちに叩きつけているのである。寡黙で純朴な清吉が、和江に全面加担し、この殺人事件の抹消を粛々と行っている姿も象徴的である。それは私たちに、米軍に対して自爆攻撃を繰り返すイスラム教徒に、イラクの民衆が熱い共感を寄せるイラクの現状をも想起させるのである。

この他にも、幾つかの暗示的なシーンが散りばめられている。

戦死した恋人の最後の地を捜して村を訪れた老婦人に対し、「よそ者が来てから、風音が聞こえなくなった。悪いことが起こるのでは」と、白眼視する村人の風景は、村落共同体の残酷な一面を提示しているわけで、それは「癒しの島沖縄」という仕立てられた既成概念を破砕するものである。また、沖縄で戦死した恋人のために度々沖縄に訪れる老婦人に対し、息子夫婦が「そんなにお金があるなら、もうすこし家に回して欲しいわ」とやっかむ場面も、戦争の傷がもはや身内の者にすら理解されず、戦争体験が風化して行く現実を暗示するものである。

（二〇〇四年三月・天荒十九号）

芥川賞小説の読まれ方

第一三〇回下半期の芥川賞に金原ひとみの『蛇にピアス』と綿矢りさの『蹴りたい背中』の二作が同時受賞した。二人とも二〇歳と十九歳の若い作家である。文壇とマスコミは、久々の若い書き手の登場に沸いている。一方が不登校歴を持つ学校嫌いで、他方が優等生タイプという対照的な経歴も二人の話題性に拍車をかけている。

私の感想を言えば、『蹴りたい背中』については、優れた文章力を別にすれば、この作品はいわゆる学園青春小説であって、作者が十九歳という以外には、題材もテーマも特に目新しいものがあるわけではない、というものである。クラスメートに溶け込めず、ねじれた自意識からくる違和感を抱えたまま高校生活を斜に構えて生きる女子高生の心理が、細部にわたって実に細かく描かれていて、おおむね共感できる。ただ、もう少し素直な視点さえ持てば人間関係はまた別の展開を見せるのにという思いは残る。

実際、作品の中に一カ所だけ、主人公の「私」が素直になるところがある。

『あんたの家でちょっと休ませてほしいんだけど、いい？』
言ってから、高校に入ってからずっとできなかった〝人に気楽に声をかける〟ということが、にな川相手だとできたことに気づいた。
『ああ、別にいいよ。』
にな川も気軽に返事して、……彼の家へと向かう。」

このように、「私」が素直にふるまえば人間関係も新しい展開を見せるのである。「私」は他人を観察したり他人の心理を読むことに関しては舌を巻くほど実に鋭い。しかし、それを自己省察に向けない。向けない分、人間関係が息苦しくいじいじするのである。

ところで、選者十人の選評を読んでみると、改めて、小説の読まれ方ということについて考えさせられてしまう。選評を見た限りでは選考基準も各自ばらばらで、テーマを重視する人、構成や文章力に目が行く人、文学とは何かという本質的な視点をおいて読む人、さらに作品の全体的な出来栄えを重視する人、逆に細部の表現にこだわる人など実に様々なようである。だからまったく違った評価がなされているのもある。

三浦哲郎は、「幼さばかりが目につく作品であった」と言い、高樹のぶ子は、「作者の目が高校生活という狭い範囲を捉えながらも決して幼くはない」と正反対の評価をしている。古井由吉が、

「戦慄を読後に伝える」と言い、『しろうるり』（＝正体の知れない者の意）という物があるそうで、もしもそれに背中というものがあるものなら、たしかに、うしろへ回って、蹴りたくなるだろう」と述べているが、首を傾げたくなる評である。河野多恵子が、「〈蹴りたい背中〉とは、いとおしさと苛立たしさにかられて蹴りたくなる彼の背中のこと」と、的確に言い当てていることに納得した。

　さて、今回の話題作はなんと言ってももう一つの受賞作『蛇にピアス』であるように思える。何しろ、冒頭からスピリットタンという舌を二つに裂く身体改造の話から始まる。

　石原慎太郎は、「ピアスが象徴する現代の若者のフェティシズムが主題となっているが、私には現代の若者のピアスや入れ墨といった肉体に付着する装飾への執着の意味合いが本質的に理解できない。」とし、「私にはただ浅薄な表現衝動としか感じない」と述べて、この作品への理解不可能を正直に告白している。要するにこの作品が理解できずに、「眉をひそめている」のである。かつて『太陽の季節』で芥川賞を受賞したこの作家は、当時、世間の「良識あると自認する人々が眉をひそめる」ような行動を繰り広げる太陽族と称される無軌道な若者たちの生態を描いてみせたことで有名になったのだが、そのことなどすっかり忘れてしまったかのようである。

　山田詠美は、「良識あると自認する人々（物書きの天敵ですな）の眉をひそめるアイテムに満ちたエピソードの裏側に、世にも古風でピュアな物語が見えてくる。」と評価し、この作品が「世にも古風でピュアな物語」なのだということを見事に見抜いている。その点、「道具立ては派手だが、これもまた一種の純愛なのだろう」としている池澤夏樹とも共通していると言える。ただ作品の後半については、「ラストが甘いように思うけど。」と言い、高樹のぶ子も「(後半の殺人事件は) 作者の手にあまり小さな破綻となった」と、共に否定的評価を下している。だが、ここは、「結末も見事なものだ。読者はここで、主人公と殺されたアマとの繋がりの深さを陰画のかたちで今更ながら訴えられる。」と絶賛する河野多恵子の読みの方が適切だと思える。

驚くべきなのは、古井由吉が『蹴りたい背中』にだけ選評の全文を費やし、賛同はしていながらこの作品について全く触れてないことである。今回だけではない。目取真俊が『水滴』で受賞したときもそうであった。候補作六篇の中の一つに過ぎない藤沢周の『サイゴン・ピックアップ』だけに批評の全文を費やし、受賞作の『水滴』については最後まで一行も言及せずに選評としていたのである。これは選者として不遜だというべきだろう。

『蛇にピアス』という作品を、「哀しみ」として読み取ったのは宮本輝と黒井千次である。そして、その読みこそが、この作品のテーマの核をもっともよく把握していると、私には感じられたのである。

宮本輝は「読後に残る何かがいったい何なのかにも気づいた。それは『哀しみ』であった。作中の若者の世界が哀しいのではない。作品全体がある哀しみを抽象化している」と述べ、黒井千次は言う。「殺しを含む粗暴な出来事の間から静かな哀しみの調べが漂い出す。その音色は身体改造にかける夢の傷ましさを浮かび上がらせるかのようだ。」

この若い二人の作家は、自分の書きたいテーマを確かに持っている。そして、そのテーマこそ「哀しみ」であり、二人は、「ジコチュウ」と称される現代の若者世代と時代の哀しみを、否応無く背負ってしまっているようなのである。

（二〇〇四年二月・天荒十九号）

俳人にとっての新年

「日本の二〇〇四年は、とりわけ重苦しい気分の中で明けた。間もなく政府はイラクへ自衛隊を送る。人道支援が主眼だとはいえ、初めて戦火のやまぬ国へ、危険を覚悟の派遣である。折しも小泉首相は自衛隊を名実ともに軍隊にしたいと言い、自民党は改憲案づくりを始めた。」

◆流星雨見よと窓開け夜学の師　(金子兜太選)
◇賀状書く水戸黄門も観ずに書く　(金子兜太選)
◆金泥の一字を足して賀状とす　(長谷川櫂選)
◇深空へと羽子に思ひを託しけり　(長谷川櫂選)
◆掃くも禅掃かぬも禅や散紅葉　(川崎展宏選)
◇水きりの石よくはづむ冬の水　(川崎展宏選)
◆娘と同居白菜漬を任されし　(稲畑汀子選)

◇冬日和風も日ざしも潔し　　　　（稲畑汀子選）

冒頭の引用文は、今年の朝日新聞の一月一日の「社説」であり、その次の掲句は、同じく朝日新聞の一月五日と一月十二日付の「朝日俳壇」の四人の選者が選んだ入選句十句の中のそれぞれ第一席の句を抄出したものである。

両者を並べてみたのは、同じ時代にありながら「社説」と掲句の内容があまりにも違いすぎることを一目瞭然の形で示したかったからである。

「社説」は「日本の二〇〇四年は、とりわけ重苦しい気分の中で明けた」と正当に論じているのに対し、俳句は、この「重苦しい気分」と関係なく、まったく別の花鳥風月と身辺人事を詠み、選者はそれを選んでいる。まるで、同じ日本の同じ時代には住んでいないかのようである。もっとも、投句のすべてがそのような内容であれば、選者としてはその中の佳句を選ばないといけないわけだから、これは必ずしも選者の責任ではない、とも考えられるが、選評を読むと必ずしもそうとも言えない。

「テレビの『水戸黄門』と直ぐ受け取れるから、作者の歳も分かるというもの。分かるとともに無性に愉快になる。」（金子兜太）

「何という一字だろうか。賀状に一字だけ金泥でしたためた。これだけで晴れやかなお正月気分が出るから、金という色は不思議な色である。」（長谷川櫂）

選者は掲句を読んで、「無性に愉快になる」「晴れやかなお正月気分が出る」という心境になったことを主たる要因として、これらの句を第一席に選んでいるのである。句の内容が時代を反映していないというだけで言うのではない。俳句作品として見ても、第一席に選出されるほどの秀句とはとても思えない。とりわけ、金子兜太選の「賀状書く——」の句は、ほとんど、川柳的なおかしみを狙っただけの句としか思えないのである。

総合俳誌『俳壇』一月号の「俳句時評」、「新聞俳壇の〈現在〉」で齋藤愼爾は、宮脇白夜の次の一文を紹介し、「選句は才能より気力だ。気力が失くなったら引退すべし。」と苦言を呈している。

「如何せん冷房入れずにはをれず
けふもまた暑くなりさう明け烏
朝顔や油断大敵ぎくり腰
猛夏中平気へいきと天邪鬼

これらの句が〈現代俳句〉だと言うのだろうか。余りにも稚拙なのに愕然とするが、実にこれらは平成十三年八月二十七日（月曜日）の、『朝日新聞』朝刊『朝日俳壇』入選作品で、選者はそれぞれ稲畑汀子、金子兜太、川崎展宏、長谷川櫂である。いかに大言壮語しようと、このような句を入選させる選者を、私は全く信用することができない。」

確かにひどい。発想が幼稚で陳腐。詩語としても昇華されてないから詩情もないし、俗に言う川柳にさえなっていない。スローガン俳句、落語俳句というところだろう。近ごろ、食品業界や衣料業界等々で、ブランド商品と称してまがい物を売り付ける事件が相次いでいるようであるが、俳句界でも大家の句や大家の選と言えども鵜呑みにせず、心して当たれということであろう。

『俳壇』一月号は、「新春座談会」として、「いま新年の季語をどう詠むか」と題して、雨宮きぬよ、ながさく清江、檜紀代の三人の座談会を特集している。

二十四頁に及ぶ長い座談会になっているが、ついに一語も先の論説で述べている「重苦しい」情勢については触れることがない。

めでたいばかりがお正月ではない(檜)と述べ、芥川龍之介の〈元日や手を洗ひをる夕ごころ〉という句を挙げて、「元日は華やかではないんです。…一種の虚脱感というんですか、そういうものが感じられて私は好き」(雨宮)と言い、「表面の華やぎというものの裏にある何かがとても感じられて好きな句」(ながさく)と述べており、「お正月というと、命の再生とか、喜びとか、新しさというのが出るのが普通ですね。でも、現実には病気をなさっている方もいっぱいいる。俳句というのは生活をうたっていかなければいけないわけです」(雨宮)と言っているわけであるから、正月といえども、時代の「重苦しい気分」を感受したのであれば、それが詠われていいはずなのである。しかし、一言もそれが話題にのぼらないということは、俳句というものを依然として花鳥諷詠に限定する伝統的俳句観に呪縛されているからであり、何よりも、時代への危機感がこれら俳人においてすっぽり抜け落ちているからであろうと思うしかないのである。

（二〇〇四年一月・天荒十八号）

児童拉致事件と監視社会

児童生徒を狙った未成年者略取事件が頻発する一方、少年たちによるホームレス暴行事件が後を絶たない。さすがに沖縄ではまだ事件としては耳にしないが、浮浪者や身体障害者への嫌がらせはいくつも発生している。本土ではホームレスの人を少年らが川に投げ捨てたり、数人で殴り殺すなど殺人事件まで引き起こしている。

三省堂の発行する『高校国語教育』という冊子に、錦城学園高校の酒井眞也教諭が「小論文に隠された心の荒廃をどうするか」という論考を発表している。少年によるホームレス暴行事件が後を絶たない中で、同問題についての小論文を課したところ、次のような文を書いてきた生徒がいたという。

「公園や歩道については、彼らの行動を区民全員で監視することが必要になる。これは簡単なことであり、今月実施された生活環境条例と同様効果を上げ、ホームレスを一掃できるだろう。」

この文を貫いているのは、「ホームレスは監視の必要な悪者で、街から一掃すべき」という考えであり、弱者への同情やいたわりの気持ちなど微塵もみられない。慄然とさせられるような発想であり心の荒廃である。同教諭によると、日ごろは素直で心優しい生徒なのだという。少年の文に現れたホームレス蔑視の発想と心の荒廃はこの少年だけの特異の発想とは思えない。ホームレスは排斥してよいとする社会風潮の反映であり、それが心優しい少年にまで浸透していると思えるのだ。

これと関連して、最近気になることがある。児童連れ去り未遂事件が頻発する中で、連日各地域で広報車から「不審者をみかけたら通報しよう」という呼びかけがなされている。街の通りや公園にも立て看板が目立つ。「締め出そう、不審者は街の敵」と書いたすごい看板もある。不審者とは疑わしい人というだけのこと。他人から見て疑わしいというだけで「街の敵」にされ、締め出されたのではたまったもんじゃない。県教育庁は各学校に「未成年者略取事件の未然防止について」という通知を出していて、九つの項目の中の一つに、「不審者や変質者に遭遇したり、見かけたりした場合は、その人の特徴をよく把握し警察や学校に連絡すること。」とある。

「不審者」とはどのような人のことをいうのであろうか。風体のよくない「浮浪者」やホームレスの人がそれと見なされるのは容易に想像し得ることである。勤務形態が不規則な人や深夜に帰宅する人、障害者等も入るかも知れない。

児童生徒を守るために安全対策を立てるのはよい。しかし、それが、見境なしに「不審者」を仕立て上げ、関係ない人をいたずらに「通報」することがあってはならない。他人を警戒し通報する監視社会は不気味である。被害者であるにも関わらず、近隣住民の「不審者」通報で犯人として疑われて逮捕され、人生を目茶目茶にされた松本サリン事件の河野義行さんのことはまだ記憶に新しい。

十一月十一日付けのコラム「唐獅子」（沖縄タイムス朝刊）で、ウオーキング中、不審者に間違われてやっかいだということを書いたら、その文を読んだと言う方が「自分も被害にあった」と同調してくれたのである。高名な教育者としても知られているその方は、朝夕の散歩の時、子どもたちに声をかけるように心掛けているというのだが、最近は挨拶を返してくれる子はまれで、警戒して駆け出してしまう子もいると嘆いておられるのである。無定見な不審者あおりは、一方でこうした弊害や被害を生み出すだけではない。ホームレスのような社会的弱者を容赦なく排斥する社会的土壌を形成することになる。この土壌は、自国の文化や制度と違う国を異端視し、ナショナリズムとないまぜになった反共意識や北朝鮮排斥の感情とも容易につながっていくと思えるのである。

「楽しい一日は朝のあいさつから」などと一時はやった「オアシス」運動はどうなったのであろうか。教育界では「心の教育」ということが強調され、文部科学省は全国すべての小中学校に「心のノート」という修身教科書まがいの本を莫大な予算を使って配布しているほどである。沖縄は「守礼の邦」、「イチャリバチョーデー」、「肝《チム》グリサの文化」などと、他人の不幸を共に痛み、困った人を助け、誰にでも親切にすることを誇ってきたはずではなかったのか。

公的機関の広報車や通知による無定見な「不審者通報」の呼びかけは、沖縄の古き良き面を侵食し、子どもたちから困った人を思いやる心の優しさを奪いかねないし、ひいては現在の自分の安全だけを指向し、他の不幸や貧しさを顧みない自己中心的な考えを産み出す土壌を醸成しかねない。

多発するホームレス暴行事件の背景にはこうした異端や弱者を排除するだけの社会的荒廃の風潮があるように思えてならない。また、他人を外見で判断し監視する市民ファシズムの横行を許す監視社会を容易に育成することになるのではないか。各地に次々設置される監視カメラ。児童連れ去り事件の多発を契機に全国・全県各地で次々と結成される「子どもを守る地域連絡会議」等とそれによる巡回活動。これが国の公権力とつながった時、有事の際の地域総動員体制へと転化するのは容易であろう。あまりにタイミングのよい時期に、急に同種の事件が頻発しているのをみると、「急に多発するなんてやらせではないか」と、事件への疑念さえ湧いてくる。

盗聴法や有事法が成立し、住基ネットが八月から本格稼働し、自衛隊が紛争地イラクへの派遣の機を窺っている。自民党は憲法九条の改定すら公言している。教育関係では戦後教育の憲法とされてきた教育基本法の改定が中教審から答申されている。学校管理規則が改定され、職員会議が形骸化し個人の自由な意見が排除され、学校長即ち教育行政の権限が大幅に付与された。先頃、教育行政を批判しただけで個人調査を受け、始末書の提出を求められ、処分の圧力を掛けられるという言論封殺事件が起こっている。こうした一連の動きを「戦前への回帰」「戦争への道」と不安を抱くのは私だけではあるまい。個人の思想信条を自由に述べることすらままならない暗黒の時代を、またこの国は迎えるのであろうか。

（二〇〇三年十一月・天荒十八号）

山城芽絵画展「大気圏」を観て
――ひしめき合う色彩

漆黒の闇をバックに、不吉なまでに美しく浮かぶ様々な意匠を帯びた惑星。「大気圏」のタイトルがついている。

イタリア帰りの新進画家山城芽（「天荒」出版物の装幀者）が、郷土沖縄（北谷町）で初の個展を開いている。場所は、北谷町の「レストランカフェ　宇宙《tinn》」。雑紙をちぎって惑星を象って張り付けた二十一枚の小品群が壁に掛けられている。同店は「天体観測のできるお店」とあり、店内には、大型スクリーンに月や惑星を映し出し、魅惑的空間を演出していて、店内の空間自体が一種の宇宙的雰囲気を醸し出していて、山城芽の不思議な作品群がよく店の雰囲気とマッチする形になっている。

十二月の沖縄タイムス紙「美術月評」（一月十日付）で安座間安司氏が、同個展をかなりのスペースをさいて取り上げている。

「（『山城芽展・大気圏』は）文字通り地球と宇宙の境界を暗示させる展開となった。（中略）興味深いのは大気圏のもつ性格にある。境界はみえないが、そこは内と外を隔てるエネルギーに満ちた両義的な場だ。私たちは、すでにボーダーレスや良心的なチャンプルー感覚（文脈）だけでは対応できない複雑な時代に生きている。世界は、それこそミクロ的マクロ的エネルギーの渦巻く場である。それは私たちの住む沖縄が置かれている苛酷な地政学的境界性そのものといえる。今、求められているのは、むしろ境界で何が起こっているのか目を凝らして見つめる作業（姿勢）ではないか？」

安座間氏が、山城芽の「大気圏」に、「沖縄が置かれている苛酷な地政学的境界性」を読み取ったのはさすがである。しかし、山城芽の開かれた動的絵画像に十分迫ってないように思える。山城芽の画像は、一つの枠付けを嫌い、地球を超え、大気圏を突き抜け、宇宙的広がりを見せている。

闇の大気圏をバックに浮かぶ鮮やかな色彩に彩られて渦巻く地球は、同時に、複雑に葛藤し爆発し渦巻く頭脳であり、作者の内面をも象徴しているのである。一見、地球の形を象ったコラージュの色彩は、宇宙の眼から、一つの地球惑星を鳥瞰的に捉えた構図であるかに見えるが、単純ではない。宇宙の彼方から地球を眺めたとき、地球は色鮮やかな色彩に包まれてはいないであろうし、モザイクの模様がくっきりと浮かびあがって見えるはずもない。しかし、それを見ている。

中には、音符を刻んだ譜面が描きこまれた作品もある。また、地球はまあーるい球形として固定的に描かれているのではない。左右にひきちぎられたように球形がひしゃげたものがあり、下方にコブ状の垂れを形成している作品もある。まるでぶつかり合う混沌が支え切れずコブを形成したとでもいうように。土気色、赤、ピンク、青、黄色、紫、緑、黒など、様々な色彩が一つのひしめく渦を象って絶えず流動している。

手法としては、コラージュの手法が施されているが、真っ先に私たちの目を引き付けるのは、「ひしめき合う色彩」とでも呼ぶしかない、小さな惑星の中で展開されるその豊かな色彩模様である。凝視していると、球体が渦となって動きだしていく感覚さえ覚えるそのあざやかな色彩に彩られた形と渦は何であろうか。

それこそ、作者山城芽の眼が捉えた地球と時代の混沌たる世界であり、同時に、混沌の中で葛藤し実存する作者の内面世界の発露であるにほかならない。

人間は、系統発生における個体発生を生きているという。すなわち、地球が誕生し一塊の蛋白質から人類が隆盛するに至った何億年という人類史誕生の歴史を、人間はまた、卵子と精子が融合し、一個の受精卵が成体として成長する個人のドラマの中に踏襲する形で成長を遂げるということである。

山城芽の「大気圏」は、地球風惑星の混沌世界の視野に自己の内面の実存的世界を重ねるという重層的な画面を描き出している。

作者の混沌とした内面に渦巻くエネルギーは魔球となって溜め込まれ、大気圏を突き抜け、宇宙の彼方に放出されるのを待っている。果たして、これから、どのような魔球が吐き出されるか、楽しみである。

（二〇〇三年一月・天荒十五号）

拉致事件と文化・知識人

九月十七日、日朝首脳会談の席で明らかにされた「拉致事件」の一連の事態は衝撃的であった。しかも、これらの衝撃的な拉致事実を金日成総書記自ら認め、欺瞞的な形ではあれ謝罪までしたのである。それ以降マスコミは朝鮮民主主義人民共和国（北朝鮮）による拉致事件関連のニュースを連日報じていて、嫌が上にも加害国である北朝鮮への悪感情が醸成されている。「怖い国、北朝鮮」という形で。二十数年に渡って、拉致疑惑の捜査を訴え続けてきた家族の衝撃はいかばかりであろうか。まして、肉親を拉致され、しかも死亡したと通告される家族の絶望と怒りは、察するにあまりある。北朝鮮への責任追及は当然すぎるほど当然である。真相究明と責任追及もあいまいなままに国交正常化を先走ろうとする日本政府に不信感を抱くのもまた、当然だというべきであろう。怒りは沸騰した。怒りと不信と責任追及は加害国の北朝鮮だけに向けられたのではない。これまで事件を放置してきた日本政府、外務省、捜査当局にも向けられていった。こうした世論を背景に小泉首相は、拉致事件を指して、「北朝鮮はけしからん国だ。日本人を誘拐し拉致し、殺している」と発言した（もっとも、北朝鮮側は死亡とは発表したが殺害とは認めてない、ということを周囲から指摘されて、『殺害されたと言う人もいる』というように発言を修正しているのだが）。けしからんどころではない。個人の意志を踏みにじって身体を暴力的に拘束して自由を奪い連れ去るなんて、まともな国のやることではない。

かつて、一八三〇年代から四〇年代にかけて、奴隷狩りが横行していた頃、平和で普通の生活を営んでいるアフリカの黒人らが、ヨーロッパ人の奴隷商人らによって、ある日突然犬のように網で捕獲され、奴隷として売り飛ばされていった。これと同じ無法極まりない野蛮な行為が、「法治国家日本」で、白昼何回も繰り広げられていたのである。被害国、日本の国民の怒りは当然である。

実際、こうした国家的犯罪の犠牲になった当事者の悲嘆、連日報道される生存者たちの故郷での再会シーンは、涙なしでは見られない。それと共に、この犯罪の実行責任者である金正日北朝鮮への許しがたい憎しみが募ろうというものである。世界最大のならず者国家、アメリカのブッシュ大統領から「悪の枢軸」、「ならず者国家」という呼び方をされても無理もないとさえ思える。

ところで、こうした状況にあって今回の拉致問題をどのように捉えるかということは、9・11事件がそうであったように、文化・知識人たちの思想の質を推し計る重要なメルクマールになると思われる。それは、北朝鮮の拉致行為という国家犯罪をまず、明確に弾劾できるか、ということに関わる。

今、日本人は北朝鮮にたいして皆怒っている。北朝鮮を擁護するような発言でもしようものなら、世論の袋たたきに会うのは必定である。これまで、拉致はあり得ないと北朝鮮を擁護してきた社民党や共産党の一部、朝鮮総連などの言い分を最後的に断ち切った。こうした反北朝鮮の世論に拍車をかけることへの危惧が働いてのことなのか、いわゆる進歩的知識人・文化人らの発言に元気がない。発言をするにも、歯切れが悪い。拉致し死亡させた責任をどうとるのか、拉致という国家的犯罪を引き起こす「社会主義」国家とはいったいどういう国家なのか、といったスターリン主義国家体制の根本的問題点についてはいては言及をせず、拉致問題はあるが、とりあえず、東アジアの平和のためには国交正常化を進めるべきであるというようにまとめ、拉致犯罪への明快な批判がないのである。北朝鮮の拉致犯罪を弾劾しつつ、反北朝鮮で高揚する世論にどう立ち向かいうるかが、知識人の思想の質を決定するのである。

県内紙に限って言えば、琉球新報が『日朝交渉と沖縄』という特集を組み、沖縄タイムスが『対話再開と沖縄』の特集や文化欄で識者らの意見を紹介している。

「いわれもなく国家的犯罪に巻き込まれた当事者たちの怒りや悲しみは言語に絶するものがあるだろう。（略）だがわたしたちは同時に、たとえば従軍慰安婦強制連行のような国家的犯罪の犠牲者にも想いを馳せなければならない。そして、こうした国家的犯罪を生んだ国家間の異常な敵対関係を克服し、不幸な過去を清算しなければならない」（新崎盛暉・沖縄大学学長　9／23琉球新報）

「広大な軍事基地を有する沖縄に住む者としては、遺族や関係者の傷心に十分に寄り添いたい気持ちを抱きつつも、やはり東アジアの政治的・軍事的緊張の緩和に繋がる千載一遇のこの機会を失ってほしくないというのが正直なところである。」（岡本恵徳・沖縄大学教授　9／29沖縄タイムス）

「拉致問題は解決されなければならないのはいうまでもない。しかし、国交締結問題は後世の歴史に大きな影響を及ぼす案件であり、そしてそれだけに肝心なのは、一時的な感情に動かされず、大局を見定めて国交締結問題を判断することである。」（金成浩・琉球大学助教授　10／15タイムス）

こうした冷静でリベラルな意見の中にあって、ひときわ目を引いたのは、次の意見である。

「赦すとは、まさに赦せないことをこそ赦すことである。赦せる程度の小さな罪を赦しても、それは真の赦しに値しようか。だから、それを『赦せない』と思う自己の基本的な正義の感覚を保持しつつ、この感覚を乗り越える自己否定を経由しなくては赦すことはできない。（略）拉致された人の死は遺憾だが、安全保障など他の利害を考慮して国交正常化を図るのではない。拉致は赦せない、まさに『それゆえに』国交正常化を図るべきなのだ。拉致の痛ましさの認識と正常化交渉への意欲を結ぶ接続詞は、逆説の『しかし』ではなく、順接の『それゆえ』でなくてはならない。」（大沢真幸・京大助教授　10／1沖縄タイムス）

一方、北朝鮮嫌いの人たちの怒りに満ちた発言が新聞・雑誌の紙面を賑わしているようである。

しかし、この北朝鮮への怒りはどのような性質の怒りなのであろうか。他国から同じ日本人がひどいことをされたということへの怒りであり、ナショナルな感情からくる義憤であるように思える。

だが、今、このナショナルな義憤が、一方では「北朝鮮を許すな」という方向に高揚し組織されていこうとし、他方で小泉首相らに代表される「それでも国交正常化を推進するべき」とする動きがある。私はどの動きにもひっかかりを感じてならない。

作家の辺見庸の次の発言に注目したい。

「私は『いま』、この国に広がりつつあるナショナルな『正義』と北朝鮮に対する一律の義憤に、何か危ういものを感じている。『いま』が帯びていなければならない過去が意識的ないし無意識に消去されているからである。」(サンデー毎日・10月13日号)

ここで、辺見氏が指摘する『いま』が帯びていなければならない過去」とは、いうまでもなく日本が行った朝鮮人連行という「一大拉致犯罪」のことであり、それを押し隠して、またぞろ台頭しつつある「正義」をふりかざした朝鮮人への嫌がらせである。先の岡本氏の論考によると、日朝首脳会談後の二日間で、在日朝鮮人や朝鮮学校生に対する脅迫、暴行、嫌がらせが一七〇件を超えているという。おそらくこれらは個々の市民レベルの嫌がらせに違いないということである。ここで不思議なことは、こうした嫌がらせが相次ぐ中で、当然ありそうな民族派右翼団体らの組織だった動きがまったく見られないことである。これは、これら団体の大元が、国交正常化を願う政治家によって陰で抑えられていることを予測させるものである。小泉首相が推進する日朝国交正常化もまた、手放しで喜べないうさん臭さが付きまとう。日本支配層は国交正常化の中にどのような利害を見い出しているのだろうか。

先の辺見氏は言う。「国家とは、おそらく『スターリン主義者の国』にかぎらず、拉致、連行、監禁、謀略のたぐいを隠された本質とする装置なのである。」(同上)

実際、9・11テロ事件以後、アメリカ国内で捜査当局に拉致、連行、逮捕されたアフガン系住民は一二〇〇名余に上るという。世界的規模の事件、事故の陰で暗躍する米CIAが国際的謀略機関の典型だとすれば、日本もまた、そのような謀略機関を備えた世界有数な国家の一つであることに変わりはない。

(二〇〇二年十月・天荒十五号)

的外しの俳句

五月二十二日の朝の出勤の途次、車のラジオでＮＨＫの番組を聞いていると、男女のアナウンサーの会話が流れて来た。

男性アナ「次は、ケイタイのお陰で命拾いをしたというイスラエルからの話題です。去る五月、イスラエルで発生した、犯人を含む数人が死傷した自爆テロ事件において、イスラエルの××さんは、左のポケットに入れてあった携帯電話のお陰で無事助かったということです。犯人は爆弾の殺傷力を高めるために爆弾の中に釘を装丁していたということですが、××さんの場合は、その釘が左胸にささったにもかかわらず、持っていた携帯電話が盾の役割をして、命拾いをしたということです。医者の話だと、ケイタイがなければ恐らく助からなかったということなので、まさに、ケイタイのお陰で命拾いしたというわけです。」

女性アナ「人間、何が幸いするか分からないということのよい見本だと言えますね。」

さて、朝の出勤時間にあてて海外の面白い話題として流していると思われるこのニュースを、

「おもしろい話題」として素直に聞くわけにはいかなかった。

まず、アナウンサーの軽薄なセンスというのを感じないわけにはいかない。もちろん、台本があって、それに沿ってしゃべっているにすぎないのであろうが、しかし、話す口調の軽やかさと女性アナの的外れな相槌のことが気になる。

街を歩いていたら、石につまずいて釘の突き出た場所に転んでしまったが、たまたまポケットに持っていたケイタイのお陰で助かったとか、ケイタイ嫌いの人が山で遭難して、たまたまその日持たされたケイタイのお陰で連絡を取り、無事救出されたとかいうようなものではない。それに、そういう場合であっても、「人間何が幸いするか分からない」というような言い方は当たらない。「何が」という言い方は、「ケイタイというのは持つのは悪いことなのだが、逆に、持っていたために幸いした」というように否定的な時にそう言えるのであって、ケイタイはそういうものとしては扱われてないはずである。

さて、しかし、この話題の取り上げ方の問題性は、その先にある。

この「話題」には、まず、少なくとも、犯人を含む数人の死者とケガ人を発生させているという重い事実がある。それに、イスラエルとパレスチナの間の今日的ありようを照らし出す象徴的な惨劇として事件はある。イスラエルのミサイル攻撃を含む圧倒的軍事力に対し、追い詰められほとんど素手同然で自爆テロ攻撃を繰り返すしかないパレスチナ人の「民族の誇り」を賭けた命懸けの戦いがある。五十年余も難民生活を強いられ、夥しい数の虐殺と奴隷的支配を強いられた者たちの屈辱と悲惨な歴史の現実がある。武装ヘリと戦車によるミサイル攻撃に対抗するのに、なんと釘を混ぜて殺傷力を高めることしかできないとは。先のイスラエルの市民は、ケイタイで命拾いしたのではない。自らの命を投げ捨て、自爆攻撃に討って出ても、ケイタイで跳ね返される程度の殺傷力の武器しかないパレスチナ人の、貧しさのために、助かったのだ。

ＮＨＫの「話題」は、何のためにこの事件が起こったかという事件の本質への問いと悲惨な背景と重い事実については、「とりあえず置いといて」というところで成り立つ、本質を隠蔽する「的外し」である。

さて、私たちの周囲にもこれと似たような「的外し」はないか。

地域振興のために軍事基地を誘致するという話がある。では軍事基地は何のためにあるか。地域振興のためではない。軍事力を背景に支配し、時には米国がアフガンをそうしたように、相手をたたきつぶすために作る必要があるのであり、それによって、権益を得るのがいるからにほかならない。講和条約五十年復帰三十年、基地経済の恩恵ということが言われ、基地内大学への入学、基地内米人との積極的交流による異文化の吸収ということまで言われる。辺野古地域へのヘリ基地移転に対し、海が汚れる、ジュゴンが棲めなくなる、騒音がひどくなるという意見がある。いずれも何のためにヘリ基地を建設するかという本質的問いをぼかした意見のように思えてならない。

さて、わが俳句界で、これと似た「的外し」はないか。美しい自然は破壊され汚染され、自然らしい自然はどこを探してもなくなりつつあり、四季感すら消滅し日々変貌する現実。戦争とテロ、不況と人心の荒廃の中でいかに生きるかで人々が呻吟している時に、依然として、花鳥風月以外には頓着しないというのであれば、もはや、俳句は「的外しの文芸」と呼ばれても仕方のない話であろう。

「俳壇」（本阿弥書店）5月号が「時事は俳句で詠むべきか？」と題して俳人五十人にアンケートを行っている。9・11以降の世界の変貌を踏まえての特集企画であろう。

質問項目は次の三つの選択肢からなっていて、回答者のコメントも求めている。

a　時事は俳句に詠むべきでない

b　時事も俳句の可能性として積極的に詠むべきである

c　その他

集計の結果は、aが4人、bが23人、cが22人となっていて、意外な感を受けた。特に、花鳥諷詠を俳句だとする伝統派が俳句界の主流を形成しているかに見える現状にあっては、aが4人という数字には首を傾げたくなるところであるが、しかし、「俳句は日本の美意識を高揚するものであって、いたずらに社会的事象を詠むべきものではない」（中島双風）という伝統俳句の考えを否定してbやcを選択したものではないようである。むしろ、俳句では詠んではならない対象はないという意味でa以外にしたが「9・11テロなぞ詠む気はないし、詠まない」（高山れおな）「挑戦する人はいてもいい」（中山世一）という考えの人もいて、実作においては伝統派というのもかなりいる。「生きて在る人間を詠むのが詩人のつとめである限り、人間の営みから生じる社会的な事象を詠むのは当然のこと」（遠山陽子）と、積極的にbを押した人も必ずしも多くはないようである。五十人の中で、出色の回答だと思えるのが西川徹郎氏の意見である。

「俳句を言語表現の一形式と考えるならば、書くか書かぬかは、作者の内的必然によっている。時事であれ、何であれ、書く必然を喪失した作品が、余りに多く作られている…。」

何が物の本質か、何が事の本質か、おのれの中に内的必然としての詠むべきテーマがないゆえに、変貌する内外にも無関心を決め込み、本質をぼかし、俳句の領域を花鳥諷詠に限定する風潮がいつまでも払拭されないと思えるのだ。

（二〇〇二年五月・天荒十三号）

戦争を止める言葉はあるか
9・11事件の受け止めをめぐって

みどりの山河を見れば憂鬱症になる男
網膜のうちに植物の色素を断滅し
珊瑚礁の色で空間をぬりこめてみる
（「ザリ蟹と言われる男の詩編」清田政信）

一月七日付の「朝日新聞」朝刊に、詩人の長田弘氏と音楽家の坂本竜一氏の対談「暴力の前に言葉・音楽は無力か」が掲載されている。

言うまでもなく、この対談は、昨年九月十一日の「米中枢同時多発テロ」によって、「言葉や音楽それ自体の存在意識」そのものを問わざるをえないほどの衝撃を受けた両者の、深い自己省察に根差した対話である。

私は、「文学雑感」（三十八回）において、「（この事件の）第一報をどのように受け止めたかということは、……文化・知識人としての感性や想像力の質を見極めていくうえで極めて大事なメルクマールになる」と述べておいたのであるが、両者がここで提起していることは、むしろ、かく発言した私自身の姿勢を問うほどに、根源的である。

ここで、二人はおよそ三つのことについて触れている。一つは、九月十一日、事件の第一報をどのように受け止めたかということについてである。

坂本氏は、世界貿易センタービルの近くのニューヨークの自宅で、この事件に遭遇したという。「間近にモクモクと巨大な黒い煙が見えて、居ても立ってもいられなくなって、カメラをひっつかんで大きな道に走りました。ひざがガクガク震えるような恐怖を感じながら、必死になって何が起こっているのかを考えようとしたがわからない。」「あの日はとても晴れていて、なかなかいい空だったんです。今でも、ものすごく生々しく記憶に残っていて、あれ以来青空が怖くなった。青空をみると恐怖を覚える。たぶんこの恐怖は一生消えない。」

長田氏は次のように言う。

「東京の自宅でテレビを見ていて、まさにその瞬間を同時に見ました。けれども、その一瞬後から、もうテレビはその一瞬のリプレー（繰り返し）の連続になった。現場にはリプレーはない。そこが決定的に違う。」

二人の発言の中で、特に注目すべきなのは、坂本氏の生々しい体験を述べている箇所である。

沖縄の詩人、清田政信の詩のフレーズに、「みどりの山河を見れば憂鬱症になる男」というのがある。なぜ、男は「みどりの山河を見れば憂鬱症になる」のか。今は緑に覆われた「緑の山河」の向こうに戦争の惨劇を見ているからにほかならない。去る沖縄戦の、決して消えることのない惨劇をトラウマとして記憶に焼き付けた作者にとって、たとえ戦後何年の歳月が経過し、時代の表層が華やかなベールで覆われていようとも、山河で繰り広げられた地獄の記憶が消え去ることはない。体験の内容は違うが、坂本氏もまた、9・11のその日、生涯消えることのない、トラウマを背負ったのである。

二つ目は、メディアの質とそれを受ける視聴者の姿勢ということについてである。

坂本氏は言う。「今回、あらゆるメディアの質がいろいろな面で問われていると思います。事件の翌日から、どういう背景があるんだろう、今後世界はどうなっていくんだろうと、頭の中で一生懸命、自分の生き死にの問題として知ろうとするわけですが、テレビや新聞からはそういう重要な情報があまり得られない。こういうことがあると、我々がいかに真実というものにアクセスするのが難しいかを感じてがく然としました」

ここで私が感銘を受けるのは、坂本氏が、9・11の事件について、「どういう背景があるんだろう」「今後世界はどうなっていくんだろう」と、「自分の生き死にの問題として」捉えようとしているということである。

三つ目は、こうした、坂本氏の、事件に対する向き合い方と関係していて、そして、これが一番重要だと思うのだが、氏が、次のように発言していることである。

「9月11日以降、僕は怖くて怖くて一音も出せなかった。その後も僕にとっての音楽の意味を考え続けて、音楽とは、癒したり主張したり忘れさせるのではなく、その音楽が存在することの大切さをどんな時にも思い出させてくれるものではないかと。例えば、戦場で敵同士が撃ち合っている時、ふと聞こえてきた歌やメロディーに銃を下ろすという音楽がまだあり得るんじゃないかと」

私たちは例えば、そのような音楽の存在を『ビルマの竪琴』の中で知っている。第二次大戦のさなか、異郷のビルマで敵軍に包囲された日本軍が、最後の斬り込みに打って出ようとした瞬間、敵陣の中から「埴生の宿」の歌声が流れてくる。水島上等兵が思わず持っていた武器を投げ捨て竪琴をかき鳴らす。すると、敵陣の兵士もそれに合わせて合唱し、それに連れて味方の兵士も歌い出し、いつしか敵味方合わせての大合唱になる、というあの感動的場面である。この時、音楽はたしかに、戦争を止めたのである。鬼才坂本竜一は、今度の事件を機に、そのような音楽をこそめざすという。

さて、ひるがえって、我が文学界において、9・11事件を、このように、根源的深みにおいて捉え、文学の存立意義をも問いただす姿勢をみせたのは何人いたのであろうか。前回、岸本マチ子氏の盗作問題を取り上げた時も、その創作姿勢について触れたのであるが、こうした、坂本氏の、音楽に向かう姿勢の中に、領域は違え、芸術家としての厳しさを、自戒を込めて、感じるのである。

（二〇〇二年二月・天荒十三号）

問われる詩の世界（世間？）

岸本マチ子の盗作問題

小生も所属する現代俳句協会の協会賞を受賞した俳人であり、地球賞を受賞した詩人でもある岸本マチ子氏が、俳人の島田牙城氏及び詩人の石川為丸氏を、名誉棄損で告訴すると息巻いているとの情報が入ってきた。

前回の「文学雑感」で、いかにも中途半端に終えてしまった短歌と俳句の違いについて、歌人と俳人の時代への関わり方の違いということに焦点を絞って書きつなぐはずであったのだが、考えが変わった。今回は、岸本事件を取り上げることにしたい。

さて、件《くだん》の告訴のことなのだが、次のような文面で、岸本氏の代理人を名乗る弁護士から、両者それぞれに「通告書」が送りつけられてきたという。

「貴殿は、本人の盗作問題について、現代俳句時評に本人に関する具体的事実を適示したうえ、本人に個人攻撃を加えておられますが、貴殿の右行為は刑法第二三〇条の名誉棄損に該当するものでありますので、今後右行為のようなことがないよう警告いたします。(なお、今回は、本人の要望により警告のみに止めておきます)。

仮に、貴殿が今後右行為のようなことをされた場合には、刑事及び民事ともに法的手続きをとりますので、その旨、合わせて通告いたします。云々……。」

いったい、これは？　法律文独特の、官僚主義的で表情のない、能面みたいな文面で綴られているのは致し方ないとしても、この居丈高な禍々しい文体はどうだろう。それに、「今回は、本人の要望により警告のみに止めておきます」と、恩着せがましく書き添えるいやらしさ。いかにも依頼人である岸本氏その人の人間性を窺わせてあまりあるというべきか。岸本マチ子氏が一度ならず何度にも及びしかも大量の盗作を重ねてきたというのは周知のことであり、公的にもそのように判断を下されている。そのことは、沖縄県高教組の発行した『高校生のための副読本　沖縄の文学』から、彼女の作品「祈り」が、編集委員会の討議の結果、盗用または盗作であるとされて、他の作者の作品と差し替えられたという一事をもってしても明らかなことである。(だから、盗作が発覚する以前の同副読本の第二刷までの二一六頁から二一九頁には「祈り」が掲載されたままであり、改訂版でも中味は清田政信の詩に差し替えられているが、詩の項目には岸本マチ子の「祈り」が残されたままになっている)。今回の告訴警告は、島田氏が、『俳句』九月号で岸本氏の盗作を問題にしたことに対してなされたものであるが、岸本氏は、おのれの盗作についてはロをつぐみ、そのような表現者としての創作姿勢のありようを真摯に問いただした者を、一片の反論もないままに、裏に回って法権力の手を借りて脅し、言論の封殺を企てて自己保身を図ろうとしているのである。何たる愚行。私などは、この島田氏の論考によって、岸本氏が、今日までそれら盗作行為への明確な謝罪を逃れてきているということを知り得たのであるが、岸本氏は、司法権力の手を借りてまでいったい、何を守ろうというのであろうか。表現行為を妨害されたとでもいうのであろうか。逆である。島田氏は「岸本に自責の念があれば、きちんと謝罪し、地球賞を返上したうえで、また創作の世界に戻ってほしい。」と言っているのであり、石川氏は「作者の生の態度によって裏打ちされ」た詩を発表して欲しいと述べているはずである。どちらも至極まっとうな提言ではないか。詩・俳句は言葉遊びやモザイクではない。まず表現する主体があり、その主体が、自分の内側から内発する主題を、自分の言葉で表現する精神的営為なのである。

ちなみに岸本氏は、仮に自分の作品が、自分のやったやり方で大量に盗作された時、どのような気持ちでいられるか、考えてみるといい。それこそ著作権侵害云々と騒ぎ立てるに違いないのである。

せっかく六年余もやり過ごし、やっと地位も名誉も築いてきたつもりでいたのに、またぞろ、古傷をほじくられてはたまらんと考えて、今回の暴挙に及んだというのであれば、なにをか言わんや、である。表現者とは、何をおいても表現の自由のためにこそ闘い、抵抗する者の謂ではなかったのか。作品を発表すること以外に、何を守ることがあるというのであろうか。

岸本氏は、盗作をかさねることによって、詩人の地位に手を汚し、そのことを押し隠し開き直ることで、詩人失格となったのであるが、今回、司法権力で言論封殺を頼むことによって、はっきりと、表現者の敵に回ったというべきである。

「わたしの意識ではあくまでも引用なのです」とか、「自分に対して疚しい思いはありませんでした」などと開き直っている間は、まだ、著作権侵害とか、詩人としての創作姿勢や倫理感のレベルの問題であった。だが、裁判で告訴し、相手を犯罪者に仕立て上げる挙に出たとなれば、ことはそれだけではすまない。岸本氏は、表現者として超えてはいけないルビコンを超えようとしているのである。

通告書を突き付けられた島田氏は、「表現の自由を守るために戦う」ことを宣言し、私たち表現者に、次のことを問いかけている。「岸本さんは多くの協会や雑誌に係わっておられるけれど、そうした団体はどういう態度を取られるのだろうか。」と。

はて、わが、現代俳句協会を始めとした俳句界や詩の世界（世間？）は、どういう態度を取るのであろうか。

（二〇〇二年一月・天荒十二号）

文学の危機

重厚な推理小説を次々と発表し、推理小説界の賞を総なめしてきた観のある作家の高村薫が「文芸春秋」八月号で、小泉首相の国会答弁等での語法を「単純すぎる論理と断定によって、種々の議論を拒否しがち」と批判している。氏は言う。『分かりやすい』と言われる小泉流語法の基本的な特徴は……『簡潔』『断定』『すり替え』『繰り返し』の四つであるが、元になるのはやはり言葉の『簡潔』だろうと思う。文節の短い、簡潔な言葉は論旨を単純化する」。

九月十四日付の琉球新報はこのことにふれながら、「現代を書く　現代に書く」シリーズで、高村薫の作家姿勢を紹介している。

その中で高村氏は、「小泉首相の語法を不思議と思わない国民が八割、九割ということが非常に不安なわけです。その方たちが私たちの読者でもあるからです。単純、短絡は小説とは正反対の資質ですよね。まさに小説の危機です」と語っている。そして「五十六年間、自分たちのよって立つところを教えられ」ず、「自分の頭で物を考え、決断するという、生きていくために必要な思考能力を失」い、「大人も子どもも考えるのはお金を稼いで豊かになることだけ」と、文学が困難になった状況について指摘する。

ここで、高村氏は、単純、短絡的な論法の持つ危険性と何でも金に換算する実用的・打算的な思考法の害毒について指摘し、これらは文学を困難にすると、危惧しているのである。

さて、しかし、高村氏のこの危惧は、いよいよ現実のものとなり、学校現場を通して徹底されようとしている。

文部省は、一昨年の一九九九年三月に高等学校学習指導要領の改訂を告知し、二〇〇三年（平成十五年）からの完全実施を指示している。改訂の中で「国語科の改善の基本方針について」は次のように示されている。

「(ア) 小学校、中学校及び高等学校を通じて、言語の教育としての立場を重視し、国語に対する関心を高め国語を尊重する態度を育てるとともに、豊かな言語感覚を養い、互いの立場や考えを尊重して言葉で伝え合う能力を育成することに重点を置いて内容の改善を図る。特に、文学的な文章の詳細な読解に偏りがちであった指導の在り方を改め、自分の考えをもち、論理的に意見を述べる能力、目的や場面に応じて適切に表現する能力、目的に応じて的確に読み取る能力や読書に親しむ態度を育てることを重視する。(後略)」(傍線は引用者による)

さて、指導要領において「言語の教育としての立場を重視し」と、ことさらに強調しているのには理由がある。国語は「言語の教育」であって、文学の教育でもないし、言葉による芸術の教育でもないから、社会生活に必要な実用的「話す」「書き」「読み」の指導をすればよいという意味の指示なのである。「文学的な文章の詳細な読解に偏りがちであった指導の在り方を改め」という名指しによる露骨な指摘が、そのことを示している。これはまさしく国語の教科書からの文学の排除にほかならず、めざされているのは、「論理的」という名の分かりやすい「簡潔・単純」な実用的表現技術の修得であり、「目的や場面に応じて」「言葉で伝え合う能力を育成」することである。

では、ここで抜けているのは何であろうか。それは、文学作品を深く読み味わい鑑賞する能力、自分自身を表現しようとする自己表現の能力を育てるという面である。これらはいずれも想像力と創造力を働かして、自分で考え決断する思考過程をくぐらなければできないことである。「はじめに言葉ありき」というが、文字通り言葉がまずあるわけではない。言葉を発する人間がまず存在するのである。言葉を発する人間の中身（感情・感性・意識・思想）を対象にするという、この国語教育の最も本質的な領域を欠いた「言語としての教育」は、所詮、言葉の技術的操作と習練を修得するだけの貧しい人間を作ることにしかならないであろう。

それにしても、文部省はなぜ、「心の教育」を唱えながら、貧しい心を育てるような教育を指示するのであろうか。思うにそれは、彼ら政府の支配層に位置する者たちが、一つには、人間を育てるよりは、産業界にすぐに役立つ労働力をどう育てるかという視点から発想しているからであろう。確かに「詩を作るより田を作れ」と言われるように、生産の効率化や利潤の追求を優先する資本の論理からすれば、文学なんて無用な長物ということになろう。

さらにあと一つ。そしてこれが本質的な問題だと思えるのだが、言語とは何かという言語の本質についての理解の根本的な狂いから生じているように思えるのである。つまり、言語というものを社会的交通の手段、伝達の道具と考える言語道具説に深く根差しているからであるように思える。

言うまでもなく、言語を、人間の意思伝達の手段であり道具であるとしたのは、スターリンであるとされているが、意外や意外、わが文部省もまた、言語観においては、これら俗流マルクス主義ならぬスターリン言語理論に寄りかかっているということなのである。そのことは例えば、先に見た「改善の基本方針」の中で新しく付け加えられた、「互いの立場や考えを尊重して言葉で伝え合う力を高める」というように、表現能力、伝達能力の育成に重点を置いていることでも分かる。

だが、表現能力、伝達能力を身につければ言葉が表現できるのであろうか。具体的に言えば、語彙や知識を増やし手紙の書き方を修得すれば手紙が書けるのであろうか。私たちは一方で、言葉も文も稚拙でありながら人の心をうつ文章があるというのを体験的に知っている。これらの事実は、言葉を表現するということは、決して文章技術や知識の量によって決定されるものではないということを示している。手紙を書く主体である人間が、自分の内部に書く内容と書こうとする意識を持つことによって言葉は表現されるしかないのである。言葉はそれを表現する人間と切り離しては成りたたない。

言葉の本質を考えていく際に、大岡信の『言葉の力』の中の「桜の花の話」は極めて示唆的である。中学や高校の教科書にも採用されているので、知っている人も多いはずである。

「京都の染色家がなんとも美しい桜色に染めあげた織物を見せてくれた。（中略）この桜色は一年中どの季節でも取れるわけではない。桜の花が咲く直前の山の桜の皮で染めると、上気したえも言えぬ色が取り出せる。（中略）花びらのピンクは、幹のピンクであり、樹皮のピンクであり、樹液のピンクであった。桜は全身で春のピンクに色づいて、花びらは、いわば、それらのピンクがほんの先端だけ姿を出したものに過ぎなかった」。

この話の桜の木を人間、花びらを言葉に置き換えれば、言葉と人間の関係になるはずであり、言語の本質を語っているのだということに気づくはずである。

「美しい言葉とか正しい言葉とかいうものはどこにもありはしない。それは言葉というものの本質が、口先だけの、語彙だけのものではなくて、それを発している人間全体の世界を否応なしに背負ってしまうところにあるからである」。（大岡信「言葉の力」）


（二〇〇一年十月・天荒十二号）

問われる文化人の感性と想像力

9・11事件の衝撃

九月十一日午後九時過ぎ、テレビドラマを見ていたら、突然、画面が切れ変わり、高層ビルに飛行機が突っ込む衝撃的な映像がうつしだされた。さらに二機目がもう一つのビルに突入し、やがてワシントンの米国防省にも別の飛行機が激突し、炎上していることが報道された。アメリカへの同時多発自爆テロだ。さらに戦慄を覚えたのは、飛行機が乗客を乗せたままの民間旅客機だと知った時である。無差別テロなのだ。もちろんその時点で、犯人が誰かなど知るよしもない。だがその時、私の心をよぎったのは、追い詰められた者たちの「奢れる大国アメリカへの絶望的自爆テロにちがいない」「とうとう、そこまできたか」という暗澹たる思いであった。アメリカのこの間の、とりわけブッシュ大統領になってからの米国中心主義による数々の強硬政策が、アメリカ国民に大惨事を招く結果になったのだ。

私のこの気持ちの中には、その日夕刊で報道された北谷町での米兵の婦女暴行事件の第一回公判記事への憤りが多分に反映されている。「性交渉はあったが合意であり、強姦はやってない」

と、その米軍人は法廷で臆面もなく言い放っている。

その後、テレビはこのアメリカ経済の中枢、世界貿易センタービルへの旅客機突入炎上とビルの崩落シーンを朝まで繰り返し報道し続けた。このアメリカの受けた惨劇の第一報をどのように受け止めたか、ということは、その後のアメリカ、日本のこの事件への対応にどう感じたかということと合わせて、ジャーナリズムのみならず文化・知識人としての感性や想像力の質を見極めていくうえで極めて大事なメルクマールとなる。

被害の惨状を繰り返し流し、悲憤慷慨するアメリカ国民の表情を一面的に報じ、次々とエスカレートして打ち出される対テロ撲滅作戦をただ解説していくだけで、アメリカの戦争突入と日本の参戦を煽っているかに見える本土マスコミ。

例えば同時多発テロを特集したある日のテレビ番組。

「アメリカの報復攻撃はどのように展開すると考えられますか」

「アフガンにまずミサイル攻撃をするでしょう。しかしそれではラディンの死体がバラバラになって、死体が確認できないので特殊部隊の攻撃が先行するというのも考えられる」

このように、最低限戦争に反対するという矜持や倫理すらもなく、米権力者の提唱する報復攻撃をそのまま肯定し、あれこれと解説してみせる評論家とジャーナリズムの姿はまさに醜悪としかいいようがない。彼らは日本政府の対応についても次のように言う。

「米政府に目に見える形で自衛隊が支援を示すことができるかどうか、日本の真価が問われている」と。案の定、小泉首相は、米軍の報復行動支援のために、自衛隊の海外派遣を含む七項目の措置を発表し、米軍等支援法案や自衛隊法の改定を打ち出している。去る大戦で政治の翼賛機関に成り果てた文化ジャーナリズムは、今また、同じ轍を踏もうというのか。

それらの報道に比して、沖縄のマスコミはまだ健全なように思える。アメリカの報復攻撃や日本の支援の在り方に対し、地元紙の琉球新報と沖縄タイムスは、はっきりと社説で異を唱えている。

九月二十二日付の琉球新報社説では、「軍事力の行使は、テロと全く無関係な市民を巻き込み、死傷させ、多数の難民を生じさせる恐れがある。彼らのそれとニューヨーク、ワシントンの人々の命の重さに差があっていいはずはない」とし、九月二十五日の社説では、「憲法の制約超える行動」と題して、「小泉政権の右傾斜」に警告を発している。沖縄タイムスも九月二十一日の社説で、「報復のための軍事行動を展開中の米軍に対して、インド洋まで出向いて『武器・弾薬の提供』を行うことは、集団的自衛権の行使そのものだというほかない」と、小泉政権の暴走を指摘している。

さて、沖縄のわが文化・知識人たちは、世界を震撼させた未曾有の自爆連続テロ事件に対し、どのように反応しているのであろうか。琉球新報が事件八日後の十九日から、「沖縄からの視線・米中枢同時テロ」と題する特集をシリーズで組み、識者の発言を求めているが、なぜか四回で終わっている。発言したのは琉球大学教授の江上能義氏、沖縄大学教授の新崎盛暉氏、芥川賞作家の目取真俊氏、政治学者のダグラス・スミス氏の四人である。

江上氏は、「未曾有の犠牲者を出した今回のテロ行為は、決して許されるべき行為ではない」としつつ、「今回の悲惨な結果は、米国の中東外交政策、特にパレスチナ問題への対応が失敗であったことを明示している」。「報復から対話への気運を高めて、世界の恒久平和に一歩でも近づくことこそが、今回の犠牲者の御霊を慰める道でもあろう。」と結んでいる。新崎氏は「この惨劇を通して、あらためて、おなじように平和な日常を、国家テロともいうべき軍事行動によって、一瞬のうちに奪われている世界各地の犠牲者に思いを致すことである」とし、「九八年、アメリカがスーダンに撃ち込んだミサイルの犠牲者だけでも数万人に達する」という例を挙げ、「こうした体験を、軍事的報復を正当化する敵愾心の土壌にするのか、それとも、平和な未来を造り出すための想像力を生み出す土壌にするのか、それが問われている」と述べている。

目取真氏は、アメリカが一方的な被害者であるかのような報道に疑問を呈し「武装ヘリでミサイルを撃ち込み、政治指導者を暗殺するイスラエルやそれを支援するアメリカに対して、アラブ諸国が反発を強めるのは当然」であり、「(アメリカのミサイルで)破壊される施設やその周辺には、まぎれもなく多くの人々の死がある」として、「今回の事件の歴史的・政治的背景を多様な視点から検証し、冷静に分析すること」が大切だとしている。

ダグラス・スミス氏は、「(アメリカ)の過去の犯罪を持ち出して今度の犯罪を軽くするのではなく、今度の事件の犯罪性を十分に把握することによって、以前の似たような事件(国家テロも含めて）の犯罪性を認識できるし、これからのテロ（米政府が今計画しているであろう国家テロも含めて）に反対する強い立場になりうる」としている。

いずれもアメリカの報復攻撃を批判する意見であり、知識人としてまっとうな感性と想像力を示した卓見である。これらの意見以外では、論壇に投稿した第五回新報児童文学賞受賞者・森山高史氏の意見が胸を打つ。森山氏は、「報復」へと沸き立つアメリカの国民に対し、鋭く提起している。

「アメリカの国民は、自国の過去の暴挙は知らないか、知ろうとしないように思えます。テレビから映像として衝撃的に見ていないものは、実在しないも同様のようです。アメリカの軍隊が遠くの国で落とした爆弾など、感情に訴えてはこないでしょう。この鈍感さが、過去の大量殺人を認めてきたのです」。

はて、あとの文化・知識人たちはどうしたのであろうか。とりわけ、「沖縄イニシアティブ」において、安保効用論を唱えた琉球大学の三教授（大城常夫、高良倉吉、真栄城守定）はいかなる意見を持ち合わせているのか、拝聴したいものである。歴史の白熱点において沈黙し、事件をやりすごして後に風見鶏よろしくあれこれ論評するインチキゲンチャをこれまでも多くみてきたのである。

私の中に栗原貞子の『ヒロシマというとき』という詩が浮かんできた。

〈ヒロシマ〉というとき
〈ああ　ヒロシマ〉と
やさしくこたえてくれるだろうか
〈ヒロシマ〉といえば〈パール・ハーバー〉
〈ヒロシマ〉といえば〈南京虐殺〉
〈ヒロシマ〉といえば　女や子供を
壕のなかにとじこめ
ガソリンをかけて焼いたマニラの火刑
〈ヒロシマ〉といえば
血と炎のこだまが返って来るのだ

この詩に出てくる「パール・ハーバー」、「南京虐殺」、「マニラの火刑」とは、いずれも日本が戦争の加害者となった歴史的事実である。日本が原爆被爆国としてその悲惨な体験を世界に提示しようとする時、戦争加害者としての責任に答えねばならない。日本は一方的な被害者であったわけではない。戦争を引き起こし、中国、マニラなどアジアの人々を大量に殺戮した結果として原爆を浴びたのである。もちろん直接戦争政策を遂行した政治権力者と一般民衆は区別されねばならないが、一般民衆も戦争を狂信的に遂行したという苦い事実から目をそらしてはいけない。

今回テロ攻撃を受けたアメリカも、一方的な被害者ではない。アメリカが中東で何をしてきたか、ベトナムで何をしたか、世界各地でアメリカが展開してきた戦争政策を冷静に見つめる感性と想像力が、今、全ての文化・知識人に問われている。

（二〇〇一年九月・天荒十二号）

時代と向き合うということ

二月十六日付けの琉球新報朝刊に比屋根薫氏が「『思想の敗北に抗する力』を求めて」と題する論考を寄せている。これは、東京外国語大学の《沖縄の記憶／日本の歴史》研究会の主催で上映する、クリス・マイケル監督のビデオ映画『レベル５』を観ての感想を綴る形で、今日の時代状況への比屋根氏の思いを述べたものである。

比屋根氏は、「団塊の世代に属する思想家の共通の思想的課題」は、「理想を否定しつつ、いかにしてなお理想を維持するか」だとする大澤真幸の指摘に共鳴しながら、それを「誰にでもわかるようにテーゼの形にすれば、思想の敗北に抗する力」をどう構想するかである、と述べている。

さて、比屋根氏のこのような指摘には、混迷する時代に向き合う筆者の姿勢が窺えて、私もまた共鳴できるのであるが、しかし、次のような、状況を達観した物言いには同意できない距離を感じてしまう。

『平和祈念資料館問題』や先頃の『沖縄イニシアティブ』論争では決着どころか、没落する思想のオンパレードだった。」

比屋根氏ほどの力量と問題意識があるのであれば、先の二つの問題について、積極的な発言があってしかるべきではないのか。目取真俊が孤立を厭わず苛烈な論争を挑んでいるなかで、それをせずに、「没落する思想のオンパレード」と十把一絡げに切り捨てる態度はいただけない。「思想の敗北に抗する力」は時代の渦中に立ち、時代の状況と具体的に切り結ぶことによって生み出されると思うのだ。目取真俊の現在的闘いや小説での思想的・文学的営為をあしらう資格など、それ以上のことをやってない以上、誰にもない。

対馬丸の海上供養、サイパンの断崖から投身する女、火炎放射器で焼かれる火だるまの男、白旗の少女などの映像を取り上げて、「これらの映像は沖縄の記憶にとってはほとんどがデジャ・ヴュー、既に視てしまった、感じがするものだ。」といい、「この六〇年代的手法はなつかしくもあり、苦笑もしてしまう。」というのであるが、そのようにして、沖縄戦の悲惨な記憶を取り上げる映像に「苦笑」していていいものか。時代は確実に、切迫している。

『俳句』二月号に、島田牙城が「人知れぬ道を考える」という現代俳句時評を連載している。氏はその中の「時代の中に立つということ」という章の中で、戦争協力者であった自分を戦後五十年後、痛苦に反省する画家を扱った小説作品に対し、若手評論家が「現代に書かれる意味を問いたくもなる」と評しているのを戒めて、次のように述べている。

「人の生き死にを国家という巨大な力が左右するという事実に必死に向き合うこと、それは太平を貪った後の空虚を生きる今だからこそ意味があるのではないのか。この事は、俳人を含め、ペンを持つ者全てに課せられた使命なのではないのか。そうした使命を感じられなくなった文学に、どんな存在価値があるというのだ。時は確実に戦前を迎えている。」

（二〇〇一年二月・天荒十号）

行動する作家の登場

今年二〇〇〇年、沖縄の文学状況を振り返った時、行動する作家目取真俊の活動が群を抜いて映る。教師を続けながら文芸誌『トリッパー』を中心に、すぐれた小説作品を精力的に発表し続けているだけでもすでに瞠目すべき荒業なのだが、本土・沖縄のマスコミ紙上の論壇・エッセイにおいて、有らん限りの機会を活用して、沖縄の貧しい政治・文化状況への論陣を張っている姿は、その論調が容赦のない苛烈さを極めるだけに、驚異的である。目取真俊の執筆分野は実に多岐にわたっているように思える。地元二紙や雑誌への執筆はいうに及ばず、本土全国紙や雑誌、更に他府県の地方紙にも執筆範囲を広げているようである。読書範囲の狭い私などが目にしてないものの方が多いほどである。したがって私などが彼の活動に言及する際も、彼の活動の全容に触れることは不可能であって、極めて限定されたものにならざるを得ない。

とはいえ、これら多岐にわたる彼の活動の中で、私自身に、強烈に印象を刻み付けたのは、沖縄の政治状況への作家としての苛烈な発言とその姿勢である。沖縄の新しい芥川賞作家として一躍脚光を浴びた目取真俊であるが、しかしその芥川賞作家としての〈栄誉〉すら、彼にとっては、沖縄の貧しい政治・文化状況を告発する機会を得るための手段として意味を持つにすぎないと考えているのではないか、と思えるほどなのである。だから、恐らく、彼のこのような〈行動する作家〉への傾斜を危惧し、「作品創作に専念して欲しい」と願う何人かの先輩諸氏の忠告も彼の耳には入らないであろう。いや、というよりは、彼はむしろ、今日、新川明と大城立裕との間で交わされている論争の底流にある〈政治と文学〉論争への決着をも視野に入れた挑戦を、〈行動する作家〉という形で表現しているようにすら思えるのである。そのことは必然的に、政治を優位において挫折した日本のプロレタリア文学の未到の課題の超克をも遠望させるものがある。それはあたかも、あらゆる出来事が政治の介入なしには成り立たないこの政治的時代にあっては、政治的にラジカルであることなしには、文学すらも成立しないのだ、と言っているかに映る。「沖縄イニシアティブ」を提言した三知識人への批判、沖縄サミットへの批判と行動、そして、サミットに浮かれ加担した文化・芸能人たちへの批判の底流には、彼の文学者主体への厳しい問いかけがある。サミット成功のイベントに名を連ねた中江裕司への批判もその一例。

沖縄だけでも十万人以上の観客を動員し、空前の大ヒットを呼んだ中江裕司監督の映画『ナビィの恋』を批判し得たのは、私の知る限り、目取真俊だけである。

「ナビィが、恵達おじいと夫婦として生きてきた六〇年の歳月の重みや生々しさを切り捨てるがゆえに、かつての恋人とやり直すために島を出ていく、というおとぎ話が成り立つ。」「彼女が恵達おじいと生きてきた六〇年の歳月は何だったのか、そこを問うていけば、あの映画自体成り立たなくなってしまう。」

六〇年の歳月の間には、沖縄戦があり、土地闘争があり、復帰運動がある。それら歴史的事件が風化の波にさらされ、今、それらの一つびとつの意味を現在的に検証することが問われている時に、それらをおとぎ話の向こうに追いやり懐かしい沖縄を楽しく見せる作品とは何か。このように問いかけているかに見える目取真俊。埋もれる戦争体験の意味を作品化してきた彼の作家姿勢が躍如としている。

（二〇〇〇年十二月・天荒九号）

大江健三郎への疑念

目取真俊の文学に臨む姿勢と覚悟については、『けーし風』一三号の一文を紹介しつつ、「文学雑感」(二)で、「目取真俊の苛立ち」(『天荒』創刊号所収)と題して触れておいた。目取真俊はその一文の中で、「沖縄は政治も文化も貧しいシマだ。」と断言し、「少なくとも、この貧しさを直視するところから小説を書いていきたい。」と明言している。

五月二十一日付の琉球新報朝刊の目取真俊の論考を読むと、彼がこのような困難な姿勢を貫くきつさを崩すことなく、持続しているということを知ることができる。目取真俊は明らかに、微温的な沖縄の文化風土の現状に苛立ち、「沖縄中の進歩的文化人をも敵に回す覚悟」で、発言を進めている。少々長くなるが、労を厭わず引用しよう。

「ここ数年、反戦・反基地の集会やデモ行進に参加する中で、何度か『沖縄を返せ』の歌を耳にする機会があった。(中略)だが、デモの先導車から流れるこの歌を聴きながら、なにかいやな感じを受けずにはおれなかった。『沖縄を返せ』を『沖縄に返せ』と助詞ひとつ言い換えただけで、新しい意味を持たせたかのように思い込む安直さ。『本土復帰』の内実が改めて問われている今の時期に、当時の批判も忘れたのかのごとくこの歌を口にできる臆面のなさ。七二年の『施政権返還』を前にしてこの歌がしだいに歌われなくなった背景には、『民族の統一』といった民族主義丸出しの運動によって、日本という『国家』の持っている問題があいまいにされていったことへの批判があったのではないか。」

さて、この一文を目にして、ウチアタイする人もかなりいるはずである。ウチアタイして、自分の思想内実の軽薄度合いを検証する方向に向かうのであれば、目取真俊も孤立の道を歩むことはないであろう。だが、事態はそうやすやすといい方向に向かうとは思えない。必ず、淫靡な形でいい感じを持たない者たちが出てくると思うのである。

大工哲弘がアレンジして、首都圏のライブなどで演奏し、沖縄コンプレックスを抱く本土の進歩的文化人らの好評を博して復活したとされる「沖縄に返せ」のこの歌は、新聞か何かで文化人が称賛したこともあって、たちまち沖縄でも「流行」したほどである。確か、昨九七年の五・一五集会のデモ行進でも盛んに先導車から流されていた。指導者がマイクを持って得意げに歌い、デモ隊全員の合唱を促す度に、私などは「なんという時代錯誤」という思いで、込み上げてくる屈辱感と恥ずかしさを抑えかねていたのであるが、なるほど、目取真俊のようにこの歌を「いやな感じ」で聴いている人が他にもいたわけである。

ところで、なぜ、このような無神経なことが、堂々と罷り通ったりするのであろうか。もちろん根本は、復帰運動の民族主義的本質を、思想的に総括し得ないということに根差していることは間違いない。そして、「復帰」して三〇年近くにもなんなんとする今日においてもなお、思想的総括がなしえないのは、それらに対する批判を受け止めようとする思想的嫌虚さと誠実さが欠落しているからにほかならない。誰でも自分の過誤を認めるのはきつい。できたら頬かむりしていたい。だがことわざでも言うではないか。「誤ちを認めざる。これを過ちという」と。誤ちを誤ちとして認識することなしには、一歩も現在の思想的閉塞状況を突破して進むことなどできない。

大江健三郎がノーベル文学賞を受賞した一九九五年の正月、私は池宮城秀一氏宅を訪ねた。その時、久しぶりの感慨も手伝って、ついつい四時間近くも長居してしまった。大江健三郎のノーベル文学賞受賞について話が及び、さらに、大江文学についてひとしきり話してあと、池宮城氏は、一九六〇年代の後半に、初めて大江健三郎宅を訪ねた時の印象について語ってくれた。氏はこの時、渋沢龍彦について大江氏と話しているうちに、「大江は、エロスについては無知だな」という印象を受けて、いささかがっかりしたのだという。私はこのような池宮城氏と大江氏との会見のエピソードを興味深く拝聴しながら、同時に池宮城氏の洞察力の鋭さに感服したのであるが、ところで氏の話の中で、私はもう一つ興味をそそられることがあったのである。

この時、大江氏は、沖縄からはるばる訪ねて来た青年に対し、訪ねて来た目的を聞きただし、さらに琉球大学の学生ではないか、ということを、しつこいほど確かめていたという。もちろんそんなはずはないから、池宮城氏は、自分は教職にある者だということを正直に述べたというのだが、不思議なのは、大江氏がなぜこの時、琉球大学の学生ではないかということを、神経質なまでに確かめていたのかということである。しかも、大江氏はかなり警戒気味でさえあったという。

私はこの話を聞いた時、大江健三郎がなぜ『沖縄ノート』において、当時から復帰運動を批判していた学生たちについて無視し、まったく触れていないかということを、二〇数年目にして理解できたように思えたのである。彼はそのような学生たちの存在を知らなかったのではなく、意識的に触れることを回避したのである。一見非党派的で、どのような意見にも誠実に耳を傾け、沖縄の悲劇的な歴史と現実に日本知識人としての責任を感じて心を痛め、善意と良心の固まりのように見えるこの作家は、しかし圧倒的な復帰運動の高まりの中で、孤立しながらも、その民族主義的な歪曲を執拗に批判していた少数の学生たちの主張を無視することによって、当時の圧倒的多数派である既成政党の側に与《くみ》するという、不誠実な党派性を示したのである。復帰集会において、「沖縄を返せ」の大合唱が繰り返されるただ中で、この歌を歌うまいと必死に口を閉ざして耐えている一群の学生たちの顔が、私の脳裏に強く焼き付いている。

一九六五年、大江氏は、新聞社主催の文化講演会の講師として来沖し、講演後、琉球大学で学生たちと座談会を行っている。その席で大江氏は、彼が『ヒロシマノート』において、「行動的な若い人々」と称する学生たちと同じ立場の学生たちから、復帰運動の民族主義的本質に対する思想的批判を受けると共に、そのような復帰運動に無批判に関わる氏の姿勢を厳しく批判されて立ち往生している。

大江氏が、沖縄から来た青年の素性にこだわり、琉球大学の学生ではないかと警戒した背景には、このような事情があったのである。日本という国家を「母なる祖国」と美化し、そこへの帰属を求めるにすぎない復帰運動の民族主義に対する批判は、六〇年代初頭から琉球大学の学生たちによってなされており、大江氏が最初に沖縄に訪れた一九六五年というのは、復帰思想への批判が運動内部からも噴出し、学生だけでなく知識人の間にも公然化し始めている時期である。川満信一や新川明らが呼びかけて、同年開かれた『反復帰集会』は、この復帰運動の限界と破綻を批判し、それを乗り越えた新しい運動の在り方を提唱する象徴的な動きであったと言える。この復帰運動の破綻は、一九六七年、佐藤首相の来沖においてドラスチックに露呈することになる。佐藤首相が、戦後日本の首相として初めて沖縄を訪れた時、復帰協内部は、歓迎か抗議かで揺れに揺れた。その結果、収拾のつかないままに、昼は歓迎集会が開かれ、夜は抗議集会が開かれた。昼の集会では、日の丸の旗が打ち振られ、夜は赤旗が立ち並んだ。佐藤首相の宿泊する東急ホテル前から一号線（現在の58号線）路上には、核基地付返還に抗議する万余の労働者・学生・大衆が座り込んでいた。民族主義的復帰運動の質的変化を画する画期的座り込みであった。

ノーベル賞作家・大江健三郎もまた、過去の自分の復帰主義者としての思想的過誤を総括することなしには、一歩も前に進めないはずなのである。

（一九九八年四月・天荒創刊号）

沖縄の文化状況と芥川賞

『豚の報い』と『水滴』にふれて

一九九六年十二月十五日付けの琉球新報に「哲学書ブームを考える」というレポートが載っている。筆者の西谷修氏（明治学院大教授）によると昨年話題になった『ソフィーの世界』以後、「哲学書ブーム」という現象が続いているのだという。氏はこの現象を「先行きの見えなさや価値観の崩壊の反映だとすれば、そこで求められているのは安心できる『答え』だろう」といい、このブームの背後にあるのは『宗教的欲求』いいかえれば『救い』と『拠り所』を求める欲求だといっていいだろう。」と述べている。

なるほど哲学書ブームの背後にあるのが物事への疑問を追求する哲学する姿勢の高まりではなく、てっとり早い「答え」をもとめたがる風潮の一現象にすぎないとすれば、オウム真理教に多くの「優秀」な若者たちが「救い」と「拠り所」を求めて足すくわれていった事態も分かる気がするのである。実際『ソフィーの世界』というベストセラー作品自体が、歴代の哲学者の思想をてっとりばやく物語り風に解説した内容になっているにすぎず、その意味で哲学する精神とは縁遠いものになっているのである。例えば、マルクスについての項目では、これまでの哲学が世界を解釈したにすぎなかったのに対し、マルクスの哲学は世界を変えることであり、現実を変革する実践と結び付いていた、ということを解説してみせるのである。こういう解説書でマルクス主義を知識として理解しても何の意味もないということは明らかなことなのである。

吉本隆明はオウム現象を捉えて「高度に発達した世界からの圧迫感が」「そこから脱出する手段として、超能力的体験を造り出している教祖に、理想の能力と救いをみいだそうとしている」（『世紀末ニュースを解読する』）と喝破して見せている。かれら多くの若いオウム信者たちもまた、荒廃し閉塞する現世から「解脱」し、「死後の世界」でおのれを救済する確かなものを求めて修業しそれを無残な形で実現したのであろう。イデオロギーの崩壊とそれに規定された左翼的変革運動の解体と腐敗の中で、他方において信ずるべき宗教の存在をもちえない時、「ヨガ」修行を導きとしたオウム真理教の主張はある確かな希望を若者達に与えたはずである。教祖麻原はなにしろ修業によって「死後の世界」を体験できるということを売り物にしてオウム真理教を広げていったわけで、「いまのお坊さんは冠婚葬祭だけであとは修業らしいことはなにもやってない」といわれるなかで、オウム真理教の世俗からの断ち切り方のラジカルさとその習練の特異な苛酷さは、ある種のまじめな若者たちを惹き付けたに違いないのである。いってみれば、既成のイデオロギーが音をたてて崩壊したあとの、既成思想の堕落と既成宗教の腐敗がオウム真理教をはじめとする新興宗教の隆盛現象を生みだしていると思えるのであるが、なるほど哲学書ブームという現象の背後にあるものも根っこは同じだったというわけだ。

「後生ブーム」の現出

一九九四年あたりから文学・出版界に一つのきわだった特徴が現れてきている。それは「祈り」や「救い」をテーマとした死後の世界を扱った作品が相次いで発表され、時ならぬ「後生ブーム」さえ現出し、出版界を賑わしているということである。沖縄関係でいうなら、芥川賞にノミネートされた小浜清志の『後生橋』、そして日本ファンタジーノベル大賞を受賞した池上永一の『バガージマヌパナス』がそうであり、昨年芥川賞を受賞した『豚の報い』もまたそうである。視野を沖縄と小説界に限定せずに広げていくと、ベストセラーになった五木寛之の『蓮如』があるし、遠藤周作の『深い川』もある意味で死後の世界はあるかということを突き詰めた作品だといえる。小説以外では同じくベストセラーとなった永六輔の『大往生』や立花隆の『臨死体験』があり、さらに『新潮』誌上で連載された谷川健一の『洞窟の女神』も宮古島のシャーマンの世界を記録した作品であるという点で共通性がある。これらの作品において扱われている「死後の世界」という共通する特徴は単なる偶然とは思えない。世紀末的時代を迎えることと併せて、日本がかつて経験したことのないような「超高齢社会」を迎えるに及び、いやが上にも多くの人々が「死後の世界」に対して関心をもたざるを得ないということが時代性としてあるということは事実であり、そのことが、死後の世界と交信すると信じられている「ユタ」「シャーマン」への関心を高めているということも事実であるように思える。だがそれ以上に、見通しのきかない今日という時代への不安や危機感が背景として横たわっているということの方がより真相に近いであろう。時代への終末観と閉塞感がこれら作家の感受性の根底において感受されているのであり、それが現世からの脱出と救済を指向する作品を「祈り」と「救済」をテーマとして様々に模索させていると思えるのである。

「軽文学」への傾斜

ところで先程、文学・出版界を彩る時ならぬ「後生ブーム」の背後にある作者たちの時代への危機意識をみたのであるが、この、時代の危機と閉塞情況からの脱出がどのような形で模索されているかということはいささか興味あるテーマである。この点について、私は先の沖縄の三人の作品をとりあげて次のように書き記したことがある（八重山高校文芸誌『迷羊』２号　一九九五年二月刊）。やや長くなるが、そのまま引用してみたい。

「ところでいささか気になるのは、これらの作品において救済の形がどのような方向で模索されているかということである。出口なしの現世であってみれば、神にすがるか来世に期待するかのどちらかしかないというのだとしたら、あまりに安易にすぎないか。あるいはまた、現世における救済が、過去の沖縄の島共同体の中に求められているとしたら、あまりに楽天的にすぎないか。土俗を見直し、足元を掘り進めることはいい。だが、それが、時代のもたらす孤立と拡散へのアンチとして共同と共生がいわれているのだとしたら、その軽さについて危惧しないわけにはいかない。例えば、池上永一は、先の作品（『バガージマヌパナス』のこと）で、一九歳のユタ綾乃を誕生させているが、その転身の経緯はあまりに安易にすぎないか。島と島の老婆をこよなく愛し、島の都市化と都市化する若者に反発する綾乃であるが、しかし、その反発する主体の側が、島とユタへの否定感もなく、それこそ神憑り的に軽いノリでユタを引き受けてしまう時、島共同体を束ねる象徴としてのユタは、安易な先祖がえりを意味するしかない。全編に織り込まれたユーモアと風刺とすぐれた筆力に感服しつつも、やはり綾乃の軽さの延長に、時代の未来は見えてこないのである。軽音楽というのがあるから軽文学というのがあってもいい。だが、苦渋の沖縄を潜ってきた世代として……ある感慨なしには読めないのである。」

土俗的風習への屈服

さて、この文を書いたのは一九九五年の一月であるが、ここに書かれていることはそのまま九六年一月に芥川賞を受賞した又吉栄喜氏の『豚の報い』に対しても言えることではないかと、一瞬我が目を疑ったのである。純文学をもって認じる芥川賞の作品を捕まえて「軽文学」と称するのもどうかと思うのだが、しかし、そこに展開される作品内容はあまりにも私が危惧したものと合致しているのである。

『カーニバル闘牛大会』において、理不尽に振る舞うアメリカ人に対して、何もできない無力でみじめな沖縄人の一面を見事に描き、『ジョージが射殺した猪』において、激化するベトナム戦争下の基地の街の状況や戦争に狩り出されて荒んでいく米兵の内面や基地の重圧下に置かれた沖縄の人々の苦悩を扱い、『ギンネム屋敷』において戦争で傷ついた沖縄の人々の戦後の様々な生きざまを浮き彫りにしてきた著者が、沖縄の現実を「出口なし」として危機的に認識したのはいい。だが、「出口なしの現世であってみれば、神にすがるか来世に期待するかのどちらかしかないというのだとしたら、あまりに安易にすぎないか」といいたいのである。

もちろん『豚の報い』にしろ沖縄の現実の一面を扱っているといえば言えないことはない。だが、作者がこの間扱ったテーマと沖縄の現実をリアルに描こうとした姿勢に比した時、明らかにトーンダウンであることは疑いえない事実である。沖縄に生きる人々の悩みがすべて基地と戦争に起因しているなどというような野暮なことをいうつもりはない。取り上げられているスナックの女性たちのように、男女関係に起因する不幸な過去を背負って悩みつつ、日々を精一杯生きている人々がいることも事実であり、それはそれで切実であるにちがいない。そしてそれはあるいは乱暴に言えば、どこかのユタや御嶽に出向いて御願でもすれば解決できるものであるかも知れない。しかし、それでも解決できないものはあるはずである。著者自身がこの間追求してきたはずの基地の問題がそうであり、戦争にまつわる様々な傷や被害と加害の問題がそうである。これらの問題は決してユタや御願によっては解決しえない重い課題なのである。街のスナックでホステスをしている女たちは、確かに島に渡って島の共同体に触れ、豚の報いを克服してたくましく立ち直る。また主人公正吉も、風葬にさらされたままの父の骨を墓に移すという島の風習に服することによって長年の懸案をやっと解決することができる。いわば、ここで作者は、豚の食文化、御嶽への御願、風葬と納骨といった沖縄の人々の風俗を扱い、沖縄の人々の日常生活の意識をも規定している土俗的風習を素材にすることによって、沖縄の民衆の新たな側面をたくましくユーモラスに描きだしたのだといえる。だが、これらの物語は、この間作者が追求してきた基地沖縄や戦争後遺症のテーマと明らかに異質なものである。作者が追求してきたテーマは、依然として残されたままであり、未解決のままであり出口なしの状態である。

作者がこうした沖縄の現実を「出口なし」と認識し、何とか「救済」の方向を模索したのだということはよく分かる。だが、「現世における救済が、過去の沖縄の島共同体の中に求められているとしたら、あまりに楽天的にすぎないか。土俗を見直し、足元を掘り進めることはいい。だが、それが、時代のもたらす孤立と拡散へのアンチとして共同と共生が言われているのだとしたら、その軽さについて危惧しないわけにはいかない」のである。

作者はあきらかに逃げたのである。米兵による少女暴行事件が発生しそれを契機に反基地闘争がかつてない高まりをみせた一九九五年のこの年に、基地を容認してきた石原慎太郎らの絶賛を浴びて、基地を後景化し、問題意識をトーンダウンさせた作品が芥川賞を受賞したというのはまことに皮肉な話ではある。かつての日本の自然主義文学が、本来もっていた社会性を削ぎ落として私小説に転落したのと同じ道を、わが沖縄の作家たちも選択しようというのか、又吉栄喜氏は大きな文学的岐路に立たされているというべきであろう。

沖縄の戦争体験者の陥穽

さて、私が、これほど又吉氏の芥川賞の作品内容にこだわるのは、九七年の九州芸術祭文学賞沖縄地区優秀作に推奨され、その後芥川賞を受賞した目取真俊氏の『水滴』を読んだからである。いわばこの作品は先の『豚の報い』と対極をなす作品だと思えるのである。

作品を紹介する前に、『水滴』を読んでふと感じたことがあるので書き留めてみたい。まったく唐突かも知れないが、筆者目取真俊は、曽野綾子の『ある神話の背景』か数年前に出た吉田司の『ひめゆり忠臣蔵』を読んでいて、それに憤りを覚えるなかでこの作品のモチーフをあたためたのではないか、とふと思ったのである。というのは、吉田の前著については、私は依然に書評でとりあげたことがあり（高教組八重山支部文化活動誌『教育の海』創刊号）、そのなかで、「吉田司の『ひめゆり忠臣蔵』を読んだ時の不快感は、曽野綾子の『ある神話の背景』を読んだ時のそれと類似している。……どちらも人間として傲慢かつ不遜であり、被害を受けない高みから被害者たちの揚げ足を取り、戦争で傷ついた人たちを揶揄し罵倒しているのである。死者に対して冷淡であり、傷ついた者への痛みがまったく感じられないのであり、戦争体験を内的にくぐらそうとする意識がまったくない。……この種の人たちに共通しているのは、『戦争中自分は何をし、今は何をしているか』という、主体的問いを欠落させていることである。」と、書いたのであるが、しかし、他方で彼らの揶揄や罵倒を許してしまう陥穽とでもいうべき何かが被害者の側にあるのではないかとひっかかっていたからである。というのは、沖縄はさる大戦の被害者であるということに対し、彼らがそれを「神話」であるとひっくりかえそうとし揶揄してくる唯一の視点が、「戦場での個人の内面や問題意識を問うこと」であったからである。彼らは、戦場での個々の問題意識を克明に問いただすことで、集団自決は軍の命令ではなくそれを受諾した個人の問題である、として、国の戦争責任の問題を免罪しようとしたわけである。吉田もまたそうである。ひめゆり部隊に国の命令に忠実に従ったという責任はないのか、戦場でほんとにひめゆりのごとく清純にだけふるまったか、と野卑に迫ることで、戦争という国家的責任問題を個々の問題に解消し、国の責任を免罪する役割を担っているわけである。こうした輩に対しては、「戦争中も戦後も国の政策に手を貸し、一度だって国の戦争政策について批判せず、日本の戦争責任を問いただしたこともない人たちの無責任な言辞など、どんなに『刺激的』であろうとも信用しない方がよい」といっておけば充分である。ただ、問題はもっと主体的に捉えなおした時、戦場での個々の振る舞いについてはもっと明らかにされていいはずであり、戦争下における個人の責任とは何か、戦後の責任とは何かということについてはまだ解明されてない面があり、沖縄において文学作品としても正面から取り上げられてないのではないかと感じていたのである。今度の『水滴』

は、まさにこの問題について正面からとり挙げた画期的な作品であるというべきである。

出色の作品『水滴』

さて、物語はこうである。戦後も五十年余たった六月のある日、主人公の徳正が昼寝から目覚めると、自分の右足が冬瓜ほどにも腫れていて体も自由がきかなくなってしまう。膨れた足の指先からは水滴がたれ、やがて夜中になると兵隊たちが現れてはその水滴を飲んで渇きを癒していくという日々が続く。兵隊はみな重傷を負った日本兵でその中には、同郷の友人で鉄血勤王隊として最後まで行動を共にした石嶺もいる。実は兵隊たちはみな壕の中で水を求め続けた者たちであり、石嶺というのは彼が壕の中に置き去りにした友人であり、その際彼は、看護婦に渡された水筒の水を一人で飲み干してしまったのであった。徳正は友人を置き去りにしてきたことを咎められはしないかと恐れつつも、それが大丈夫だとわかるとその後五十年余も記憶をごまかしてきたのだった。そして学校の先生に請われるままに、慰霊の日などには戦争体験者として、被害者としての自分を押し出し子供達を感動させたりもしていたのであった。その彼が、足の水滴で「兵隊たちの渇きをいやすことが唯一の罪滅ぼしのような気がし」たと吐露することでも分かるように、この作品は明らかに沖縄人自身の、戦争責任と戦後責任を問いかけた作品であるといえる。しかも主人公徳正は沖縄のごく普通の庶民という設定がなされている。そのことは彼とその妻が農業を生業とし日常会話を方言で交わし、原因不明の奇病に取り付かれても「ダイガクビョーインに入ると最後」だと信じ込んで、いかがわしい民間療法やユタに頼っていること等からして明らかである。つまり作者はこの作品の中で一方的に戦争に駆り出され、ただ軍に命令されるしかなかったような、その意味では被害者としてしかありようがなかったと思える沖縄の庶民の戦争責任と戦後責任という問題にあえてメスを入れようとしているのである。有無を言わさず戦争に駆り出された庶民と、戦争を推進し戦況を左右する立場にあった国及びその指導層の戦争責任は区別されるべきだということはいうまでもない。だが、そのことを踏まえつつも、戦場での個々の振る舞いや生き方はその個人の人格と倫理に関わって場所的に追求されねばならない普遍的な課題である。そこには知識人であるか庶民であるかとかイデオロギーがどうであったかとかは問題ではない。裸の人間が極限状況下にあってどのようにふるまいえたかという倫理と思想問題があるだけである。筆者はこのような問題に正面から向かっていったのだと言えるのであり、このような視点から沖縄戦の問題を扱ったのはかつてなかった、という意味で画期的な作品なのである。私が『豚の報い』と対極にある作品だという所以である。また、このような視点からの追求を放置してきたことが、ある意味で吉田司の『ひめゆり忠臣蔵』のような野卑な発言を許す根拠にもなってしまったと言えるのである。

（一九九六年十二月・北谷高校教育文化誌『きたたん』創刊号）

二〇〇四年　小説年末回顧

日本はついに戦闘状態のイラクに、自衛隊派兵を強行した。米軍による大量殺戮は十万人を超えるとも言われ、その殺戮は今なお繰り広げられている。武装勢力側の激しい抵抗が続いているが、この大量殺戮を抜きに自爆「テロ」攻撃を一方的に非難することは当たらない。

香田誠生青年は、イラクで首を切断されて死んだ。殺したのは日本の国家であり、世論である。何の救出策も講じることなく、即座に自衛隊は撤退しないと言い放つ首相。それを自己責任論で肯定し、家族へのバッシングを行う酷薄な国民。この国のファシズム化の進行を象徴するこの事態に対し、心打つ声を上げ得た沖縄の文芸人は、歌人の玉城寛子氏らわずかであった。氏は一人の青年が殺害されても自己責任の一言で片付ける風潮がはびこる中で、青年と家族の悲惨と悲しみに思いを馳せ、自衛隊のイラク撤退を呼びかけている（十一月二四日付「論壇」）。

香田青年は無名故に殺された。もし、政府要人か有名人、自衛官なら対応は違っていたはずだ。いや、広範なイラク派兵反対の声が上がってさえいたら、政府の対応も違っていたであろう。国は決して、無条件に無名の民を守ることはしない、というこの「真理」は、戦前も戦後も変わらない。沖縄戦で、辺境の無名の県民は「国体」を守るために捨て石にされた。日本軍は住民の避難対策さえ講ぜずに交戦し、年端もいかない学徒や女学生まで戦場に駆り出した。無名故に差別し命さえ粗末に扱うこの酷薄さは、沖縄の大学に米軍ヘリが墜落しても休暇を満喫して動じないこの国の首相の態度に底通するものである。

さて、与えられた課題は小説の年間回顧である。しかし、最低これだけのことは述べないと、小説の現状についてふれるわけにはいかない。なぜなら、小説こそ時代の鏡であり、近年の芥川賞作品にみる小説の現状が、閉塞する時代の危機とあまりに無関係に書き継がれているように思えてならないからだ。

今年前半期の芥川賞に二人の若い女性作家の作品が選ばれて異常なほど騒がれた。金原ひとみの「蛇にピアス」と綿矢りさの「蹴りたい背中」。確かに若者の奇異な風俗に走る悲しみと生きにくい時代の青春像の痛々しい一面をよく描き出していて、新しい書き手の台頭を告知するものである。だが、しかし、この二つの作品が危機の時代に深く切り結び得たかと言えば、疑問が残る。これらの作品を絶賛するだけの文芸人やマスコミの風潮もうなずけない。

こうした中で、沖縄の書き手たちは優れた問題意識に基づく独自の視点と方法で、歴史的現在とよく対峙し作品化している。池上永一が昨年暮れに「ぼくのキャノン」（文芸春秋）の単行本を上梓した。又吉栄喜は「コイン」（『野生時代』４月号）、「アブ殺人事件」（『すばる』四月特大号)、大城立裕は「窓」(『群像』十一月号)、目取真俊は「風音」(リトル・モア)の単行本を初め、「伝令兵」(『群像』十月号)、「眼の奥の森」(『前夜』十月創刊号)を相次いで発表した。

池上のはファンタジックな手法で沖縄戦の謎を追う作品。新しい世代が軽文学のタッチで沖縄戦を捉え返している。又吉は、沖縄戦の後遺症ともいえる米軍駐留下の奇妙な事件をフィクションの力と安定した筆力で描いた。大城のは、死期を迎えた老身が沖縄戦の記憶とその意味をたどる作品。目取真の三つの作品も沖縄戦の意味を今日的に問い直そうとするものである。これらの作品は「コイン」を除いてはいずれも、沖縄を軸に戦争の傷と人間の抱える闇と対峙した作品であり、虚構の平和と繁栄に毒された作家たちが闇のかなたに遠く押しやっているテーマに焦点を当てた作品。とりわけ「風音」の映画化と相まって沖縄戦の闇の部分をえぐり出した目取真の一連の作品群は際立っている。

「風音」の清吉がなぜ万年筆を返さないかということがよく言われたが、万年筆は清吉にとっては言わば心の風音。清吉の中で戦争の記憶が、ある贖罪意識と共にいつまでも響き続けているのである。

他に、玉代勢章の「母、狂う」(新沖縄文学賞)と垣花咲子の「窓枠のむこう」(琉球新報短編小説賞)があり、両作品とも今日的家族の崩壊を扱っている。今後に期待したい。

(二〇〇四年十二月二十二日・沖縄タイムス)

第三章　読書評論

読書ノート

年の瀬も押し迫ってくると文学の分野でも、新聞や雑誌などで、年間を回顧して、今年の収穫ということが取り沙汰される。私もそれにならって、さて、この一年で心に残った作品は、と思って、小説とか評論とかのジャンルも無視して思いつくままに挙げてみた。村上春樹の『アンダーグラウンド』、妹尾河童の『少年H』、加藤典洋の『敗戦後論』、ローレンス・オルソンの『アンビヴァレント・モダーンズ』、黒古一夫の『大江健三郎とこの時代の文学』、半藤一利の『ノモンハンの夏』、井の部康之の『蓑虫たちの旗』、立松和平の『光の雨』、柳美里の『ゴールドラッシュ』。沖縄関係では、又吉栄喜の『士族の集落』、伊波敏男の『花に逢はん』『夏椿、そして』、大城貞俊の『山のサバニ』、船越義彰の『狂った季節』、そして目取真俊の『魂込め』、とまぁ、このように挙げてみたのであるが、これらの作品の発行年月日を見てみると、なんと、驚いたことに、ほとんどが、昨年の発行年月日になっている。それに、あまりにも、読んだ作品の数が少なすぎる。読書量は、去年よりは今年というように、年々確実に減っている。私においては確かに、今年読んだという記憶があるのだが、読書日記を執っているわけでもないので、それさえ定かではないし、これでは、今年の収穫などというわけにはいかない。

だからまあ、今年の一冊などと気取って言うのはやめて、今年読んだ本から感じた最近の傾向ということにしよう。

ここに挙げた作品は、ローレンス・オルソン、黒古一夫、加藤典洋の評論集、それに又吉栄喜と目取真俊の小説を除けば、残りはみな、ある共通性を持っている。それは、どちらも、実際にあった事実や体験に基づいて書かれた作品であるということである。

「事実は小説よりも奇なり」という諺があるが、まさしく、最近の世情は、小説が事実に追いつかなくなっている感がある。下手な小説など、現実の作り出す事実の圧倒的展開の前では、すごすごと退散するしかない。そのせいか、何人かの優れた書き手が、自らの創造力を駆使した創作を控えて、ノンフィクション部門へと転身している。

村上春樹の『アンダーグラウンド』は、あの、一九九五年三月二〇日に発生した地下鉄サリン事件の被害者六二人のインタビューを一冊にまとめた証言集である。後ろには作者の取材に対する動機と感想、オウム事件への姿勢が四三ページにわたって記述されている。作家はこの事件を取材することで、社会的事件を正面から扱う作家へと変貌したように思える。ただ、その作品が、ノンフィクションではなく、小説として発表される時、作家村上春樹の特質はより生かされるのだ、ということは言っておきたい。『ゴールドラッシュ』は、もちろんノンフィクションであるが、しかし、ここに出てくる父親殺しの十四歳の少年は、明らかに、あの神戸事件の少年を想起させるものであり、事実、作者柳美里は、神戸事件の十四歳の少年の「心の闇」に迫りたかったということを述べている。この作家もまた、この作品によって、社会派作家への道を開いていったと言える。『光の雨』は一九七二年に発生した連合赤軍事件を小説化した長編で、「新潮」三月号から五月号に三回に渡って掲載され、このほど単行本として上梓された、著者渾身の作品である。『ノモンハンの夏』は半藤一利が、構想から何十年、膨大な軍事資料や現地取材を通して完成した執念の作品である。小説の体裁を取っているが、これもほとんど史実に基づいた作品である。小説『少年H』も、作者の戦時下の体験を少年の目を通して綴った作品である。『蓑虫たちの旗』は、明治六年、福井県大野盆地で実際に起こった「越前大野一揆」を取材し小説化したものである。船越義彰の『狂った季節』はノンフィクション。一九四五年の戦時体験から一九五〇年までの戦後体験を記憶をたどって再現した記録である。『山のサバニ』は沖縄戦が迫りくるあるヤンバルの村を設定して、そこで繰り広げられる軍隊と村人の衝突、その葛藤をヒューマンタッチに描いた作品である。笑いあり、涙あり、憤激ありで、奇想天外なドラマが展開される。従来の戦争文学にある重さと暗さと悲惨さを塗り変えた作品として、読みごたえがある。ただ、戦争がこのような形でしか、語り継がれなくなるのかと思うと、やはり少し寂しい。目取真俊の『魂込め』は、雑誌「トリッパー」に掲載された短編。時代は現代、ヤンバルと思えるある村での出来事が描かれているが、作品のテーマは、戦争の傷を抱えた庶民の戦後の、生活の中の「罅《ひび》」についてであり、その意味では後述の大城貞俊の作品『山のサバニ』と対極をなしている。

半藤の『ノモンハンの夏』からはじまる六つの作品は、いずれも戦争を扱った作品として共通性を持っているが、しかし、その方法においては大きな違いを見せている。船越の作品は、従来のやり方によって戦時体験を記録したもので、今後、このような体験と記憶だけに頼る方法は、戦争の風化と時代の右傾化、体験者の高齢化とあいまって、方法論として大きな曲がり角に立たされていることを感じさせる。つまり、事実を事実として提示する方法は、大きな限界にきているのである。このことに関わって、『トリッパー』(九八・夏季号)において、上野千鶴子が川村湊、成田龍一らとの鼎談「戦争はどのように語られてきたか」の中で、次のような発言をしており、注目すべきである。

「記憶を語ることは過去の事実の暴露や告白ではなくて、あくまで現在における語り手と聞き手の間の関係の再構築なんです。」

船越の語りには、語ることで、聞き手とどのような緊張した関係を再構築しようとしているのか、この、現在的、主体的課題が欠落していると思えるのである。

このように「体験を語ることとの限界」というのは、すでに多くのことが語られてきた感のある表の戦争体験に関して言えることであり、他の体験に関しては、別である。まったく事実そのものが語られたことのない体験は、まず、体験そのものが語られねばならない。伊波敏男の『花に逢はん』『夏椿、そして』の二つは、事実と体験を綴ったノンフィクション作であるが、涙なしでは読めない作品である。ただ、この作品もノンフィクションであるとは言え、事実や体験をだらだらと綴っているわけではない。構成や表現において小説的な感動や慟哭場面が工夫されている。もちろんそれは、構成や表現だけが読者を揺さぶるのではない。ハンセン病を患った作者の苦悩の深さと内省の深さ、社会や人間に対する真摯な対峙の姿勢が読む人の胸を打つ。その点、船越の『狂った季節』とは大分違う。船越も作品の中で、戦場で年老いた祖母がはぐれたことに対し、「あれははぐれたのではない。見捨てたのだ。」と苦悩する場面があるが、しかし、その苦悩に深みはない。米兵に救助された場面も作者の卑屈さがかいま見えたりするし、戦後もうまく立ち回ったのだなという思いが、読後に残る。大城の『山のサバニ』は、確かにおもしろいことはおもしろいのだが、テーマの深さという点で、やはりもの足りない。特にヤンバルパルチザンを組織する安吉が、どうも作品の中にしっくりと溶け込んでないように感じる。とはいえ、これは読む側の好みの問題でもあり、作者としては、この人物を設定することで、随分楽しみながら書いたのではないか。今後、戦争体験を作品化する方法として、有効であることは間違いない。

私の好みから言えば、目取真俊の『魂込め』である。海辺のある村で、まぶいを落とした幸太郎という村人がいて、その口に拳ほどもある巨大なアーマン（ヤドカリ）が入り込んでしまった、というとてつもない事件で話がはじまる。そこで、「魂込め」によって幸太郎の魂を取り戻し、アーマンを口中から追い出そうとするが、その「魂込め」をするウタは実は、戦争中、幸太郎の母親であるオミトを、米軍の機銃掃射にさらし、目前で見殺しにしてしまったという過去の傷を背負っている。オミトを助けなければと思いつつ、その勇気が出ないで逡巡している間に、オミトだけが命を落としてしまうのである。こう見てくると、目取真俊は、この作品において、芥川賞受賞作となった『水滴』の主題を、同じ手法によってさらに、深めていることがわかる。『水滴』においては、水を独り占めにして飲み干し、友人を戦場に置き去りにしたという過去の「うしろめたさ」を持つ主人公徳正が、足から滴り落ちる水滴を啜りに現れる戦場の兵隊と対面するという形で、その過去と対峙させられる。つまり、過去のうしろめたさ＝加害責任ということが、自分をごまかして生きていた主人公の中に自覚されてくる。だが、この場合は、まだ、主人公が庶民として暮らしていながら、かつては師範学校生というエリートの位置にいたという設定によって、いまひとつ、主人公の性格が庶民か知識人かというのがあいまいであり、したがって「庶民の戦争責任」というテーマがあいまいであった。だが、今回の『魂込め』において、庶民ウタの過去の傷とその後の生と現在を浮き彫りにすることによって、目取真俊は、はっきりと、「庶民の中に潜む戦争の傷と加害責任」ということについて、テーマを絞ってきたのである。そして、その方法も、ラテンアメリカのノーベル賞作家G・ガルシア＝マルケス流の奇談を導入することで、またしても見事な作品を私たちに提示して見せたのである。そして、この手法こそ、今、戦争体験が風化し、その体験者自体の高齢化が進んでいる中で、戦争を語るにもっとも豊かな可能性を内包した方法であると思うのである。あらゆる意味で体験の耐用年数が尽きようとする危機にさらされている現在、体験と事実を超えうるものがあるとすれば、それは虚構を創出する想像力以外にない。「文学の力」ということに期待したいのである。

（一九九八年十一月・天荒三号）

島を鳥瞰する天蛇

野ざらし延男句集『天蛇《ティンパウ》』

野ざらし延男の第四句集『天蛇』を読む。天蛇（ティンパウ）とは、宮古の方言で虹ということであり、生きた天の蛇という意味を持つという。一九八二年宮古に赴任した野ざらし延男氏は、天蛇のごとく空を駆け地を舞い習俗にふれ、宇宙と太古を詠む。天蛇とは野ざらし氏自身のことであり、氏は、天空から、蛇を象《かたど》る宮古島を鳥瞰する。

しんしんと岬を絞める天《ティン》ヌ蛇《パウ》
巻きとった天蛇《ティンパウ》放つ平安名崎《ピャウナザキ》
天蛇《ティンパウ》の抜け殻鳴ったマムヤ墓
雲も馬糞も昼寝の岬月見草
炎帝の波の病葉島ねむる

鳳作の海あばれ　宮古がらんどう

馬肉のごと海裂きすすむ宮古サウルス

これらを詠む作者の位置は地上にはない。これらは明らかに宮古島を天空から鳥瞰した風景であり、作者の眼は天空にある。氏こそ天蛇なのだ。しかしそれでいて、氏の現実はしがらみ抱えた地上にあり、単身赴任で持病の眼疾を病む身である。意志の人野ざらし延男であろうとも、感傷や不安がないはずはない。

タンシンフニンミミナリヤマヌシマカゲロウ

じゅわきからふいのしらなみるるるるる

ふふっと海ひゅっと月どどっと家郷

胸骨の草蝉涙腺のごとく鳴く

このような句を目にすると、わたし自身が八重山に単身赴任で配転された時のことが思われて、身につまされる思いがする。あのがらんどう。あの茫然自失。まして野ざらし氏の場合、二十年近く勤めた勤務校、中央高校の廃校に伴う転勤である。異郷に踏み入るの思いは想像を超えるものがあったに違いない。家郷を離れ、異郷に向かう時、新たな思いと覚悟が必要なのだ。

ついてくる陽炎　涙痕の滑走路
もどれない　春流星の一髪

野ざらし延男はしかし、この転勤を、「宮古島に俳句の種を蒔こう」という思いへと転化し実践する。氏は宮古と出会い格闘する。島の外形が天蛇を象る宮古島は、野ざらし延男の体内を駆け巡り、やがて氏自身が天蛇となり、氏が脱皮した時、南島に俳句の島が浮上し、十年を経て一冊の句集が誕生した。俳人野ざらし延男は句集『天蛇』によって、俳句の新たな領域と可能性を提示した。野ざらし延男は宮古島を貫通することで、沖縄の原郷を掘り当て、自らの詩心を一段と磨き、俳句を厚く逞しく不動の位置へ押し上げたのだ。

じんじんと岬しんしんと首初鏡
絶叫の流星つかむハマヒルガオ
碧天宮古蝉の目灼ける海の反り
波を吐き雲を吐き打楽器の岬

宮古島に来てまず俳人の目に飛び込んだのは、島の文化でも人でもなく、その雄大で圧倒的な自然であったということだ。荒涼たる圧倒的な自然が、太古から送られた原始のままに氏の眼前で乱舞する。

　月の岬ヤシガニわたる弾奏波
　潮騒の月脱皮して竜舌蘭
　海光吐く野いちご　歓喜の夜の崖
　海きらら白雲きらら陽が駆ける
　君は駒百合ぐんらくの鈴鳴らす

　自然はこれらの句で「弾奏」し、「脱皮」し、「歓喜」「駆ける」「鳴らす」と荒々しく躍動する姿で捉えられている。島の自然は咆哮し、容赦なく氏の詩心を揺さぶったのだ。島の自然の変転は、時に超現実の世界さえ現出する。

　夢咲いて裂いて稲妻はカフカの杖
　億万の病葉ゴッホの海猛る
　大根抜く洞からダリの指生える
　鳳作の碧波　磔刑の蚊柱

島の自然に荒々しく浄化された作者は、しかしやがて、島の自然と風土を静かな落ち着きをもって見つめるようになる。

太陽《ティダ》おちて陸蟹《アラガン》月の穴をでる
満月のきんぷんを噴く蟹の国
葉騒きえ潮騒にかわる巨石墓《ミャーカ》
波いちまい月桃ひとふさ夢百夜
濃紺の上澄みはじく海の蝶

そして俳人の目はついに島の風俗と文化を捉える。

人頭税ミミズは虹の根を掘るか
海を奪ったトンボの目玉アララガマ
クイチャーの裸足がふれる金環食
月を吐く海鳴りを吐きオトーリ
闇を吐くパーントゥ空の裂け目の村

句集中にたった一句だが、野ざらし氏にはめずらしい明るく躍動感あふれる句が紹介されている。

ぐぐっと海ばしっと鰹はらり空

「鰹一本釣り」と注釈にあるように、鰹船に乗せてもらった時の句であろう。鰹を釣り上げた時のあの一瞬の快感の推移を、「ぐぐっ」「ばしっ」「はらり」といった擬声語を駆使して、実に生き生きと臨場感あふれる俳句に詠み上げている。似たような作品として〈どどっとじかんだだっと泥つつっとパーーントゥ〉〈ひりひり海きりきり落暉くく鷹〉〈ふふっと海ひゅっと月どどっと家郷〉などがある。それぞれに味わい深いが、あふれる躍動感の表現においてこの句はきわだっている。言葉がはねている。掲句は氏のめざす「視覚（標記）と聴覚（リズム）の融合からくる〝詩弦のふるえ〟」が見事に結実した作品である。氏の句の多くが硬質の光を放射し、孤高の鷹をイメージさせるだけに、この句を目にしてなぜかほっとする。

本句集は作者自身が「あとがき」で断っているように、いくつかの実験が意図されている。オノマトペの多用もその一つであるが、他にもある。

「俳句のドラマ化、絵巻物化を意図した」とする「くくく鷹」「迷宮――パーーントゥ」「八重干瀬」がそれである。思うに、「パーントゥ」二十四句と「八重干瀬《ヤビシ》」十句と「くく鷹」二十三句は、俳句のドラマ化を実験し、俳句の新たな可能性を切り拓いて見せたと言う意味でも画期的である。三つとも形式面ではドラマ化という点では相似性がある。しかし、句集全体に占める内容的重要性という点において「くく鷹」は決定的な違いを見せている。

「パーントゥ」は宮古島の風俗として祭儀が冷然と詩人の目に見据えられている。しかし、詩人は見る人であり、祭儀に感与する余地はない。また、「八重干瀬《ヤビシ》」も、幻の島の浮上から水没までのドラマチックな推移を、時間と空間の綾なす詩心で表出し、見事なまでのパノラマを現出してくれるのであるが、ここでも詩人は、見る人であり、鳥瞰する存在であるにすぎない。だが、「くく鷹」は違う。ここには、俳人野ざらし延男の、宮古島への赴任と格闘と別れの経緯があざやかに投影されてある。宮古島に飛来し、翼を休め、再び飛び立つ孤高の鷹は、野ざらし延男その人であるにほかならない。鷹がたとえ群れ成す鳥であろうともそうである。〈縄文の空の吐息か鷹の渦〉〈鷹わたる空の円心のびちぢむ〉と詠み込まれる鷹の群れは、あたかも、天空を自在に飛翔する天蛇のイメージを喚起する。そして、太古から現代に出現し天蛇のイメージで表出された群れ鷹と俳人野ざらし延男は、いたるところでイメージの重なりを見せるのだ。

次の句はどうだ。

ひりひり海きりきり落暉くくく鷹

舞うサシバ失語の島の水脈《みお》の声
針葉樹に力ぬく鷹火色の眼
鷹掻き傷空に血小板ありますか
手負い鷹磁力のごとく島を曳く
義眼の鷹もガラスの海を渡り絶え

これらの句に登場する鷹は、もちろん眼前する鷹のさまざまな舞い飛ぶ姿であるにほかならないのだが、しかし、同時に、明らかに作者と重なって離れないイメージになっているのだ。それにこれらの句において、鷹はなぜか群れというより孤独である。〈ひりひり〉とやけつく〈海〉に神経を〈きりきり〉させて〈くくく〉と鳴く〈鷹〉の姿はなぜか悲しげで孤独である。異郷の地で〈失語〉となって一筋の〈水脈《みお》の声〉を聞き分けようとさ迷うサシバはやはり孤独である。〈針葉樹〉に力抜いて翼を休める時でも、〈眼〉が火色に燃えている鷹は心も休めているわけではない。天空を舞い虚空に爪たて空しく〈かき傷〉をつける〈鷹〉は、ただ己の血を流し続けるだけである。そして、眼疾を病む〈義眼の鷹〉は、〈磁力のごとく島を曳く〉思いで、島を後に海を〈渡り絶え〉たのだ。

宮古島に単身渡り、全身的に生きかつ闘った野ざらし延男は、再び孤高のうちに島を後にしたのである。

飽食の百句ころがるはははは刃

単身赴任中の哀感は、例えば〈アパートのキャベツ泣かせた虹のかけら〉〈書架は崖寝床ではねる夜光虫〉などの句に散見できるのであるが、〈飽食の――〉の句を見ると、句作に明け暮れ格闘する氏の日常が思われて凄まじい。氏自身そのような自分を振り返り、〈飽食の百句ころがるはははは〉とあきれているのである。だが、〈はははは刃〉と、「刃」の字で体言止めにしていることに注目しよう。狂気じみたように句作に没頭するおのれに対し、自分の生活はどうなっているのだと、生活の現実の側から問いを発した時、刃を突き付けられたごとく、鋭い痛みが胸を抉ったのである。

この句は、そうした詩興と現実の、あるいは芸術と生活の乖離に気づいて痛む「心の波動」を捉えて白眉である。あるいは次のように言ってもいい。狂気から正気へ覚醒した際の一瞬の痛みを〈刃〉で切り取った見事な句である、と。〈飽食〉するがごとく句作に明け暮れるおのれに気づいて、思わず自分でもおかしくなり、〈はははは〉と笑いころげてはみた。だが、生活は？家族は？　自分は今何をしているのだ？　と問い詰めたとき、鋭い痛みの感覚が胸中を走り抜けたのであり、その一瞬の痛みの自覚こそ〈刃〉と、体言止めにした理由である。しかも〈はははは〉から〈刃〉へ、笑いから痛みへと、心象が暗転し凍りつく一瞬の波動を切り取って見せているわけで、見事というほかない。

吉田兼好の『徒然草』を、単なるつれづれなる書として読まず、「心に浮かぶよしなしごと」を、何物かに追いたてられるがごとく、「そこはかとなく書きつける」自らの所作を、「あやしうこそものぐるほしけれ」と、文学創造の狂気において捉えようとしたのは、たしか武田泰淳であったと思うのだが、野ざらし延男もまた、この句において、まるで狂気にでも取り憑かれたかのように句作に格闘するおのれの姿を定着し、しかもそのような自分をも鋭く凝視しているのである。大袈裟に言えば、この一句によって、野ざらし氏の宮古勤務三か年の全日常のありようが全て見えてくるほどなのである。俳句が十七音による飛躍と合体の織り成すイメージとリズムの構成に、その真髄があるとするのであれば、この句はまさにその典型をなす秀句であるというべきであろう。

私は不明にして、いまだ氏の句作すべてを目にしてはないのであるが、おそらく、この句は、これまでの句にない新しい質をもった句であることは間違いないように思える。俳人野ざらし延男は、苦境にあって、凄まじい意志力と刻苦研鑽によって転生し、私たちに俳句の新たな領域と可能性を切り拓いて見せてくれたのである。〈飽食の百句ころがる〉のこの句が、句集の百ページ目に配置されているのも作者の心憎い仕掛けである。どんな苦境にあっても俳人としての諧謔精神を忘れていないのだ。

野ざらし氏の宮古転勤は、私立中央高校の廃校に伴う単身赴任であった。たとえそれが、「宮古島に俳句の種を蒔こう」という決意に転化され、また実際に氏の赴任で「南の島が俳句に沸いた」としても、家族を家郷に残した胸中の苦悩と病を抱えた単身赴任の不安は消えるわけではない。また、中央高校廃校の経緯と結末への無念と、失業と転職で離散する同僚たちへの思いが消えるわけではない。おそらく赴任の時から潜在していたのであろう氏の病〈有疼性眼筋麻痺症〉は、赴任して三年目の年、氏を病気休職に追い込むほどに悪化していたのである。

半顔麻痺ひまわり鉄の首まわす
「瞳あげます」あおぞらのきききききき
ヒヒヒヒヒガンキンマヒノフユトンボ

後者の二句は、強靭な意志の人としての作者を知るだけに、自虐的にさえ響いて痛々しい。俳人野ざらし延男の、宮古勤務三か年の歳月からの帰還は、あたかも氏が畏敬する芭蕉の、〈旅に病んで夢は枯れ野をかけめぐる〉を想起させるような、壮絶な闘いの原郷からの帰還であり、新たな原郷への旅立ちであったのだ。

ゆりでいご東西にゆれ島を漕ぐ

（一九九五年十二月七日付・八重山毎日新聞）

鋭い観察眼と自己凝視

神矢みさ句集『大地の孵化』

神矢みさの句の世界は多様かつ重層的である。表題句となった〈大地の孵化の抜け殻春の雲〉のように宇宙的な視野からスケールの大きい作品を詠むかと思えば、〈戦通りと名付け途切れた生命線〉のように、身近な手のひらに視点を据えて句想を働かすことがある。詠む対象も人間、植物、動物、社会、想念、人事、歴史等と詩域が広く、それらを一つに特徴づけるのは極めて難しい。それを承知で敢えて特徴づけるとすれば、どの作品も徹底した観察と自己凝視という、作句の基本が根底において貫かれているということであろうか。神矢の句の様々なバリエーションは、作者の発想の大らかさと想像力の豊かさを示すものであり、その意味で、神矢は、まぎれもなく、伝統俳句の殻を破砕し、破天荒な現代俳句の新しい地平を目指す「天荒」俳句会の申し子である。

鋭い感受性に支えられた斬新な視点と様々なバリエーションに彩られた句想の世界を、及ばずながら、覗いてみることにしよう。

想像力と視点の斬新性

みみず夜通し木管楽器で土を吹く

朝、庭や公園などを散策していると、地表一面にみみずが土を吹き上げた跡を見かけることがある。マヨネーズをチューブから放《ひ》り出したようなあのユーモラスな形状の土くれである。作者はそれを、みみずが夜通し、木管楽器で土を吹き上げたのだと想像するのである。なんともメルヘンチックで楽しくなる発想ではないか。まるで童話の世界からかわいらしい三角帽をかぶった小人でも飛び出してきそうなたのしさがあり、木管楽器の愉快でおどけた音色が今にもピーヒャラ・ピーヒャラと聞こえてくるようではないか。斬新な視点と豊かな想像力によって、卑近で微小な土くれが生き生きと童話の世界を築きあげている。

自己凝視による自己蘇生

追伸の炎の余韻レモン切る

束縛の一気に解ける春の雷

玉子剥き妬心にわかに行き場なし

木のてっぺん蓑虫でいたい休日

「追伸の」の句。心を煩わすある出来事があって、いったん事なきを得て、事件は片付いたはずなのに、事件の余韻はいつまでも、チロチロと残り火のように身を焼く。それを振り払うように、スパッとレモンを切るごとく断ち切ろうとするのだが、いつまでも余韻となって消えないのである。レモンを切るという日常行為の中で、おのれの内面を凝視している作者の心眼が、鋭く輝いていることがわかる。

「束縛の」の句。作者が何に束縛を感じているかはわからない。時代の重圧や社会環境かも知れないし、煩瑣な日常生活の中で感じた出来事のことかも知れない。あるいは人間関係から来る息苦しさかも知れない。いずれにしても、作者は、ある時生きることへの重圧と息苦しさを感じているのである。それを、春雷がそれら煩わしさを一気に解き放ってくれないか、と願望するのである。掲句では「一気に解ける」となっているが、解けたわけではあるまい。解けて欲しいと切望しているのである。

「玉子剥き」の句も、同様な心境を詠んだものであり、日常の流れの中にいる自分への自己凝視から生まれた句である。

「木のてっぺん」の句。木のてっぺんで誰にも邪魔されることなく、のんびりと休日を過ごすことができたらという気持ちを詠んでいると思われる。家庭の主婦が、何事にも煩わされずにのんびりしたいと願う時、そこには、当然一日中働きづくめで、様々な雑事に追われてストレスをためこんでいる苛酷な日常が横たわっていることを推測させる。だから、この句も、今なお家事にあくせくせざるを得ない主婦の本音を詠いあげたかに見える。

ところで、俳句の場合、「蓑虫」と言えば、秋の季語となっていて、鬼の子＝異端者という意味があるわけで、そのように見てみると、この句は、別の様相を帯びてくる。つまり、単に「何事にも煩わされずにのんびりしたい」という受け身の心情を詠んでいるわけではなく、たとえ周囲に異端視され口さがなく中傷されようとも、自分の思うままに、木のてっぺんでのんびり生きていきたいという、能動的な生の姿勢を意味していることになり、反骨と反俗の精神が表明されているのだということが分かるのである。

時代の危機を感受

狂女の目に過去なだれ込む花福木

穏やかな昼下がりのひと時。村の福木並木の下で老婆が、暑い日差しを避けて木の根に寄りかかって涼んでいる。平和でのどかな田舎の風景である。ところが突然、一陣の風が巻き起こり、老婆の髪を吹き上げる。老婆の顔が恐怖に歪み、目が皿のように見開かれたまま引きつる。老婆の頭に過去の恐怖の体験が突然よみがえる。それは戦争の記憶なのか。一見平和な日常を生きているように見えても、人は過去の傷を抱えて生きている。巨大な軍事基地を押し付けていて、戦後は終わったなどと、欺瞞に満ちた言辞を弄する者どもに惑わされてはいけないのだ。

優れた譬喩性

孤独の目は夜の自販機水玉です

深夜、人々が寝静まった街角で、煌々と青白い光彩を放っている自動販売機は、確かに不気味であり、孤独である。無機物で血の気のない自販機の青白い明かりを、「孤独な水玉の目」と捉えた作者の感性は鋭く、その譬喩性は見事である。

あるいはこの句は、夜の基地街に佇む異国の青い目の兵士を詠んだ句なのであろうか。軍隊として駐留し、兵士として振る舞う彼らの目は、文字通り水玉のように青い目をしている。それだけでなく、人間性を疎外した血の通わない軍人の目をしているという意味で、たとえ孤独であろうとも水玉なのであり、街角の自販機のように無機物なのである。

命令の語尾の直立天気雨《ティーダアミ》

日差しはあるのに、突然、地面をたたきつけるように降り出す激しい天気雨《ティーダアミ》は、確かに、爆撃機の無差別絨毯爆撃を想起させるものがある。作者は天気雨から、戦争中の機銃掃射を連想するのである。なぜか。最近、やけに世の中の動きがきな臭くなっており、それに連れて周囲の物言いが命令口調になっていることを作者が敏感に感じとっているからである。ガイドライン法、国旗国歌法、盗聴法等々が論議も経ずに問答無用的に成立する。沖縄ではさらに基地建設反対の住民投票の結果さえ反故にされ、基地建設が進められて行く。これらは皆、国策を振りかざした「命令」である。命令口調の言葉の特徴は、語尾が鋭く直立していることである。それは戦争中の軍隊の命令口調に最もよくその特徴が現れていたのであり、命令を受けた者は、直立不動でそれに応じたのである。作者は、最近の暗転する嫌な世相を「命令の語尾の直立」という譬喩で表現しきっている。見事というしかない。

鋭い状況認識と現実批評

原罪を孕む繭ですコンピュータ

まず、現代科学技術文明の最先端を行くコンピュータを「原罪を孕む繭」と危機感をもって認識したところに、作者の現実に対する状況認識と批評性が示されている。

情報機器としてコンピュータは、今日、めざましい勢いで流通し、あらゆる領域で人間にとって変わっているかに見える。コンピュータが重宝視される最大のポイントは、「効率化」と「便宜性」ということであろう。だが、今日、速いこと、便利であることだけを追い求めた文明が人類に地球的厄災をもたらし、あらゆる領域で見直しを迫られていることも事実である。原罪を孕んだまま繭から脱皮して成虫になった時、それはさらにこれから、人類にいかなる厄災をもたらすか計り知れない。コンピュータ誤作動二千年問題は、私たちにそのことを地球的規模で突き付けていたはずなのである。

そこら中罠かも知れぬ街無月

無月とは月がない名月の夜。したがって闇である。闇の中、そこら中罠が仕掛けられているかも知れない、と作者は危機感を抱き警戒する。罠の仕掛けられた街とはどこか。日本政府の提示する地域振興という甘い罠に飛び付こうとしている沖縄のことかも知れないし、公害対策を先送りし国全体を環境汚染している企業家や目先の甘い罠にとびついて次々と腐敗を重ねて恥じない政治家を指導者に戴いている日本の国なのかも知れない。あるいは、環境汚染で満身創痍の地球そのものかも知れない。いずれにしろ、このような危機意識はすなわち、作者の時代に対する危機感からくるものであり、作者の状況認識なのである。作者は現在を危機の時代として、ビビッドに感性を反応させているのである。

ところで、街中にどんな恐ろしい罠が仕掛けられていようとも、それらにまったく無頓着で、無邪気に「花鳥諷詠」を定型の枠で詠うことが俳句の役割だと考える伝統俳句の信奉者らにとっては、この種の作品は、忌むべき駄作と映るのかも知れない。実際、伝統俳句の支配的な県内俳句界において、神矢みさ句集への反響は皆無であり、死の沈黙と無視が続いている。同句集が沖縄タイムス芸術選賞奨励賞を受賞してもなおそうであり、俳句年間回顧の中で、句集発刊という事実にさえ触れない驚くべき批評者もいる。予想されたことであるとは言え、他府県の素早い反応に比した時、あまりにも貧しく淋しい文化状況である。

私はここで、改めて野ざらし延男の次の言葉を噛み締めざるを得ない。

「俳人は傍観者であってはならない。歴史の真実を見極め、現実の病理を剔出し、未来を展望しなければ、真の俳句の道はひらけない。」

神矢みさ句集『大地の孵化』の切り開いた「現代俳句」の「新しい地平」は、これからじっくりと、その歴史的現在的真価が注目されてくるはずである。

（二〇〇〇年三月・天荒七号）

女の情念と知性と

玉菜ひで子句集『出帆』

沖縄の風土から、一人の女の抱え込んだ闇の諸相とその深さを、時には情念と知性で、時にはあどけない瑞々しさで詠いこんだ、詩想あふれる句集が発刊された。

玉菜ひで子の句集『出帆』である。作者にとっては、文字通り俳人としての出帆を告げる初句集であり、天荒俳句会にとっては、神矢みさ句集『大地の孵化』に継ぐ天荒現代俳句叢書の第二弾を飾る句集の発刊である。句集には、一九八九年から一九九九年までの十年間で詠んだ三〇〇句が精選され、年代順に収められている。野ざらし延男が十二頁に及ぶ懇切で重厚な解題を担当していて、そのことがこの句集のもう一つの魅力ともなっている。

満月に抱かれ村ごと出帆す
月に弦引く自閉の村のフクロウ

島の皺曳きずる海の初茜

一句目は、句集の表題ともなった冒頭の句である。「満月に抱かれ」て出帆するわけだから、希望に満ちあふれた幸せな門出であるに違いない。だが、作者の出帆は「村ごと」なのであり、村を抱えた出帆である。村とは何か。様々なしがらみや因習の渦巻く閉鎖的島社会であり、フクロウの住む「自閉の村」である。村を抱えるとは、そのような一切をまとっての出発だということであり、不発弾を抱いて船出したようなものである。だから、「海の初茜」を見ても、心は晴れない。どこかで絶えず、「島の皺曳きずる」ことになる。村を抱えた作者の情念は、闇で自閉し、内向し、様々な場面で噴出する。

寒風や右目で過去を泣き通す
母恋えば胸に怒濤の蝉時雨
ハマイヌビワ鬼女の千手を孕ませる
筴く葱の字で寝る一塊の闇となり
この村を出てゆく弓月ノラの足
夜叉となる鏡の裏の埋み火
へその緒のぞけば月食始まる母系図

キリキリ初日呪文を問う出自
キャベツ巻く拒絶の骨を軋ませて

だが、次のようにあどけない少女のような瑞々しい感性も見せてくれる。

星くずを集めたゆりかごさくららん
コギャルの語尾のびて右大臣のひげピクリ
かあさんと呼んでみたい初蝉鳴く
手のひらに瀬音転がす初螢

掲句のどれをとっても、作者の肩をはらない素直な感性が平易な言葉で表出されている。これは作者の柔らかで自由な感受性を示すものである。「コギャルの語尾のびて」の句には、語尾をのばし、奇妙なイントネーションで会話することを得意がる今風の娘たちの言葉遣いへの、作者の茶目っ気あふれる風刺が込められていて、ユーモラスである。

だが、このような自由な感受性は、沖縄の現実と時代の矛盾に向き合う時、鋭い批評性を帯びてくる。

日溜りの子のポケットに核煎餅
基地ボウボウ背中にムンクがしがみつく
鶏頭や戦争の影のびてきて
爆音が棲みつく火之神の香炉
札つきの鶫《スーサー》裏声で来るサミット
木下闇有事は影を抱き込んで

「日溜りの子」が煎餅をほおばる光景は、いかにも平和な日常をイメージさせ、心もなごむ。しかし、その子のほおばる煎餅は核煎餅なのである。穏やかな日常に麻痺し、巨大な核軍事基地と同居していることをつい忘れがちな我々の惰性を告発し、核基地と同居する基地沖縄の現実を鋭く照射した句である。「鶏頭や」「爆音が」「木下闇」の句も、日常に潜む戦争の影を告知した句。鶏頭の花の咲く庭先や火之神を祀った台所にまで「爆音が棲みつき」、戦争の影がのびてきているのである。

「札つきの」の句も、作者の批評精神の確かさを示した句。米国大統領クリントンを始め、「先進国首脳」が勢揃いするとあって、国の威信を賭けて開催県と国が総力をあげて取り組んだ「沖縄サミット」。沖縄中にサミットの歓迎ムードが醸成され、ほとんどの文化・芸能人がそれに無批判に巻き込まれた。そのようなサミットを、作者は、世界の札つきの政治家（＝鶫・方言でスーサー）が、本音を隠して「裏声で来る」と喝破して見せる。

これら掲句は、社会性俳句に属する句であり、いずれも無季の句である。これは「あとがき」でふれているように、「有季定型の枠を超えた自由な発想の新しい俳句」に魅せられた作者が、必然的に選んだ句の世界である。

夜の百合呵責の海へ泳ぎ出す

またひとり、女の情念を湛え、豊かな時代感覚と鋭い知性に満ちあふれた女流俳人が、俳句の海に出帆した。

（二〇〇一年六月・天荒十号）

鮮烈な邂逅と土臭さ

豊里友行句集『バーコードの森』

樹のラインに湧き立つ雲は十九歳

十九歳。青春。まぶしいばかりの溌剌とした心情を清冽に詠いあげた作品である。

高校時代に、自作の俳句を携えて、まったく面識のない野ざらし延男氏の職場を訪ねて俳句の師事を仰いだという鮮烈なエピソードを持つ豊里友行が、待望の第一句集を発刊した。

どこにいったいそのような俳句への情熱を秘めていたのだろうか。青春の若さで何故敢えて、俳句という〈奇形〉の詩形を選び取ったのであろうか。日頃の、ナイーブで控え目な彼からはまったく想像できないことである。以来、彼は野ざらし氏に師事してめきめきと実力をつけ、詩的才能を開花させてきた。

冒頭句のような青春期の溌剌とした感性は、都会砂漠に踏み入るとき、〈夜のパンに鮫のかなしみをぬる〉〈影のない藻になる煩悩の電車〉〈月は高くさみしい獏の匂い〉など、初期作品の一つの特徴ともなる孤独の哀しみを帯びて、読む人の心を魅了して止まない。

落雷の闇掘り起す亀甲墓

同じく十九歳の作品。ここには、若くしてすでに、彼の後年の作品の特徴の一つともなる特質が詠い込まれている。

豊里友行の俳句の特徴とは何か。それは〈土臭い思想性〉とでも呼ぶしかない沖縄の風俗と土俗への思想的切り込みである。

悪霊散らす流星の石敢當
捨て石の戦火を泳ぐ亀甲墓
じんじんじん針突の皺がとぐろ巻く
軍鶏の首捩じる方言札
蛙鳴くついに阿摩和利の岩を吐く

豊里の句は、石敢當、亀甲墓、針突、軍鶏、阿摩和利など土俗の語彙に〈思想〉を吹き込み、それでいて詩性とリズムを持続する困難とよく格闘し、土臭いけど美しい。沖縄の過去の歴史と風俗と現実の矛盾を見据えつつ、そこに鋭く切り込もうとする思想の刃を内臓したふてぶてしさがある。

（二〇〇三年一月・天荒十五号）

愛と詩の出発

おおしろ房句集『恐竜の歩幅』

愛の糸幾重にもまく水車
夕焼けを花束にして男来る
悶々と髪むしり敷く夜の海
裏切りの凧と出合う交差点
言の葉も鍋の煤となる年の暮れ
猫の目に狂気のパソコン流れ込む
ウインナー弾け朝一番の反逆児
俎始ノラのセリフをきざんでる
草むしる核の根っこが絡みつく

最初の二句と作者の「あとがき」を読むと、俳句との出会いが恋の出会いともなったのだという幸福な時を生きたことが分かる。

「愛の糸」の句は、恋愛時代を思わせる初期の句であり、少女らしくいじらしいとさえいえるほどの初々しさにあふれている。「夕焼け」の句はこの句から二十年は経過したであろう最近の句であるが、まぶしいほどのみずみずしさにおいて初期の作品に負けてない。三人の子供を育てしっかりと家庭を支えている主婦の生活臭さが微塵もない。私はむしろ後の句が好きだ。夕暮れの海岸で逢い引きを約束した男女。女が少し先に来て、やがて男が夕日を背に浴びて手を振りながらやって来る。顔中にうれしさがあふれ、破顔一笑、真っ白な歯がこぼれる。大らかなロマンがあり、健康な男女の情愛がある。二人は現在もなお、うらやましいほどの「名高い恋」を進行中なのだ。

夕日射す蛇のごと廊下立ち上がる

この句を読むとなぜか、渡辺白泉の有名な次の句を思い出す。〈戦争が廊下の奥にたってゐた〉。

どちらの句にも「廊下」という言葉が使われているからそういうのではない。白泉の句が、気がついたらもう戦争は学校（あるいは家庭）の廊下の奥深くにまで侵入していたという、暗澹たる時代の到来への危機と恐怖を詠っている。おおしろ房の句もまた、同様な恐怖を喚起する内容を詩句の中に感じるからである。夕映えに浮かぶいつもと変わらぬ穏やかな風景の中の教室の廊下。それが突如、恐ろしい毒蛇が鎌首をもたげて立ち上がり、襲いかかってくるのではないかという恐怖を、作者は心のどこかに宿しているのである。穏やかで平和な日常、しかし、それは本物ではない、いつか崩れる。そういう、平和の中の危機が、作者を脅かしているのである。それはそのまま、作者の時代認識であり、基地の島沖縄に実存し、危機の時代を生きる詩人おおしろ房の正当な時代感覚であるにほかならない。

（二〇〇二年六月・天荒十三号）

八重山の風景
山根清風句集『日照雨』

八重山の友人から、素敵な句集『日照雨』が送られてきた。著者は、句集を贈ってくれた友人の母堂にあたる山根清風さん。三三二句が収録されており、終章の「旅吟」をのぞけば、句集のどこを開いても八重山の風土と風俗が漂ってくる愛蔵書にしたい句集である。

神衣着て島守る司海開く
花蒲葵や箒目入れし神の庭
琉髪の司円座に盛装し
豊年や四肢逞しの頭持ち

八重山は祭りが多い。それも各地域ごと、島ごとに独自の祭りが開かれる。一月の黒島の大綱引きに始まり、海人祭、豊年祭、旧盆のアンガマ、結願祭、節祭、種子取祭等々、年中島の何処かで祭りが催されている。祭りの中心はお年寄りである。祭りを準備し、祭りの行事や出し物を指導するのも島の古老たちであり、当日の祭りを仕切るのもまた、島の老人たちである。西表の祖納では、八十歳は優に越えていると思える老婆が、島の青年たちを怒鳴り、励まし、夜を徹して指導に当たっていた。竹富島でも婦人たちに空手の組み手を取り入れた演舞を指導しているのは八十歳を越す老婆であった。祭り当日も、一番の上座に席をとり、見物するのは、島の古老たちである。島の若者や子どもたちは、こうした古老たちの面前で、旗頭を勇壮に揺すり、棒術や踊りを演ずる。作者の山根さんの住む石垣市の四ヶ字の豊年祭も見物に行ったことがあるのだが、掲句の一つ一つは、私に島の祭りの光景を、名状しがたい懐かしさを伴って、まざまざと思い出させてくれるのである。

竹富島の種取祭を見たときの驚きと感動は今でも、忘れ難い。島の御嶽の広場の祭り会場を中心に、島全体が祭り一色に彩られていた。舞台では、次々と伝統芸能や舞踊、劇などが繰り広げられた。発表演目は八十余りにも及び、島の在住者はもちろん、今は島を離れている親類縁者もその日は帰島し、出演する。終日、笛・太鼓・歌・三線が島中に流れていた。

島には、石垣島から船で十分ほどで渡ることができるのだが、いったん島に足を踏み入れると、そこはまったく別天地であり、外界と遮断されて、島中が祭りに沸いているのである。今の時代にまだ、こんなこともあるのか。私はただただ、島のエネルギーに瞠目し、驚き呆れ、そして、身が震えるほどに感動したのである。

太宰治の『津軽』のなかに次のような場面がある。主人公が、幼少の頃育ててくれた越野たけの故郷を訪ねて、その村の運動会に遭遇する場面である。少々長くなるが、太宰の文体を味わう意味でも省略せずに引用しよう。

「教えられたとおりに行くと、なるほど田圃があって、その畔道を伝って行くと砂丘があり、その砂丘の上に国民学校が立っている。その学校の裏に回ってみて、私は呆然とした。こんな気持ちをこそ、夢見る気持ちというのであろう。本州の北端の漁村で、昔と少しも変わらぬ悲しいほど美しくにぎやかな祭礼が、いま目の前で行われているのだ。まず、万国旗。着飾った娘たち。あちこちに白昼の酔っぱらい。そうして運動場の周囲には、百に近い掛け小屋がぎっしりと立ちならび、いや、運動場の周囲だけでは場所が足りなくなったと見えて、運動場を見下ろせる小高い丘の上にまで筵で一つ一つきちんとかこんだ小屋を立て、そうしていまはお昼の休憩時間らしく、その百軒の小さい家のお座敷に、それぞれの家族が重箱をひろげ、大人たちは酒を飲み、子供と女は、ごはんを食べながら、大陽気で語り笑っているのである。日本は、ありがたい国だと、つくづく思った。たしかに、日出ずる国だと思った。国運を賭しての大戦争のさいちゅうでも、本州の北端の寒村で、このように明るい不思議な大宴会が催されている。古代の神々の豪放な笑いと闊達な舞踏をこの本州の僻村に於いて直接に見聞する思いであった。海を越え山を越え、母を捜して三千里歩いて、行き着いた国の果ての砂丘の上に、華麗なお神楽が催されていたというようなお伽噺の主人公に私はなったような気がした。」

八重山のことを思い出すとき、いつもこの太宰の文章とともに、この時の祭りの風景が思い出されるのである。

椰子蟹の檻に飼われて爪の鋭き
板根の高き屏風に雲の峰
マラリア禍の慰霊碑濯げ春時雨
蒲葵扇挿して謡ふは神の庭
月の町古謡に万の民出でし
謡の韻月の流れに溶けしかな
沓石の並ぶ廃村龍の玉
猪垣の崩れを跨ぎ島の果て

これらの掲句で詠われている風景や風俗も、それぞれにまつわる思い出とともに、私の中に、郷愁にも似た八重山への思いを駆り立てずにはおかない。

失意の底で八重山に赴任し、島で暮らしたのは四年に過ぎないのであるが、八重山は、私の中で、その島の懐かしい友人たちと共に、故郷以上の輝きを送ってやまないのである。

（二〇〇〇年十月・天荒九号）

時代を映す俳句

天荒合同句集第四集『大海の振り子』

天荒合同句集『大海の振り子』には、二八名九八〇句が掲載されている。これら膨大な作品群を、〈時代を映す句〉という視点で一人一句づつ鑑賞してみることにしよう。

変面の自在の秋に派兵する　発子
声門を埋め立てられて初派兵　忠正
一つ杭は我に打つべしイラク派兵　秀子
九条の月は巣穴派兵の羽音　友行

イラクの戦場への自衛隊派兵という時代の暗転を画する一大事件。これらの句はこの重大事態を逃すことなく詠み込んでいる。派兵をただ眺めているのではない。戦争放棄の憲法があっても「変面自在」に派兵してはばからない政府と国民への痛烈な批判がある。「声門を埋め立てられ」

たかのように沈黙し、なんの声を上げようともせずにそれを許す側の責任との関連で詠んでいるところに、凡百の時事詠と峻別されるべき特徴がこれらの句にはある。秀子句の「杭は我に打つべし」の言葉は重い。

春月の匕首秘める汽水域　　けい

暗転する時代の変わり目を鋭敏な感性で捉え、不気味な不安感として詩的に定着させたのがけい句。

どっしりと有事の根太る花でいご　　園枝
うりずんの猫の目も迷彩色戦世　　とし

有事とは戦争のこと。巨大な軍事基地を抱える沖縄はいつでも有事。沖縄国際大への米軍ヘリの墜落はそのことを否応なく突き付けた。「花でいご」が咲いて平和な日常を装っていようと、「有事の根」は「どっしりと」根を下ろしている。「うりずん」にまどろむ猫の目にも戦争の影が忍び寄ってきているのだ。

寒桜ブーメランの基地移設　孝子
昼月に舞う花札海売った舟　未知子

基地はどこに移設しようが、被害は「ブーメラン」のようにおのれに被さってくる。生活の糧のはずの海を売って花札に興ずる海人。しかし、その海人から海を買ったもっと大きな悪の存在を未知子句は告知している。

廃屋の蜘蛛の巣からまる住基ネット　信子
桜一枝自殺サイトの筏舟　康子
小春日の軒先を這う虐待死　泰志

国民が住基ネットで管理され、行き場のない人々がケイタイのサイトで知り合い集団自殺を遂げる。児童の虐待死傷者数が最大数値を更新し続ける不気味な時代。

夕時雨指紋にとまどう拉致家族　淳子

拉致家族の問題が反北朝鮮を煽りつつナショナリズムの高揚が企てられている。淳子句には

「雨に女体を開くノロの海」などの風土と風景の中にエロスを詠み込んだ作品があり、得難い資質のように思えて好きなのだが、敢えてこの句を選んだ。

捏造で地球の疲れこだまする　　圭太

政治家の収賄、企業の闇献金と商品表示の偽造。地域振興のために基地建設、イラク戦争は自由と民主主義のため等、奇弁を弄したいかさまの横行。まさに地球は捏造の罠で渦巻いているではないか。

策謀の雨降り止まず蛇穴を出る　　須美

世は魑魅魍魎が湧きだして跋扈し、権謀術数が渦巻いているというのに、そこにまた、さらに、蛇がにゅっと鎌首を立てて這い出してくる不気味さ。

琉装もブルカも異端井戸を掘る　　延男

アフガン戦争で見せた米軍の容赦のない殺戮には、イスラム、辺境、アジア人への蔑視、異端排除の論理がある。白色人種に対してもあれほどの蛮行が振る舞いえたか。ブルカ同様、琉装の風習をもつ沖縄もまた異端。沖縄ブームに浮かれているといつ排除の刃が振りかざされるかも知れない。ならば、地中深く井戸を掘っておくことだ。異端を良しとする骨太の気概がある。

迷える子犬古典範読わゐうゑを　　知子
高校生風巻きつけて繭になる　　美和子
母と子のどこを触れても静電気　　房

いつの時代にあっても、生徒や子を見守る温かいまなざしがあればこそ人は育つ。「まよえる子犬」や「繭」になり、時に激しく「静電気」を放つ手ごわい対象であろうとも…。

太陽雨の行間見抜くEメール　　友恵
メカの海遺伝子蛇の泳ぎおる　　登

今や若者たちにとってEメールのやり取りは日常そのものとなっている。太陽雨のように何の前触れもなく突然降り注ぐEメール。何が真実か見抜く力が大切だ。現代社会はまさに「メカの海」なのだから。

ジングルベル靴下の闇埋め尽くす　　恵子

作者には「双六の行き着く先かイラク派兵」など、直截な時事詠もあるのだが、敢えてこの句を選んだ。ジングルベルで浮かれる時代の表層に隠れた幾多の闇を凝視する作者の視点の方が、はるかに深く鋭く時代を捉えていると思えるからだ。

鬼火抱き乱世を潜る曼珠沙華　　ひで子

乱世にあってなお、燃えるように真っ赤に咲く曼珠沙華は、女のしたたかさでもある。

無気力が一斉に身投げするシャボン玉　　まち子

人間、無気力では身投げもできない。身投げにも生との断絶のための「決意」が必要である。しかし、今日、その身投げすら、無気力の延長でなされているように見えてならない。「無気力」と「身投げ」という、一見矛盾する言葉が同居することの中に、今日の時代の闇の深さがある。「シャボン玉」とは、いつ弾けるかも知れずに宇宙に浮かぶ地球そのものである。

人生は畳一枚の蜃気楼　まん
マジメがつまらねぇ時代へ洗濯物干す　建

まん句の数多い恋唄の背後には、このような人生を達観した虚無がある。この感覚は建句の「マジメがつまらねぇ時代」とつぶやく心情とも相通じるものであり、この空虚感はよく分かる。

揚雲雀右派左派草の城を出る　みさ

さて、こんな時代、我が天荒の「蛙」はどこへ跳ぶ。右か、左か、大海へか。えっ？　どこにも跳ばずに洗濯物を干す？　それとも足元に井戸を掘る？

（二〇〇五年一月・天荒二十一号）

贅沢な俳句の樹海

天荒合同句集第三集『災帝の仮面』

合同句集の魅力はなんといっても、様々な個性たちの作品を一挙に読める贅沢さにある。さしずめそれは、俳句の樹海の楽しい散策だ、と言っていい。ましてその作者たちが、日頃句作を共にしているメンバーだということになれば、作品に接する気持ちもまた、一段と感慨深くなるというものだ。作品鑑賞は、作者の人柄など抜きに作品本位に徹すべきとはいうものの、作品の背後に作者の日頃の表情や言動を思い浮かべてしまうのは、致し方ないというべきか。この句集にも、様々な職業の七十代後半から二十代前半までの作者二十七人が名を連ねている。それら親しい面々の選り抜きの作品が、ぎっしりと収められている。各作者から、それぞれ一句ずつを、取り出して鑑賞してみることにしよう。

帰り道夜空にひとりぼっちのクラゲ　　伊波泰志

金子光晴の詩に「クラゲの唄」というのがある。「僕? 僕とはね、／からっぽのことなのさ。／からっぽが波にゆられ、／また、波にゆりかえされ。」

時代の中、自分が実存しているという確かな手ごたえもなく、いびつに時代を漂う自分をクラゲに譬えて自嘲的に詠んだ詩である。伊波の句のクラゲもまた、寄る辺なく浮遊しているかに思える自分の孤独をせつなく詠んだ句である。こうした青春の孤独を自己凝視する姿勢を大切にしたい。

基地の宅配シャボン玉のトレーナー　　上江洲園枝

なんでも手軽に宅配される時代である。電話で注文するだけで、シャボン玉模様のトレーナーを着けた若者が、ピザやケーキを手軽に宅配してくれる。最近では、基地までも宅配してくれそうな気配。これまでのように、基地は諸悪の根源とか、戦争につながるというように見なされなくなり、やれ観光や地域振興の目玉としてもてはやされ、引く手あまたで、注文すれば、名護や離島でも宅配される勢い。そうした軽薄な世相への毒矢を痛烈に放っているのがこの一句である。

むすび目の原点探す夏休み　　大城智子

長期休暇などと言うが、夏休みなんてあっという間に過ぎ去っていくものだ。あれもやろう、これもやろうと考えていたはずなのに、自堕落に送っていると何もしないうちに消費してしまう。しかし、作者は、「結び目の原点を探す」という。原点を探し、日々の雑事に流されようとする自己を見つめ直そうとする目を持つ限り、作者において俳句が死ぬことはない。

増殖する闇へバターナイフ入れる初夏　　おおしろ建

増殖し続ける時代の闇、作者は闇を抉り出すためにナイフを差し込むのであるが、しかし、何の手ごたえもない。ナイフにはべっとりと時代の脂がべとついてくるだけだ。夏のはじまり、身体にも汗がべとついてくる。その生理的不快感。手ごたえのない闇の不気味さとあいまって、作者の不安感は内部で増殖する。身体感覚と感性が研ぎ澄まされた句である。

ヘゴ林子ら恐竜の歩幅になる　　おおしろ房

森林浴。森や林は、その樹間を通り抜けるだけで、人間の心を大らかにしてくれるものである。酸素を放出する樹海で、暗くいじけている子供たちを想像することは難しい。おのずから疲れも取れ、心身に生気がみなぎり、歩く歩幅も大きくなる。群棲するヘゴの大気にふれ、見る見る元気に大胆に得意になって駆け回る子供らを活写している。

核孕み苦瓜《ゴーヤー》日毎に蔓伸ばし　　大見謝あや

「核孕み」をどう解釈するかで二通りの鑑賞が可能となる。時代が核を孕むと取れば、そうした危機の時代の中にあってもそれを意に介さず、たくましく蔓を伸ばしていく苦瓜の生命力への驚嘆を詠んだことになる。もちろんここでの苦瓜には沖縄の庶民たちのごわごわした生きざまが象徴されている。「核孕み」を「苦瓜が核孕む」というように解したときはどうか。苦瓜はその形状からして、一種の危険物の象徴となり、自らの体内に危機を孕みつつ基地経済で肥え太っていく基地沖縄を象徴していることにもなる。「苦瓜が日毎に蔓伸ばし」す健康で平和な日常に、実は危機が孕まれているのであり、基地沖縄の矛盾と危険性を詠み込んでいるのである。

檻の憂欝焦点ずらす児の写真　　奥原則子

春の吟行会に参加した時、何年振りかで動物園を見物したのであるが、すっかり人気が落ちて子供たちが寄り付かなくなった園はさびれ、檻の中で飼い殺しの憂き目にあっている動物たちも軒並み元気がなかった。まさに檻の周りには憂欝が浮遊していて動物たちも哀れ。掲句はキリンの檻をバックに子供の記念撮影をした時の一句。憂欝を背景に児の写真を撮ってはいけないという、母親の心遣いがシャッターの瞬間ピントをずらさせたのだ。母親の優しさが滲み出た句である。

荷台に割れた空殉教者のごとガラス　　　神矢みさ

九月十一日、米国への自爆テロ攻撃以降にこの句を読むと、なぜかアフガンのテロ自爆者の悲壮な姿が思われてならない。荷台に割れたガラスが乗っていて、それに空が割れたように映っているというのである。みずから割れることで空を映すなんて、かなしい。イスラム原理主義者と呼ばれる殉教者もまた自らを破壊し、自爆することで、希望の空を映そうというのであろうか。テロリストの憤怒と悲しみが胸に突き刺してくるような不思議な句である。

鍵穴に闇の吹き込む余寒かな　　　川満孝子

孤独と寒さは、鍵穴のような隙間から入り込んでくるものだ。時代の闇の中、しっかりと目を見開いておのれの実存の今を凝視する作者の確かな眼差しがある。

大海をかき氷にする高速艇　　木村まち子

伊平屋から伊是名に渡る時、高速艇が走る。夏の吟行の時、それを体験した。この作品が吟行の席で提出された時、心底「ウーンうまい」と脱帽したものだ。伊平屋の海は実にきれい。いやすごい。水平も垂直の水底も澄み切っていて、さすがに赤土汚染もここまでは、手が伸びてない。その澄み切ったマリンブルーの大海に高速艇が猛スピードで切り込むと、波しぶきがかき氷のごとく、船縁に、顔に、飛びかかるのだ。さわやかで目の覚めるような光景が今でも鮮やかに蘇ってくる。

箇条書きの春雨遺書のようだね　　金城けい

春雨を「箇条書きの遺書」と感じてしまう作者の感性と心象に胸突かれる。おそらくこの瞬間、作者は死と対峙していたのであろう。しかし、そうした極限の己をしっかりと凝視するもう一人の詩人の眼を持っている。生きることのせつなさを胸に畳み、生と死を見つめる厳しさで他者の心を浄化する精神のすがすがしさがこの句にはある。

手のひらを返せば過去の盛りあがる　小浜利知子

手のひらを眺め、さらに裏返してみると、そこに自分の歩んできた過去が刻まれている。現在を押しのけるように過去の思い出が大きく迫ってくる。

ハンミョウと行く要石の核の闇　小橋川忠正

平和な日常において、ハンミョウと戯れ、誘われるように歩いていたら、いつの間にか核の闇に連れ込まれる。それが米軍の要石の島、沖縄なのだ。「地獄への道は善意の絨毯で敷き詰められている」というが、平和の中に危機をみるのが研ぎ澄まされた詩人の心眼だ。

炎天下教員宿舎押し黙る　酒井福子

夏休み、確かに孤島の教員宿舎は置き忘れられたように、炎暑に耐えて静まりかえっていた。皆、本島へ帰省してしまったのだろう。その宿舎に、かつては作者も寄宿していたのだ。生活を共にした教員仲間との語らい、なつかしさが静かに蘇ってくる。

炎昼や五感投げ込む洗濯機　　　　柴田康子

炎暑にむせる真夏日。全身の毛穴から汗が吹き出してくる。身体中に汗がべとつく。だが、そんなことに押し潰されているわけにはいかない。暑苦しいというのであれば、なにもかも洗濯機で洗い込めばいい。主婦を生きる生活者のたくましさがある。

雨垂れの眉を引いて孤独　　　　たいら淳子

「雨垂れ」を、女が眉を引く仕草に見立てたのがいい。ひとり雨垂れを眺めている女の姿は孤独だが、どこかなまめいたエロスがある。わが天荒にはこの種の作品が少ない。

ピアスのように受動態はずす女　　　　たまき未知子

あれこれと周囲の目や陰口を気にして、結局はいつもやりたいことをやれずにきたおのれに、軽やかに決別すべきなのだ。受動的であることをやめ、これからは、自分の意志と覚悟で能動態として生きるのだ。作者の軽やかな出発への決意が込められた句。

観覧車基地の根回し始まるよ　玉菜ひで子

観覧車のある美浜の新市街地を造るのに、どれだけの根回しがなされたことだろう。新興地を象徴する華やかな観覧車の陰で、闇の政治が蠢いているのだ。華やかな観覧車の向こうに、理不尽な米軍基地権力者との根回しという闇を見てしまう目は、すでに批評家の目であり、表層を剥がし本質をつかみとろうとする俳人の目である。作者は人も羨む柔和な笑みの女性、しかし心眼は鋭い。

有事口に含み皮膚呼吸する基地の街　津嘉山由美子

私は「有事口に含み皮膚呼吸する」のは、「基地の街」ではなく、「基地」なのだと解釈したい。基地が有事（＝戦争）を口に含み今にも飛びかからんばかりにあえいでいる様を想像すると実に怖い。あたかも鰐が全身を固い殻で鎧って、獲物を狙って息止めている様が想像されるのだ。

さみしくて鮫の背びれで来る電子音　豊里友行

自分が丸ごと飲み込まれそうな都会生活の恐怖と戦いながら、それでも仕事に対峙せざるをえない。若くしてすでに、人生の辛さ厳しさを身にしみて味わったようである。故郷を離れ、都会での一人暮らしの辛させつなさを「鮫の背びれで来る電子音」と詠まざるをえない作者の胸中の哀感が迫ってくるようだ。ここでは「さみしくて」という主観を導入した語句が切れ字としての役割も果たしていて、句の中に絶妙に生きている。

すみれ咲くそこだけ一気に晴れ舞台　　なかもと須美

この句は明るい無邪気な句であろうか。そう言い切るには、「そこだけ」という語句が気にかかる。周りは闇なのである。心も寂しく、闇を抱えているがゆえに、すみれの咲くそこだけがやけに明るく見えるのだ。灰谷健次郎の「海の図」だったか。その中の一文に、次のような箇所があった。恋人同士の少年と少女が久しぶりに逢って散策する。少女は少年と歩きながらしきりに道端に咲いている花を指して「見て見てきれい」などと言う。その時、少年は少女に向かって言う。「君は僕の話より、道端の花の方に興味があるのか」と。だがこの時少女は、決して道端の花に関心があったわけではない。少年の存在こそ少女にとって最大の関心事なのだ。この句も、すみれそのものに関心があるわけではない。心の中のかげりこそ、この句の主題である。言わないで言うという俳句の神髄が生かされている。

仏塔も地平も死線流れ星　　野ざらし延男

アユタヤ吟行の時、夜のアユタヤ遺跡を訪ねた。破壊された古戦場跡に傷を帯び、斜めに傾いた仏塔がいくつも夜の闇に聳え、遺跡の平地は死者の群れる墓場のごとき様相で、不気味な静寂に包まれていた。静寂を切り裂く流れ星。闇の静を切り裂く動としての流れ星は鮮烈だ。〈明〉〈動〉としての流れ星が、死線で静まり返った周りの〈闇〉〈静〉を照らしだしているわけだ。芭蕉は〈閑かさや岩に沁み入る蝉の声〉という名句で、やかましいとされる蝉の声をもって静寂を表現したのであるが、この句もまた、流れ星の光で死線に沈む闇と静寂を浮かび上がらせている。私もいつか、こんな句が作ってみたいのだ。

てっぽう百合花弁にひそむ自意識　　平敷とし

きりっと白く花開き、凛とした百合の花弁。どこかかたくなで俗を寄せ付けない。花の形が百合の生きる姿勢。それを支えているのは確かに、花弁にひそむ自意識であるに違いない。しかし、時には俗に染まるといいのだ。

自我芽吹き嘘つきと泣くツクシンボ　　ひらの浪子

いつまでも赤ちゃんとばかり思っていたら、いつの間にか自我が芽生え、自己主張し、時に他者としての母親の非をなじるようになっている。そんな子供の成長を少し戸惑いながらいとおしく見つめている母親がいる。「自我芽吹く」と春に芽吹くツクシンボとの組み合わせもいい。ここでは季語としてのツクシンボも生きている。

三和土にて啖呵をきりし青蛙　　本間まん

俳句の本来の姿は諧謔と風刺。人様の玄関に入りこんで、ゲコゲコと泣き声を上げたとしたら、それこそ滑稽でユーモラス。ましてそれが蛙でしかもやせ蛙ときたらどうか。まともに怒る気にもなれないというものだ。蛙が三和土に迷い込んで何やら口上を述べているという、日常生活の中で惹起したふいのハプニングを、見逃すことなく、ドラマの一齣として切り取って見せた感性が心憎い。

揚陸艦出くわす朝もノアサガオ　　山城発子

穏やかな朝の出勤途次、やがて目の前に海が開け、海に目をやるとそこに揚陸艦が黒々と浮いている。すがすがしいはずの朝の気分がたちまち暗く陰惨な気分に変わる。気を取り直し道端に目を移すと、ノアサガオがかわいらしく咲いている。そうか、こんな殺伐とした朝も、あなたは変わることなく咲いてくれていたのか。そのノアサガオのけなげな心掛けが一層いとおしく思われ、勇気づけられる気持ちにもなる。禍々しい揚陸艦を向こうに回して、朝の生気を全身に吸って、負けずにすっくと咲くノアサガオ。太宰治の「富岳百景」の中の有名な一文、「富士には月見草がよく似合う。」を想起させずにおかない。「富子の山と相対峙し、みじんもゆるがず……けなげにすっくと立」つ月見草を、太宰はそう述べたのである。

（二〇〇二年一月・天荒十二号）

沖縄現代俳句の到達点

天荒合同句集第二集『耳よ翔べ』

天荒俳句会が合同句集第二集『耳よ翔べ』を発刊した。第一集よりもさらに装丁も美しく化粧アップされ、中身も一段と重厚さを増している。句集には会員二十七人の七百三十句のほかに、一九九三年から九六年までの四年間の天荒会員の活動が巻末に掲載されている。

さて、現在は、空前の俳句ブームだという。県内にもいくつかの俳句サークルがある。野ざらし延男に師事する『天荒』俳句会は、これらの中で超季の立場から独自の俳句論を唱えるグループの句会である。「季語は言葉の海に泳がせる」ことを説き、あえて伝統俳句にくみしない独自の道を歩む「天荒」句会は、私たちにどのような作品を見せてくれるのであろうか。

ぺちゃんこの空缶のような青空　　おおしろ建

空はいつも気持ちよく青空であるわけではない。「ぺちゃんこの空缶のように」ひしゃげて見えるときだってある。いやむしろ、時代が狂気そのものであるかに思える現代は、青空が青空として見えることの方がまれである。青空がそのような狂気の時代を映すカンバスなのだとしたら、その青空は夢も広がりもない、「ぺちゃんこの」ひしゃげた空でしかない。青空をそのように感覚する自我に拘泥し、こうした時代と自我を句の中に表出しようとする者にとって、もはや季語や定型はどれほどの意味も有しない。伝統俳句の表現形式は、内在的にその殻を破られるしかないのである。金城けいの次の句はどうであろう。

大根の花から難破船が見える　　金城けい

大根の花を眺めるという穏やかで平和な風景。しかし、そうした日常が反転して難破船が見えるというのである。ここで「大根」は冬の季語としての働きよりも、卑近な日常の象徴として、より意味を持っている。難破するかに見える時代の危機を、日常の狭間で不意の痛みと危機意識で捉えた秀句である。紙数もすでに尽きて、後は割愛するしかないのだが、本句集を手にした読者は、沖縄の現代俳句の現時点における高い到達点を、確認することができるはずである。

水底の日暈のこだま耳よ翔べ　　野ざらし延男

（一九九七年三月二十五日・沖縄タイムス）

「青春の鼓動」を聴く

具志川商業高校合同句集『鼓動』

高校生の文芸活動が衰退し、文芸誌が各校で廃刊の憂き目にさらされて久しい。高校生の活字離れは確実に進行している。文章表現といえば、宿題としての作文と感想文、受験のための小論文等に歪少化され、高校生の創作活動は思うべくもない。一九九二年は高文連全国大会が沖縄で開催される運びになったという中で、県下の「文芸部」は数えられるほどしかない。かって大いなる自負心と青春の実存をかけて発刊された文芸誌は影をひそめ、小説に読みふけり、創作に没頭する、いわゆる文学少年や文学少女を校内で見つけることは極めて困難である。いまや〈固有の青春の言葉による表出〉としての表現活動は消滅の一途をたどっているかに見える。おそらく、その背後には、「固有の生」を飲みつくし、個の拡散と画一化によって、人間管理を完成させようとする現代管理社会の悪意が存在するはずであり、管理教育と受験教育が横行するなか、「固有の青春」も、言葉を獲得しえぬまま、窒息させられているかに見える。

だが、こうした時代の閉塞状況に抗い、異議を申し立て、青春の復権を告げ知らせるがごとき、痛快な動きがある。具志川商業高校の生徒と教師の合同句集『鼓動』の発刊がそれである。

この句集は、具志川商業高校で教鞭をとる野ざらし延男（本名　山城信男）が授業で受け持った全生徒一三二名の作品三十五句と同校で野ざらし氏の俳句の師事を受けた職員二十五人の一四八句を収録した作品集である。職員二十五名の作品も目を見張らしめるに充分であるが、なんと言ってもその最大の特徴は、収録された生徒作品がすべて、俳句作品として、一定の質的高さを保持している、ということにあろう。

イメージの飛躍と合体、断定と余情のおりなす俳句独特の不可思議な世界と言葉の切れ味を、生徒達がみな、野ざらし氏の魔法の杖に触れることで、ひとしく会得しているかに思えて驚嘆させられるのである。

たとえば、生徒編の冒頭を飾っている三句。

水の糸時間の音色を弾きだす
地中に骨空に梯梧が泣いている
洞窟や夏の悲鳴を覚えてる

これらの句は、句集の中で秀句として、格別にとりあげられているわけではない。いわば二十句の部の冒頭の句としてアトランダムに扱われているに過ぎない。だが、その感性は鋭く「水の糸」「時間の音色」という表現のなかに、磨かれた言葉の感覚と鋭い観察眼を見て取ることができる。おそらく戦跡を訪れた際に詠んだのであろうこれらの句は、沖縄戦で非業の死を遂げた名もない人たちへの深い哀傷なしには詠めるものではない。作者は「洞窟」の中で死者たちの「悲鳴」を確かに聞きとっている。一つの青春の、沖縄戦への真摯な対峙と追体験が詠み込まれているのであり、問題意識の所在と真剣さにおいて、既に一定の質的水準を獲得していることに読者は気付くはずである。

初恋やしずかに溶けていく角砂糖

この句も、とりたててすぐれているというものではない。だが。「初恋や」とうたい、その初々しい心のときめきを「しずかに溶けていく角砂糖」と、まったく思いがけない表現で詠みあげる手法は、すでに、俳句におけるイメージの「飛躍と合体」の心得を思わせてあざやかである。いやなによりも、自己内面の凝視と言葉への感受性をみがくことなしに詠めるものではない。ひとり、「しずかに溶けていく角砂糖」をみている作者は、何を見ているのであろうか。青春の鮮烈な鼓動が聴こえてくるのである。

友が逝く胸で孔雀が乱舞する

この句は秀作である。この句が喚起するのは、オートバイ暴走の果て、空に舞うように命散らしたのであろう一つの青春の惨劇である。作者は、そのような友の「乱舞」する生と死を、心にしっかり焼きつけ、慟哭しているのである。友の死を思うとき、わが胸もかきむしられ、「孔雀」のごとく「乱舞」するのである。作者は友の死の中に、ガラス細工のように壊れやすい己の青春のはかなさとせつなさを見たはずであり、死に急ぐ青春へのいたましさと無念をかみしめたはずである。ここには、己のはかない世代を「孔雀の乱舞」として感じとった時代の感受性が鮮やかに映しとられているといえるのだ。

それにしても、親しい友の死を「孔雀の乱舞」と象徴し、慟哭する己の心を「胸の乱舞」と詠みあげる清冽な情感と言葉の感覚の表出は、そこに優れた才能のひらめきを想定したとしてもなお、ひとり今日の高校生がよくなしうることではない。野ざらし氏の「魔法の杖」を感ずる所以であり、野ざらし延男の類まれな指導力にあらためて瞠目させられる所以である。

すぐれた俳句指導者――野ざらし延男

野ざらし氏の俳句指導者としてのすぐれた点は、自らが、俳句実作の第一人者として創作活動に情熱を傾けているということにあるだけではない。俳句を人間教育の一環として位置付け、実践しているというところにあるのだ。しかも特定の才能ある生徒を指導するのではなく全生徒を指導対象とし、その「埋もれた才能」を引き出しているというところにそのすごさがあるのだ。氏は述べている。

「部活動やクラブ形式の、特定の人間を対象にした指導形態はできるだけ避け、授業を受ける全生徒を対象に根気強く作句指導する。教科書中心の授業では落ちこぼれる生徒や問題児といわれる生徒でも鋭い句を作る。否、問題児ゆえにというべきか、俳句を通して見えなかった生徒の内面が見えてくる。俳句が生徒を蘇生させることだってある。」

野ざらし氏のこの理念と姿勢は一貫しており、校内の生徒・職員のみならず、校外においても寸暇を惜しむかのように、俳句指導に心血を注いでいることは周知のことである。その結晶の一つが、今回の『鼓動』という見事な句集の発刊である。もちろん、一つの句集の発刊には、それだけの素地と気運がなければならない。前任校の中央高校、宮古高校で全国俳句大会での連続特選入選の輝かしい実績を残した氏は、具志川商業高校においても、四年連続全国俳句大会入賞を達成すると同時に、これまで、『点睛』（八八、八九年）『心弦』（九〇年）の記念句集を世に問うてきた。また、校内において、数多くの俳句コンクールを開催し、あわせて、三か年の系統的俳句指導を授業のなかで展開した。その指導は、「学修指導要領」の批判分析、教科書の検討に踏まえ、俳句指導をカリキュラムの中に位置付けなおすなど、実にダイナミックかつ緻密である。これらが、生徒と職員に俳句熱を高めることとなり、句集発刊を実現させる原動力となってきたのである。

一九九一年は、東欧社会の激動に続き、湾岸戦争の勃発、ソ連邦の崩壊等、歴史のドラスチックな大激変に遭遇した。この激変する歴史の白熱点にあって、それと主体的に切り結び、危機の時代を感受する若い感受性が、野ざらし氏の指導に触れ、どのように作品として開示するかひそかに期待するところである。

岩ぶよぶよ嬰児ぶよぶよ地球抱く

「季語は言葉の海に泳がせる」ことを説き、沖縄において独自の超季俳句論を主張して、時代の危機をこのように鋭く感受する野ざらし氏であればこそ、氏の指導に対する私の思いも、いやまさに募るばかりなのだ。

鼓膜の海に弦張る初日病歴断つ

右の句を、一九八九年、新年の句として力強く詠み、職員の部の最後に添えた野ざらし氏。「有疼性眼筋麻痺症」という難病を、驚くべき精神力を基礎に克服せんとする今、時代の「病歴を断つ」その日に向けて、氏のたたかいは、永続的に続くのである。（コザ高校職員研究誌『楊梅』十五号）

転生する青春群像

読谷高校合同句集『俳句の岬』

「人生は一行のボードレールの詩に如かない」とシニカルに言い放ったのは、「或る阿呆の一生」の芥川龍之介であるが、彼はここで、人生とはボードレールの一行の詩にも及ばないほどのものであり、芸術こそは人生にも勝る至上のものであるということを述べている。つまり、この箴言は芥川の芸術至上主義の考えを述べたものとされてきた。だが、私たちは、この言葉の中に、芥川の芸術至上主義的考えを見る以上に、ボードレールという優れた詩人の、芸術を生きる姿勢に触れて震撼した、魂の呻きが盛り込まれているのだと思い至らざるをえない。おそらく、この箴言の背後には、ボードレールの詩と精神に出会うことによって、これまでの芸術観と人生観を根本からひっくりかえされるような衝撃を受けた芥川の生の体験が存在するはずである。日々の生活の可視的事象以外には関心を示さない下町の人々の中で育った〈庶民〉芥川にとって、生活を否定した新しい時空に展開されるボードレールの詩は鮮烈であり、衝撃的であったに違いない。いや何よりも、その芸術に向かう真摯で全身的な姿勢と詩精神は、まさに、これまでの芥川の詩・

芸術に対する観念を破砕すると同時に、自分の〈いいかげん〉な生き方を卑小なものとして映し出さずにはいなかったはずである。芥川は一人の詩人に出会うことで自己転生を自覚したのである。

さて、今、手元に贈られてきた一冊の句集を読み終えて、私は不思議な感動に浸っている。まぎれもなくそこには、一人の優れた俳句指導者に出会うことで、自らの平凡な生と感性を転生せしめた青春群像が紙面いっぱいに表出されてある。

読谷高校の生徒と職員の合同句集『俳句の岬』は、そのようなものとして、私たちに迫ってくる。この句集を手にすれば、このような私の称揚の仕方が決して大袈裟なものではないのだということを知るはずである。現在の高校生諸君を活字と向かい合わすことがどんなに至難なことか、やってみた者でなければそれはわからない。活字になじまず、活字を忌み嫌い、高校三か年の間に、ついに、一冊の本も読まずに卒業していく高校生群を、われわれは日々目にしている。彼ら彼女らにおいて、一冊の本を最後まで読了して思いを巡らすなどということは全く思い及ばないことであって、もし彼らが一つの句を作ることに本気で立ち向かうことがあるとすれば、それはまさに、彼らにとって〈青春の転生〉と呼ぶにふさわしい事件に違いないのである。

野ざらし延男氏はこうした高校生らの活字嫌いの現状を物ともせず、彼らに俳句を親しませ、俳句を創作する喜びを味わわせてくれるのである。しかも、特定の才能ある生徒を指導対象とするのではなく、全校生徒すべてを対象としてなされるのである。これはもうまさに神業に等しいことなのである。野ざらし氏はこの神業を鮮やかに、しかも何度もやって見せてくれるのだ。これは、野ざらし氏の「すべての人間には埋もれた才能がある」とする信念からくるものであり、「偏差値や点数重視の教育」に対する挑戦でもある。

野ざらし氏に俳句指導を受けた生徒たちは、次のように感想を述べている。

「僕が野ざらし延男先生と『俳句』に出会って変わったことは『物事を真剣に考える』ということでした。今まで何もかも『まっ、いいか…』とだけしか思っていなく、物事にあきたらそれきりでほったらかしていました。しかし、俳句に出会い、物事に一つ一つに真剣に取り組むようになり（略）やる気がでてきました。」（H・H男生徒）

『常識から切り離れたもの』がいい作品だと先生が言ったのを覚えています。あの頃はわからなかったけれど、今ならわかるような気がします。俳句ということに出会ったことで、私の中の空想の世界や発想が豊かになったと自分でもびっくりしています。」（H・M女生徒）

「初めは、自分の俳句は自分の肉眼でだけしか見ておらず、心の眼を大きくあけて見てはいなかった。だけど、ありえないことを想像したりした。それで自分の『心の眼』が作られたと思う。」（M・A）

「俳句を作り始めて、自分の中で変わっていったことは、物事に対して主観的になれたり、客観的になれたりするところです。そうなったことによって、物事をいろんな角度から見れるよ

うになりました」（T・K男生徒）

『俳句の岬』には、自己転生を感動的に語るこのような生徒たちの感想と共に、三年生三二五名全員の俳句総数、七七六四句から厳選した一四七一句と職員十三名の一九五句が収められていて壮観である。

句集全体の質を知る意味で、生徒の三十句の部の冒頭を飾っている安次富昌男君の作品をいくつかアトランダムに取り出してみよう。

月の島オーロラの波うちよせる
月かじり野良犬たちがさけびだす
星影が空間求め走り出す
ぐしゃぐしゃと太陽たたむ昼下がり
雨を抱く木々の腕がふるえだす
悲しみの奥に潜む熱帯魚

イメージの広がりとか比喩の的確さという点において無理があり、必ずしも秀作とはいい難い作品もある。しかし、一句目の雄大さおおらかさはどうだ。そして、さらに注目すべきなのは、

「月かじり野良犬」「太陽たたむ昼下がり」「雨を抱く木々」等の表現の中に、心象に浮かぶ独自のイメージを自分の言葉で表現しようとする創意が見てとれるという点である。また、句詠の対象としては、確かに「月」「波」「星」「太陽」「雨」などとなっていて、いわゆる花鳥風月を詠った新鮮味のないものであるかに見えるのであるが、その内容は、明らかに時代の風俗を捉えて現代的に蘇生させるものへと変容しており、時代の青春の心象が映し出されている。なによりもここには、これら自然の風物を単なる風物として眺めるのではなく、それらを独自の視点で捉え返そうとする青春の息遣いが感じられるのである。その能動性が「月かじり」「太陽たたむ」「雨を抱く」という表現となっている。ここではもはや、「月・太陽・雨」は季節の風物として鑑賞し受容するものとしてあるのではない。「かじり」「たたむ」「抱く」というように、作者が能動的に働きかける対象として措定されているのである。「月かじり野良犬たちがさけびだす」の句をみると、すぐに萩原朔太郎の詩集『月に吠える』を想起してしまうのだが、朔太郎の場合の「吠える」は、「月に向かって吠える」というより、「月夜の晩に吠える」という趣が強い。そして、それはそれで、月夜に吠える犬のイメージが、人々の寝静まる晩に眠れずにひとり起きている、覚醒した人間の孤独と重なって鮮烈なのであるが、しかし、月はあくまで、下界を照らす風物として捉えられているということにおいては変わりない。

「月かじり――」の句は違う。月は照らすだけでなくかじられものとして主客が逆転され、そうすることで、下界を美しく照らす月のイメージとか、常に眺めたり崇めたりされる対象としてあった神々しい月のイメージが、荒々しく引き剥がされているのである。

それだけではない。そのことは、同時に、月夜の晩、残飯をかじり、街中を徘徊して叫ぶ飢えた野犬の群れの荒々しい生態を浮き彫りにする効果をも発揮することとなっているのである。あるいは、作者は、この句で、月夜の晩、月光に誘われて集まる狼のように、オートバイで群れて暴走する自分と同じ若者たちの飢えと狂熱を、このように「月かじり」「野良犬たちがさけびだす」というように、荒々しく表現してみたかったのであろうか。下句がやや説明的で荒々しさに欠けるのが惜しまれるとは言え、もはやここには、月を風流視したり畏敬視したりする伝統的美意識は存在しない。また、朔太郎的近代人の疎外を映し出す光源としての月もない。従来の花鳥風月的月光のイメージと美意識を否定し、それとは無縁な地点で月を捉える新しい時代の感受性が存在することを告知しているのである。

「ぐしゃぐしゃと太陽たたむ昼下がり」の句に見える感覚もおもしろい。もちろんこの句でも、太陽が万物を照らす命の光源であるとか、希望の象徴としてあるというような既成概念はすでにない。「太陽たたむ」というようにきわめて身近な事物の一つとして見ているのであり、このことがこの句の新鮮さと感性の若々しさを引き立てるものとなっていることは間違いない。だが、この句に見える感覚のおもしろさというのはそれだけではない。句全体に流れるリアリティーのことである。沖縄の真夏日のあの昼下がりの蒸し暑さ。全身の毛穴からじわじわと汗が吹き出し、じっとしているだけで下着も心も「ぐしゃぐしゃ」になる。ましてそれが、「太陽をたたむ」とどうなるか。汗の量はいよいよ増して、全身が「ぐしゃぐしゃ」になるのである。

「雨を抱く木々の腕がふるえだす」の句。

真夏日に暑気にうたれてうなだれていた立ち木が、突然降り出した慈雨のような雨をどのような気持ちで迎えるか。雨を慈しみ、かき「抱く」心境となり、木々の枝は感激に「ふるえだす」はずである。もちろんその時感激で「ふるえだす」のは木々だけではない。暑さにうんざりしていた作者もまた、真夏日のスコールを全身でかき抱き、歓迎しているのである。「雨を抱く―」の句は、雨を受けて緑鮮やかに生気を取り戻した木々の姿を、木々の心境になって詠うことで、おのれの内面の歓喜をも表出してみせた佳句である。それだけではない。この句はあるエロティシズムさえ発散させている。「雨を抱く」という表現がそうさせるのであろうが、汗まみれの服を脱ぎ捨て、裸身にシャワーを浴びて恍惚となっている若い姿態がイメージされて、健康なエロティシズムを感じないではいられない。

次の句はどうであろう。

「悲しみの奥に潜む熱帯魚」

人は悲しみを抱え涙に浸ることはある。だが、この作者は、ただ悲しみに浸っているのではない。「悲しみの奥に潜む」もうひとつの感情をみつめている。それが「熱帯魚」である。鋭く自己を凝視し、視えないものを視る〈心眼〉を獲得した感性がここにある。おそらく作者は、海中に多くの命を飲み込んだ沖縄戦犠牲者の悲しみを悼み、その犠牲者の悲しみを熱帯魚に託したのであろうが、私には、この「熱帯魚」は、色彩豊かな鑑賞魚ではなく、「熱を帯びた魚」というように読めるのだ。してみると、この句は、悲しみに沈んでいるというよりは、悲しみの底からおのれの〈転生〉を予知する決意の句であるように思えてならない。

このように、この句集には、想像力を刺激してやまない若い感性がいっぱい詰まっていて、みずみずしい光彩を放っているのである。

（一九九四年・沖縄タイムス）

ユニークで刺激的な俳論集

三浦加代子評論集『光と音と直感』

沖縄の女流俳人として、また小中高校生への俳句指導者として目覚ましい活躍をみせる三浦加代子が俳句評論集『光と音と直感』を発刊した。三浦は本年一月には待望の第一句集『草蝉』を上梓しており、三月六日には二冊の著書の出版を記念して盛大な出版祝賀会がもたれた。私も会場に駆けつけて出版を祝福し、旧交を温めることができた。

さて、評論集についてだが、著者初めての本格的俳句評論集であり、内容も随分重厚なものとなっている。全編に作者の意気込みが窺える労作である。だから、一気に読み通すというわけにはいかない。なにしろ四十冊に及ぶ参考文献が駆使されていることに示されるように、各種の芭蕉論や詩歌や漢詩の著、中国やインドの思想書やシャーマン論、果ては量子物理学の分野にまで視野を広げて、独自の俳句論を組み立てていて誠にユニークで刺激に満ちた俳句評論集になっている。同書には行動する沖縄の民謡歌手として国際的にも知られる喜納昌吉との対談なども収録されていて実にユニーク。しかし、そのことで本書をユニークだというのではない。

『気功』における『気』感を体感した視点から芭蕉の『不易流行』論を考えてみたい」と著者自身が述べているように、論を立てる視点と内容がまずユニークなのであり、極めて大胆で刺激的な芭蕉論を展開しているのである。

「芭蕉は『四季の移りかわるように、万物は変化する』『俳風はさまざまに変化する』『風雅の誠を求めて、日常が俳諧と一緒になる』『松や竹に習う』『天地自然の変化はすべて俳諧の素』『物からにじみだした光が消えないうちに、物をよみなさい』と、シンプルに何度も『俳諧』を詠む秘訣を教えている。

これらの言葉には芭蕉の体感がともなっている。その体感こそが芭蕉俳諧の原点ではなかろうか。」

「芭蕉は談林派の俳諧のような小手先のものでは満足しなかった。（中略）芭蕉は、『詩・歌・連』につながる『みやび』に、中国の哲学や文芸の『風雅』の思想を取り込んで新しい『風雅』観を打ち立てていた。」

「中国の思想、文芸に傾倒した芭蕉の唱えた『風雅の誠』は、生命の本である造化、いわゆる『気』に触れることを芭蕉なりの言葉で述べたのであろう。中国の『試経』から、取り入れられた『風』『雅』であったが、日本文化は、『風雅』の『みやび』の方を尊び、『風』を失ってしまったのではないだろうか、風は『その芸術にただようて人の心を揺るがすもの、歌をうたう古都。』(目加田誠)とあるように、『風』は『詩経』からみると『気』である。日本の伝統文芸は、いつのまにか『風雅』から『気』の力を失っているのである。

旅は器としての体を芭蕉に認識させていく。徹底的に身体を使うことで、意識は深化し体を認識しされ《ママ》、気の思想を体得していったのであろう。芭蕉はいつしか荘子のように万物との交流をし始めていたのであろう。それが伝統的な『雅』の世界に、中国思想で構築した『俗』の世界を取り入れて、詩にエネルギーをあたえたのである。芭蕉の構築した俳諧の世界は、日本伝統の和歌や連歌の『風雅』を越える『風雅の誠』の世界だったのである『風雅の誠』に触れることが詩人としての芭蕉を蘇生させたのである。」

本書のエキスと思える部分をここに抄出したのであるが、ここに導くまでの著者の論の展開は、種々の書を引用しながら十分説得力がある。

だが、その結果が次のように結論づけられる時、果たしてそうかと疑問を提起せざるをえない。

「もともと宮廷を場としてうまれた日本の文芸における『みやび』は、優雅、絢爛さ、王朝的なおおらかさを残しながら、中世の無常感につらぬかれた『風雅』に変質していった。芭蕉はこの変質した『風雅』に改めて息をとりもどしたのである。日本の伝統文芸の『みやび』は季語という俳諧の新しい表現形式によって蘇生し、『風雅』は造化にふれたものとして『風雅の誠』として芭蕉によって蘇生したのである。」

芭蕉が談林派の俳諧に疑問を持ち、やがて荘子の思想の影響や漂白の旅を経て、気の思想を獲得し、詩人として蘇生した、とするのはよい。そこにまた、三浦の論の独自性と創意性もある。しかし、それを、風雅を超えた風雅の誠だとするとき、結局は、芭蕉もまた、ついに、季語の呪縛から抜け出せなかったということを示すことにしかならない。

だが、芭蕉の言う「風雅の誠」とは、まさにこの花鳥風月の風雅を超えた、人間が日々生活し生き死ぬ実存の極みにこそ見いだしたのではないのか。人間芭蕉はついに、風雅のなかにおのれの生を埋没できなかったのだ。だから、芭蕉五十一歳の絶句、「旅に病んで夢は枯れ野をかけめぐる」の「枯れ野」は、冬の季語としての「枯れ野」ではない。それは人生の枯れ野であり、人生の荒野の象徴として使われているのであって、人間芭蕉の孤独と苦悩と叫びを詠み込んだ句であるにほかならないと思うのである。

（二〇〇三年三月・天荒会報二七七号）

解体する風景の中の孤独

砂川哲雄詩集『遠い朝』

南島八重山の地で独り静かに詩を営む詩人砂川哲雄氏が、待望の詩集『遠い朝』を出版した。南山舎の「やいま文庫」シリーズ第二弾を飾る詩集である。詩人は、八重山の地でこの時代の風景をどのように感受してきたのであろうか。

冷たい風が身体をとりまき
ぼくらはもえることを拒まれて
皮膚の内側で疼きつづける
そして
明日へつながる記憶は
どこまでも暗く
夢は虐げられている

（「涙が乾いて眠れない夜」）

私たちは、「暗い記憶」と「虐げられた夢」しかない不幸な時代を生きるしかない。失われた夢と未来への絶望が時代を生きる詩人の孤独を満たしている。風景の解体。自己の不在。苦い覚醒である。

「この詩集に収められた作品は二十代から五十代にかけてのものだが、モティーフそのものはほとんど変わっていないことに自分でもいささか驚いている。」（あとがき）と、作者自身が述べているように、二十代後半の作品「涙が乾いて眠れない夜」から五十代の「遠い朝」、「新緑の朝に」という作品にいたるまで、作品のモティーフとなっているのは、解体する風景の中に自分を見いだすことができない詩人の孤独である。

だいそれた夢を見たわけではない
ただ時には
肩にまとわりつく蝶の群れと
ゆっくりと緑の街を歩きたい
そんなささやかな望みだった
どこでどう間違えたのか
水色の空は相変わらずみずみずしいが

彩りに満ちた風景は醜く塗り替えられ
黄昏の淡い光に映るのは
冷ややかな白い街

（「風に吹かれて」）

詩人の内側に「彩りに満ちた風景」は確かにあった。それがいつのまにか、「醜く塗り替えられ」、「冷ややかな白い街」に変貌してしまった。平和で豊かに見えていたはずの風景がある日醜く見えたという時、風景は解体したのである。平和の解体。文明の解体。価値観の解体。イデオロギーの解体。言葉の解体。宗教の解体。人間倫理の解体。家族の解体。あらゆる所で風景は解体してしまった。

では、誰が、街を塗り替えたのか。街は何者かの手で変えられたのだ。しかし、詩人はその犯人を外部にだけ求めない。「緑の街」を「白い街」に塗り替えたのは自分である。自分の内部が変わったのである。苦い覚醒にほかならない。「どこでどう間違えたのか」という自己の内部に目をむける内省の詩句が、そのことを告げている。

先日、赤ん坊を誘拐した犯人が捕まった。犯人の女子大生は、犯行の動機を「かわいかったので連れて行った」と事もなげに述べている。この事件は、しかし、簡単に見過ごしていい事件ではないように思える。筑紫哲也氏が「新人類」という言葉を流行させたのは、一九八五年頃。そのころ二五歳以下の世代をそのように呼称したのであった。「新人類」の特徴は、例えば、雨が降ったら、目の前にある他人の傘をさして平気で帰る。借りた金を返さないでも別に悪びれないなど、従来の倫理基準では推し量れない感覚を指してそう呼んだのであった。先述の女子大生は丁度その二世目ということになる。他人の傘を黙って持ち去った世代が一巡して、他人の赤ちゃんを黙って連れ去るに至っているというわけだ。倫理観・価値観の崩壊を認識せざるをえない。

作品の背景となっている一九七〇年代から九〇年代と言えば、日本が高度経済成長期から安定成長期を経てやがてバブルの崩壊によって不況期を迎える時期に対応する。世界的にはソ連・東欧「社会主義体制」が崩壊し、世界の冷戦構造が解体して、アメリカを中心とする「資本主義体制」が圧倒的優位を誇る時代である。精神や魂の問題より経済と効率化が優先され、科学文明の生み出す「物」が市場にあふれ、「物」が世界を支配する。しかし、こうした現代という時代の「豊かさ」と「平和」の陰で、地球は病み、世界はあちこちで呻き、叫びをあげている。

わが国も例外ではない。ハイテク商品が店頭にあふれ、若者らが街角のいたる所でケイタイにしがみついている一方で、倒産と失業は泥沼的に増え、中高年層を中心とした自殺者が三万人を突破した。広島・長崎の被爆者が、この一年で新たに七千人余が死亡する中、侵略戦争を美化する動きが顕著になっている…等々。作家の村上龍氏はいみじくも言っている。「この国にはなんでもある。ないのは希望だけである」と。こうした見せかけの「平和」と「物」の時代の孤独を、詩人は作品の中で繰り返しかみしめる。その独白の抒情と時代への批評が、同時代を生きる我々に滲みこんでくる。そのことは、詩人の孤独が、ほかならず詩人だけのものでなく、時代共通のものであるということだ。

風景の解体――。作品の中に「風」「光」「記憶」という言葉と共に、「風景」という言葉がなんどもでてくる。風景とは何か。

変わり果てた風景の中で
ぼくらが失ったものは
ほんとうは何だったのか
固い舗装路ではまだ
枯葉の群れが荒北風に吹かれて
ひるがえり転がりつづけている
(「風に吹かれて」)

(二〇〇一年八月・天荒十一号)

不可視の闇

目取真俊『群蝶の木』

少年期の記憶をたどると、自分の村にも〈そのような人たち〉が確かにいたということに思い到る。襤褸をまとい、髪振り乱し、胸をはだけ、太ももをあらわに一日中、村の中を徘徊する狂女。身寄りもなく村はずれの土間のぼろ小屋にひっそりと住んでいた精薄気味の作男。村の辻の福木の大木に縄で縛られて吠えていた片腕の唖者。村の悪がきたちは彼らを恐れながらもしかし、自分の「勇気」を誇示するために、時に残酷な行動に出た。彼らを「ふらー」と罵り、石つぶてを投げ付けていわれのない加虐を繰り返して笑い興じた。

目取真俊の三冊目の単行本『群蝶の木』が出版された。表題の作品を含め四つの短編が収録されている。「群蝶の木」はゴゼイという、社会の最底辺を生きた女性の悲惨な一生を主軸に扱った作品である。みなし児として遊郭で拾われて遊女となり、戦争中は日本軍の慰安婦、戦後は米兵相手の売春婦を生業とし、最後は狂女として狂態を演じた果てに病院に収容され、ぼろぼろの生涯を閉じる。この悲惨な境遇にある若い時のゴゼイに密かに心を寄せるのが、片腕の麻痺した小間使いの男ショーセイである。二人は互いに思いを通わせ密会を重ねる。ショーセイは徴兵を忌避するために自ら大火傷を負って手をつぶし狂人を擬装しているのであるが、沖縄戦の末期、スパイ容疑で捕えられ、沖縄人を含む日本兵の手で惨殺され非業の最後を遂げる。他にも、慰安婦にされた朝鮮の女性、墓場に住む癩患者らが登場する。これら最下層に位置する人々は、戦時中と戦後、村という共同体社会においてどのように扱われたのであろうか。このような人々についての記録や証言はほとんどない。すべては闇に包まれたままである。

目取真俊は、この不可視の闇に文学の力で光を当てようとする。最下層の側に視点を移したとき、戦争の被害者として語られてきた沖縄の庶民や村人の態様が、加害者としての新たな様相を帯びてくる。イチャリバチョーデー（人は出会えばだれでも兄弟みたいなもの）とか、ユイマールの精神（助け合いの精神）、チムグルサ（他人が困っているのを見ると自分の心まで痛む）の文化などと、沖縄的共同体の有り様が、癒しの島、やさしさの文化と称されて何のてらいもなくもてはやされ、はてはそれが土着の思想として称揚される文化・思想状況の軽薄さを、この作品は根底から引きはがしてみせる。

ゴゼイが悲惨な生涯を歩んだのは、全く彼女の意志と関係ないばかりか、〈村〉という共同体の忌避にあったからである。戦時中、慰安婦として日本兵の性欲の犠牲に供された彼女は、米軍占領下では、村の婦女子を米兵の性欲から守るために、米兵相手の売春宿で働くことを、村の有力者から懇願される。「村の女など、年寄りも子供も米兵に弄ばれてしまえばいい」と思いつつ、それを引き受ける。よそ者の彼女が村に居住するには、それが最低限の条件であり、愛しいショーセイとの思い出の地に留まるためには、その条件を受け入れるしかなかった。

以来、彼女は、五十年余り、村で生活することになるわけだが、しかし、決して村社会の一員ではあり得ず、ついに一度も村の行事に加えてもらうことはない。村人からはたえず忌避され、蔑まれ、たとえ善意でやった人助けすら、疑いの目で見られ、さらにひどい仕打ちを受けることになる。村人の中でゴゼイに同情を寄せるのは、語り手役で登場する主人公・義昭の祖母だけである。ゴゼイの底無しの不幸の背景には、明らかに、村人たちの排他的エゴがあり、沖縄の村落共同体の負の側面が横たわっているのである。

芥川賞作品『水滴』において、語り継がれる被害者としての沖縄人の、戦争体験談の陰に隠された加害の側面を抉り出して見せた目取真俊は、『魂込め』において庶民個々の抱える戦争の傷と加害の問題を深めていったのであるが、今回の「群蝶の木」で庶民よりさらに最下層を生きるしかなかった慰安婦や朝鮮人、身体障害者らに照準を当てることによって、〈善良な市民〉の隠された残酷面を取り出して見せたのである。

いまだ不十分とはいえ、庶民の戦争体験は掘り起こされ、各地の「村史」にも収録されてきた。だが、村民でもない彼ら非人同然の悲惨極まりない人々の実相は、不可視の闇に葬られたままなのである。

かつて、清田政信について触れたエッセイの中で（一九九七年刊の『敍説』誌上）、沖縄的風土や風俗に安易に寄りかかって恥じない大城立裕ら沖縄の文人たちの批評精神の弛緩を批判した目取真俊は、これら文人たちの対極で、共同体への拒絶の姿勢を貫いた清田政信を評して、次のように述べたことがある。

「沖縄の小説がある程度注目され、沖縄の文化や風土、政治的状況が文学作品を生み出す上での優位性として語られている現状だからこそ、沖縄の内にあって通俗的な沖縄のイメージへのよりかかりを激しく批判した清田の批評意識と表現者としての自律性を、自らを映す鏡として検討する意義があると私は思う。」

今回の「群蝶の木」もこのような作家の執筆姿勢を見事に結実化した作品である。

（二〇〇一年五月・天荒十号）

現代社会への風刺と警鐘

ミヒャエル・エンデ『モモ』

昨年の暮れ、本紙朝刊の「教育すくらんぶる」は、「広がる若者たちの異変」という見出しで、最近の子どもたちの状況について、興味深いレポートを載せている。授業中に化粧する、注意してもキョトンとしている。隣で生徒がひっくりかえって泡吹いていても、平気で答案用紙を書き続ける、などなど。「子どもたちはえたいの知れない生き物に変身してしまったのだろうか。」と、筆者は述べている。「教育困難」とか、「学級崩壊」と称される学級非行の実態である。今日、教師が、生徒に静かに迎えられて授業を始めるというのは、神話に属している。席につかない、際限のない私語、本もノートも出さない、飲み物やお菓子、果ては携帯電話、玩具、ファッション雑誌の持ち込み。まず、教師は授業を始める前に、これらと我慢強く相対しないといけない。この現象は、小、中、高校だけの話ではない。昨今は大学にまで及んでいるという。少年たちの切れる現象や酒鬼薔薇事件と無縁ではない。

ミヒャエル・エンデの『モモ』は、こうした子どもたちの荒れていく状況を、現代人の陥る人間疎外、人格崩壊の普遍的現象として予知し、警鐘を鳴らした作品である。

私が『モモ』と出会ったのは、十数年前。シュタイナー研究に携わる友人らに勧められたのがきっかけである。以来、何度も読み返し、作品の奥深さと魅力にとりつかれてきた。最初は、なんといっても、モモという風変わりな少女の持つ魅力とワクワクする物語性に魅了されたものだ。しかし、さらに読み返していくうちに、現代社会への鋭い風刺と警鐘をテーマとした思想小説であることに感銘し、それが、シュタイナーの教育思想に底通するものであるということを知るに及んだ。だが、この作品のすごさはそれだけに尽きない。効率主義、功利主義、物質主義の思想に根差した現代管理社会の悪意、それをこそ「灰色の男」として人格的に象徴させているところにその深さがあると思えるのである。

「はじめのうちは気のつかないていどだが、ある日きゅうに、なにもする気がしなくなってしまう。なにについても関心が持てなくなり、なにをしてもおもしろくない。だがこの無気力はそのうちに消えるどころか、すこしずつはげしくなってゆく。(中略)気分はますますゆううつになり、心の中はますますからっぽになり、じぶんにたいしても、世の中にたいしても、不満がつのってくる。(中略)こうなったらもう灰色の男そのものだよ。この病気の名前はね、致死的退屈症というのだ。」

エンデは、現代人の病理現象を「致死的退屈症」と呼んでいる。エンデのすぐれている点は、こうした病理現象の病根を、各人の性格やマナー、教育や家庭環境の問題などに解消せず、現代資本主義社会に根差す構造的病理として捉え、その病原菌を撒き散らし体現した人間を「灰色の男」で象徴させている点にある。仲良しだったジジやベッポや多くの子どもたちが、見えないところで灰色の男の罠にはまり、時間に追われ、不本意にあくせく生きて、人間性を枯渇させていく姿は、あまりに現代人に瓜二つで、痛々しい。マイスター・ホラによって、人々の病気の原因が、灰色の男たちに時間を奪われたことにあることを知らされたモモは、灰色の男たちに勇敢に立ち向かい、ついに、彼らを退治し、人々に心豊かな生活を取り戻してくれる。

さて、『モモ』を読み終え、モモに共感した私たちは、モモになれるであろうか。あくせく生きているおのれの日常を、ふと立ち止まって、モモに郷愁を感じつつ、相変わらず、時間に追われる毎日を生きるのであろうか。『モモ』にならって言えば、学級崩壊や教育荒廃は、「灰色の男たち」のせいであって、子どもたちのせいではない。灰色の男たちの存在に気づき、それと戦うことが、どんなに徒労の多い、後退戦を強いられる戦いになろうとも、それをやめるわけにはいくまい。

（一九九九年六月二七日・琉球新報）

沖縄の原風景の闇
樹乃タルオ『淵《クムイ》』

樹乃タルオが第三〇回「新沖縄文学賞」佳作を受賞した。樹乃は、池宮城秀一の本名でこれまで多くの作品を発表しており、その洗練された絹ごし豆腐のようにきめ細かい文章に魅せられた読者が少なからずいるわけで、古くからの熱烈なファンを持つほどである。だから、今回の受賞を遅すぎる受賞と受け取る人がいても不思議ではない。文芸批評家の比屋根薫は、沖縄タイムスの二月の文芸時評（二月二十四日付）で次のように記述している。

「樹乃タルオは最も初期の『新沖縄文学』に『矢のような腐乱死体よりも疾く』を発表している早くからの小説家である。（略）彼がこれまで苦闘してきた文学的営為がなかなか作品として報われることがなかった理由は、硬い岩盤を掘って小説に到達しようとしていたからだと思える。」と。

小説をどのように読むか。これは、芥川賞作品の選者評を読んだ時にも感じたことであるが、実に多様な読まれ方がなされているようで、文学賞の選考基準も各自ばらばらであるように思える。作品の構成や全体的な出来栄えを重視するのもいるし、細部の表現や描写力に目を配るのもいる。題材や時代性・社会性との関連で評価するのもいるし、中には書き手の将来性を期待して選ぶ場合もあるようである。私はといえば、小説とは何かという本質的視点を据えたうえで、何をどう書いたかというテーマ性と文章力に関心がいく。

さて、『沖縄文芸年鑑』に掲載された選考委員三人の選評をやや詳しく見てみよう。

大城立裕。『淵』は、詩のように書かれていて、文章がよい。沖縄本島中部の、基地に近いわりに古層を残した農村の湿り気が伝わってくる。ただ、小説になり得るモチーフをたくさん盛り込みすぎた。詩人の書く小説にありがちだが、例えば、母と子が情愛を交わす、その乾いた詩情を重点に表現することがのぞましいが、そのためには素材を整理して深く掘り込む努力がほしい。」

岡本恵徳。『淵』は小学五年生の主人公で語り手でもある『僕』の視点で、戦後間もない頃のO村を舞台に、主人公「僕」の一夏の成長過程を縦軸として、それに関わる母親や伯母あるいは戦死した父をめぐっての噂などを、成人した主人公の回想を織り混ぜながら描きあげている。達意の文章で戦後間もない頃の沖縄の農村の佇まいを詩情豊かに描ききって魅力がある。が、取り上げた風物について解説がわずらわしい感じを与えるし、また村人の主人公の出生にまつわる噂やN姉など意味ありげなエピソードは気になる。（略）この作品が、部分的には極めて鮮やかなイメージを結びながら、全体として焦点の定まらない印象を残すのは、おそらくそういう『語り』のあり方に関わっているという気がした。」

中沢けい。『淵』はひとつひとつの場面から美しい詩的なフレーズの調べが聞こえるようであった。あるいは作者は断片的な場面の中に流れた詩的なフレーズをすくい取れればそれで良しとしたのであろうかとも思う。しかし、読者のがわからすると、もう少し長く、一つ一つの場面に流れる詩的なフレーズに耳を傾けたかった。そしてそのフレーズが散文的な意味を醸成し、流れのあるストーリーになって欲しかった。

木材を切り出す場面、それを運び出す場面などは充分な実感を持って描き出されているので、陽の輝く下、赤土の埃が舞う道を行く少年の肌に浮く汗までが見えるようだった。」

さて、これら三人の選者の弁は果たしてこの作品の評として的を得たものになり得ているであろうか。大城は「詩のように書かれていて、文章がよい。」といい、岡本は、「達意の文章で」「詩情豊か」と述べ、中沢は、「ひとつひとつの場面から美しい詩的なフレーズの調べがきこえるようであった」としていて、三者とも文章の優れている点については異口同音に称賛している。しかし大城は、「モチーフをたくさん盛り込み過ぎた」と言い、「母と子が情愛を交わす、その乾いた抒情を重点に表現することがのぞましい」としているわけである。岡本は、「風物についての解説がわずらわしい感じを与える」し、「意味ありげなエピソードは気になる」として、「全体としては焦点の定まらない印象を残す」と指摘している。中沢は「一つ一つの場面に流れる詩的なフレーズ……が散文的な意味を構成し、流れのあるストーリーになって欲しかった」と注文をつけているわけである。三者からの問題点の指摘は、作品の弱点として、概ね首肯しえないこともない。ただ、大城が指摘する「モチーフをたくさん盛り込み過ぎた」ということはその通りだと思えるにしても、この作品のモチーフを「母と子の情愛」「その乾いた抒情」に絞るべきだったという指摘は納得できない。岡本の指摘する「意味ありげなエピソード」については、確かになくてもよいという気がしないでもない。ただ、昔の農村の貧しさの中の猥雑な性風土、いわゆる男女が出会うモーアシビー的な状況が容易に準備される集落の雰囲気を設定することで、集落に内在するエロチックな息遣いを伝え、作品に土俗性と奥行きを与えていると解すれば、必ずしも無駄なエピソードとも思えない。

さて、では、この作品は何を描いているのであろうか。大城が指摘するように、「古層を残した農村の湿り気」を描いているのであろうか。また、岡本が言うように「主人公『僕』の一夏の成長過程を縦軸として、……戦後間もない頃の沖縄の農村の佇まい」を描いているのであろうか。あるいはまた、中沢が言うように「詩的なフレーズを流れのあるストーリー」にすればよかったのであろうか。私にはいずれの評も、この作品のテーマをとらえ損ねているとしか思えない。

この作品は、選者たちがいうような、「戦後間もない頃の」「古層を残した」「沖縄の農村の佇まい」、つまり沖縄の懐かしい原風景を描いたものではない。その原風景に潜む闇を描いているのである。原風景の闇。これこそがこの作品の書かずにはおれなかった作者のモチーフであり、作品のテーマであるにほかならない。そのことは、冒頭の書き出しで象徴的に書き留められている。

「飛び心地かい？　そりゃあ何といっても中城湾の御天が一番さ」

伯母はそう言い残して死んだ。東風の吹く頃だった。

一家の貧困と不幸を一身に背負い、最後は狂気の果てに死んでいったこの「伯母」の悲惨。この惨劇を生んだ農村の原風景の闇を、作品は鮮やかな美しいフレーズを随所にちりばめながら描き出しているのである。では、この「伯母」の惨劇とはどのようなものであり、何によってもたらされたのであろうか。「伯母」の悲惨な生涯をたどって見ることにしよう。

極貧で一家餓死寸前の果てに、数え十三歳でジュリ売いされる「伯母」であるが、遊郭で芸妓を磨き稼ぎ頭になることで、人手に渡っていた田畑を買い戻し、零落した一家を再興した。だが、我が身を汚し苦界に落ちて築いたそれら財産もすべて、両親、夫、男兄弟三人と共に戦争で失って、狂乱の果てに狂死する。

狂気に見舞われた「ツル伯母」の叫びは悲惨極まりない。

「…ワッターウィキーヌチャー　クワタセーターヤガ？　イヤードゥヤルイ？　ワンドゥヤルイ？　イヤーアランネーターヤガ？　ワンアランネエターヤガ？　ダー、ワンヤマトゥウトゥマディン　サッティイネーランセー」「…ヌーガヌーヤガ、ヌーヤクトゥ　カンナトゥガ…」（私の三人の男兄弟を殺したのは誰か？　お前か？　私か？　お前でなければ誰だ？　私でなければ誰だ？　あー、私は大和出身の夫まで殺されてしまったよ。なんでどうした、どうしてこんなことになってしまったのだ）

ツル伯母の地獄はこれだけではすまない。狂女となって髪を振り乱し、着物をはだけて部落中を歩き回り、その過程でレイプに遭い、最後は家族の手で屋敷牢に幽閉されて狂死するのである。

このツル伯母の惨劇は何を物語っているのであろうか。一つは、貧困の果てに娘をジュリ売いする人身売買という闇の実在を提示しているということである。吉屋チルーがそうであったように、貧しさを背景に人身売買という闇の風習が歴として存在していたのである。闇の二つ目は、狂者の屋敷牢への幽閉という事実である。これは必ずしも狂者だけではない。唖者や知恵遅れなど精神や身体に障害を持つ者も、家族や親族らによって座敷牢に隔離されたのである。三つ目の闇は、こうした女性狂者が受ける淫靡な性被害の実態である。無防備な彼女たちは度々村の男たちの残酷な性欲の犠牲にあって、子を孕み、父無し子を出産したのである。作品の中でもそれは、伯母の受けたレイプ、屋敷牢に忍び込む男らの存在というかたちで暗示されている。

しかし、ツル伯母を襲った惨劇はそれだけではない。最大の惨劇は戦争である。戦争によって両親、夫、兄弟と財貨の全てを失い、生きる支えを失い、精神まで破綻してしまうのである。

描きこまれたこれらの闇に目をむけず、昔の農村の原風景にのどかな風景だけを見たがるのは批評家の退廃であり、樹乃はこの原風景に潜む闇をこそ見つめ、文学の光を当てようとしているのである。

ところで、ツル伯母を狂死に追いやった戦争の惨劇は、「伯母」だけを襲ったのではない。それは、村の原風景を侵食し、戦後も、闇から伸びた黒い手のごとく、村の風景と村人を羽交い締めするかのように根底から規定しているのである。

作品の前半だけを読む限り、たしかに、昔懐かしい沖縄の原風景を詩情豊かに描きあげた心温まる作品であるといえなくもない。母子で薪を拾い、労働力の一つとして母を助ける男の子がおり、淵《クムイ》での子どもたちの水遊びがあり、季節ごとの木の実や草の実を求めて野山を駆け巡る子どもたちの世界があり、戦争ごっこや塹壕探検に興じる腕白たちが登場する。また、エイサーに熱中するたくましい村人がおり、それを取り巻く子どもたちがいる。薪を積んだ荷車を引く母親とそれを押す子ども。その母子が松の木陰で小休止をとり、口笛で風を呼び合う場面など実に詩情豊かで、母子の温かい情愛が心地よく吹き抜けていくように描き込まれている。渇きを癒すために湧水池を求め、その澄んだ水を木の葉で掬って喉へ流し込むシーンなど、唸るほどの見事な描写であり、昔懐かしい原風景への郷愁を喚起してやまないものがある。

だが、昔懐かしい原風景の背後にはいつも闇がのぞいている。それはたとえば、大江健三郎の「芽むしり子撃ち」や灰谷健次郎の「四万十川」などのように豊かな四国の自然を背景に子どもたちが山河を駆け遊ぶというような村の原風景とは違う風貌を隠し持っているのである。そもそも、母子が山で薪を拾い荷車で運ぶという平和な風景からして、その内実をたどれば、一家の大黒柱である父親の戦死という父の不在に起因しているわけで、単なる親密な親子関係の風景としてあるわけではない。一見のどかで平和な佇まいを見せる村は、いたる所に消しがたい傷と闇を晒しており、作者はこれを克明に書き留めている。

「戦後そのクールー岳の登頂部にはのしかかるように、米軍のレーダーサイトが置かれ、巨大なダークグリーンのアンテナが昼夜せわしなく回っていた。」

「そこ（登頂部）は米兵のガードが二十四時間警備していて、近づくと撃たれると言われていた」

『鉄の暴風』が吹き荒れた日、松は抉られ、へし折られ、撲殺され、燃え落とされたのだ。」

「O村の場合は、村ごと軍用地として接収され、止むなくK村とZ村の村境に村ごと借地するカタチとなる。」

「山や周辺の山野は防空壕がいたるところにあり、塹壕が走り、蛸壷が掘られていて……防空壕の中を覗くと骸骨がゴロゴロしているのは珍しいことではなかった。未使用の砲弾や薬莢、手榴弾、壊れた銃火器の類、空になった医薬品の瓶の類、また飯盒、水筒、ボロボロになった衣類など、生活の残骸などもあった……ここもまた子ども達にとっては格好な遊び場であった」

「危険な遊びもあった。軽機関銃や重機関銃の弾の弾丸部を抜き取るのは簡単であったから、中の火薬を出して、山盛りに盛る。火を着けるとシューシューと音を放って実にいきおいよく燃えたものだが…」

「カデナ基地。そこは、皓々たる夜を欺く光の海であった。O村全体がほの明るいその余照を浴びていたから、闇を奪われた村といっていいかもしれない。」

「時々通る米軍の軍用トラックやジープが白い石粉を煙幕さながら高く巻き上げながら走って行く。」

大城立裕は同誌の別の箇所（「新沖縄文学賞の三〇年」）で、「基地に近い集落での物語であるとはいえ、作品は基地をはるかな遠景に退けて、もっぱら古俗の息づいた集落を描いたものである」とも評しているが、見てきた通り、作品は、「基地をはるかな遠景に退けて」いるどころか、戦争と基地が、村全体の現在を根本から規定していることを抉り出しているはずである。

戦争と基地は村の原風景を侵食しているだけではない。人々の精神をも侵食してやまない。

「『いいか、おまえのお父ぅの体もな、まだ、水にツカマッたままなんだよ。おまえまで水にツカマルつもりか」

あのときのお母ぁの剣幕には初めて見る凄みがあった。怖かったのを今でも憶えている。

それからというもの、Uクムイでの遊びは、さらに念の入った嘘を用意しなければならなくなっていた。

ただ、〈水につかまったままのお父ぅ〉と言うのはその後も長く僕を捉えつづけていて、僕を苦しめた。お父ぅのいる海の底を思うと眠れない夜が何日も続くことさえあったのだ。」

次の「老松」についての見事な描写は、「ツル伯母」＝沖縄（人）が受けた戦争の惨劇とその傷の深さを象徴的に描いていて、作品中でも白眉である。

「この老松もその一つで、木肌が被弾の跡をリアルになぞっている。あの日弾けた鉄の塊――縦横を無尽に切り裂いた不定形の、紅蓮の火の玉。その塊はヤイバであり、重い質であり、無慈悲の意志であったに違いない。

その時、この松はここにいたのだ。皮を引き剥がされ、あるいは焼かれ、抉り取られ、内蔵が裏返ったかと思うほどの深傷。その傷の上を噴き出した樹脂が走ったにちがいない。その後から、再生した表皮が追っかけたのであろう。起伏をなぞるまま、波になり、瘤になり、カサブタとなっていた。その勢いたるや、深く刺さったまま黒く錆びている鉄の破片さえ呑み込もうとしているほどであった。そしてなお、傷の自己修復は進行形であるらしく、透明な樹液を噴いているところもあれば、滴の形に白く固まっているところもある。

でも、表皮、真皮がいくら増殖の手を伸ばしても被いきれない部分があった。そこは白く乾いた木質部を覗かせたままだ。叩くと枯れた、板のような音がした。虚はそこから始まるのであろう。」

この文の「老松」を「ツル伯母」＝沖縄（人）に置き換えれば、そっくりそのまま、地獄の沖縄戦をくぐった「ツル伯母」＝沖縄（人）の悲惨な足跡を語っている文としても読めるのだということが分かるはずである。

「表皮、真皮がいくら増殖の手を伸ばしても被いきれない部分」、「白く乾いた木質部」、「叩くと枯れた、板のような音」のする部分。「虚はそこから始まる」という。

「伯母」の狂気はまさにその「虚の部分」から始まり、噴き出したのである。

私が、この作品を〈沖縄の原風景の闇〉を描ききった作品として読むゆえんである。

ところで、〈沖縄の闇〉に視点を据えて作品を書き続ける作家に目取真俊がいる。芥川賞となった、「水滴」は、沖縄戦の闇と体験者において風化する戦争体験を浮き彫りにしたものであったし、「魂込め」、「風音」がそうであり、雑誌『前夜』で連作中の「目の奥の森」も、沖縄戦と終戦直後の米占領下の闇の一面を描いたものである。「群蝶の木」では、遊郭に落ちて村から疎外されつつ狂死する女性の悲惨な生涯が描きだされていた。これらの作品で描かれているのは、書かれるべくして誰も書き得なかった〈沖縄の闇〉である。私たちは、樹乃タルオの「淵」を手にすることで、新たに沖縄の闇に文学の光を照射する書き手を得ることになったのである。大城立裕は受賞作、「アイスバー・ガール」を「新沖縄文学賞」三十年の最高傑作であり、沖縄の歴代芥川賞作品にもひけをとらないと、絶賛したのであるが、私には、優れた文章力という以外は、センチと奇抜さを交えたおもしろさが感じられる〈軽文学〉という印象しかない。樹乃の作品は、この作品と対照的であり、今後予想される文学賞のこうした傾向の作品の受賞への、六十年代世代からのクサビであると言える。

（二〇〇五年二月・『非世界』復刊一号）

あとがき

今年は戦後六十年。還暦を迎える私にとって、私の生きてきた年歴でもある。これまで周囲の友人たちから、この間書き溜めてきたものを一冊の本にまとめてみてはどうか、と声をかけられたりしたが、私は聞き流してきた。時間的、経済的な問題や編集の煩わしさということもそうだが、躊躇させる最大の理由は、本にするほどのだいそれた文ではない、という自分の書いてきた文章への〝虞れ〟と〝恥じらい〟の意識からであった。だが、考えてみれば、たとえ「雑文」や「雑感」という断片的な形ではあれ、その都度、私なりに責任をもって発言してきたわけで、そういうものとしてすでに活字になって公表されてもきた。戦後六十年という節目の年に、我が来歴の一端を振り返り、六十年代世代の闘いの意味を、たとえささやかな形ではあれ、世に提示するのも一興かも知れない、と思い直したのである。

当初、一冊の分量にも満たないのではと思ったのであるが、書いたものを集めてみると、私の予測をはるかに越え、一冊に収録しえない分量となり、かなりのものを割愛した。教育論に関する文章もすべて除外した。これらは、後日を期したい。

本書は、俳句同人誌『天荒』創刊号から二十一号までに連載した「文学雑感」が中心になっている。俳句の領域に限定せず「文芸時評的エッセイ」という形で自由な執筆を勧めたのは、私の俳句の師、野ざらし延男氏である。氏の勧めと指導がなければ、本書が世に出ることもなかったことである。『天荒』創刊号に書き始めたのが、一九九八年の一月であり、それ以後の文章ということになるが、それ以外に新聞や文芸誌に書いた文章も一部収めてある。第一章には、その中の文学批評に関するものを年代順にまとめた。第二章は、情況への発言や時評的文章を年代の新しい順に収録した。第三章は、句集を中心とした読書評である。

読み直してみると、文章や考えの粗が目立ち、何度も書きかえようかとの衝動にかられたが、字句の訂正や脱字、文のねじれなど、最低限の修正以外は、すべて原文のままにした。もとより、一つのテーマの下に書き継いだ文ではなく、文字通りの「雑感」にすぎないが、全体に共通して心掛けたことがあるとすれば、「批評の姿勢」をはっきりさせるということであり、批評とは現実への危機意識をバネに書く緊張した思想的営為であるという点を肝に命じてきたということである。

戦後六十年、沖縄には依然として巨大な米軍基地が居座っており、新たな基地建設さえ画策されている。地獄の沖縄戦をくぐり、今日なお戦争出撃基地としての軍事基地にまみれ、未来からもなお基地と戦争に挟撃されているのが沖縄である。沖縄は今なお「戦場」である。このことは、沖縄に生きる者にとって、戦争や基地はいつでも、文学の第一義的な内的課題になり得るということである。こんなことを言うと、戦争や基地をモチーフにした文学だけが文学ではない。文学は何を扱ってもよい。文学は政治の手段ではない、といった声が聞こえてくるようである。確かに、文学はあらゆる素材やテーマを扱っていいし、文学は政治に従属するものではない。だが、あらゆる領域に政治が浸透するこの政治的時代にあって、文学の可能性という名目で、政治をくぐらない非政治的文学を追求する時、それ自体が政治的であり、新たな文学の可能性さえ閉ざすものだということを言っておきたいのである。

発刊にあたっては、ボーダーインクの新城和博さんに直接の編集作業をはじめ多くの面で世話になった。表紙絵の使用を快諾してくれた山城芽さん、ありがとう。一緒に校正にあたってくれた私の連れ合いを含め、心より感謝申しあげたい。

二〇〇五年八月十三日（土曜日）

平敷　武蕉（へしき ぶしょう）

1945年　うるま市（旧具志川市）に生まれる。
1968年　琉球大学法文学部国文科卒業。
2005年　俳句同人誌『天荒』編集委員。
　　　　同人誌『非世界』編集責任者。
現住所　沖縄県沖縄市字古謝1044

文学批評は成り立つか
沖縄・批評と思想の現在

初版発行　2005年9月20日（火曜日）
著　　者　平敷　武蕉
発 行 者　宮城　正勝
発 行 所　㈲ ボーダーインク
〒902-0076　沖縄島那覇市与儀226-3
TEL.098-835-2777　FAX.098-835-2840
http://www.borderink.com
wander@borderink.com

印刷所　㈲でいご印刷